NÉ SOUS UNE BONNE ÉTOILE

Née en 1983 à Châtenay-Malabry, Aurélie Valognes est une écrivaine française. Elle a publié plusieurs romans, dont *Mémé dans les orties*, *Au petit bonheur la chance* ou encore *Né sous une bonne étoile*, qui ont tous connu un succès retentissant et sont traduits dans plus de quinze langues.

Paru au Livre de Poche :

MÉMÉ DANS LES ORTIES (2016)

EN VOITURE, SIMONE ! (2017)

MINUTE, PAPILLON (2018)

AU PETIT BONHEUR LA CHANCE (2019)

LA CERISE SUR LE GÂTEAU (2020)

AURÉLIE VALOGNES

Né sous une bonne étoile

FAYARD/MAZARINE

Contenus pédagogiques à l'intention des enseignants disponibles sur livredepoche.com

Citations :

P. 7 : *Le Potomak* de Jean Cocteau © 2013, Éditions Stock. Remerciement au Comité Jean Cocteau.
P. 7 : *Un certain Robert Doisneau* par Robert Doisneau, éditions du Chêne.
P. 50 : « MORGANE DE TOI (AMOUREUX DE TOI) » Paroles de Renaud Séchan, Musique de Franck Langolff © Warner Chappell Music France/EMI Music Publishing France – 1983. Avec l'aimable autorisation d'EMI Music Publishing France. Droits protégés.
P. 62 : « Le bateau blanc » de Sacha Distel.
P. 87 : *La Nuit des temps* de René Barjavel © Presses de la Cité, un département de Place des éditeurs, 1968.
P. 138 : Le titre du chapitre est un vers extrait du poème « L'isolement » d'Alphonse de Lamartine.
P. 140 : « *The winner takes it all* » Music & Lyrics : Benny Andersson/Björn Ulvaeus © Universal/Union Songs AB. Avec l'aimable autorisation d'Universal Music Publishing.
P. 166 : « MISTRAL GAGNANT » Paroles et Musique de Renaud Séchan © Warner Chappell Music France – 1985.
P. 305-306 : Poème « Bêtise de la guerre » de Victor Hugo.

ISBN : 978-2-253-10047-8 – 1re publication LGF

Le premier de la classe ignore le plaisir que prend le cancre à regarder par la fenêtre.

Robert DOISNEAU

Ce que l'on te reproche, cultive-le.

Jean COCTEAU

À tous les élèves, d'hier et d'aujourd'hui,
À tous les enseignants qui ont marqué leur vie à jamais.

1

La curiosité est un vilain défaut

De l'inconvénient d'être né deuxième, Gustave avait hérité du cartable de sa sœur. Élimé et de couleur incertaine – oscillant entre le bordeaux défraîchi et le marron poussiéreux –, il pesait lourd sur les épaules du frêle garçon en ce jour de rentrée en CP.

Devant la grille de l'école, il prit une grande inspiration. Gustave et l'école n'avaient jamais été fâchés, mais les choses sérieuses n'avaient, jusqu'alors, pas vraiment commencé.

Il n'aurait su dire si c'était à cause des recommandations infinies que lui distillait sa mère ou encore de la longue liste des enseignants à éviter que lui avait prodiguée sa sœur, mais il regrettait amèrement le bol de chocolat chaud avalé sous la contrainte. Déjà, en refermant la porte derrière lui ce matin-là, il avait eu comme un mauvais pressentiment. L'école était un jeu d'enfant, en théorie seulement.

Gustave Aubert était un garçon mince, au tempérament rêveur, et très discret. Il parlait peu, ne cherchait pas la compagnie des autres, et s'entendait surtout avec les animaux. Quelle que fût la situation, Gustave était d'accord. Il ne voulait contrarier personne, surtout pas sa mère. Il avait compris dès la maternelle, quand elle le réveillait chaque matin pour l'emmener en classe, qu'elle ferait preuve d'une plus grande ténacité que lui ; alors il s'était résigné.

Sa main fermement blottie dans celle de sa mère, Gustave passa pour la toute première fois le portail de l'école primaire, le cœur battant, et se dirigea vers l'attroupement au centre de la cour de récréation. Derrière eux suivait Joséphine, sa sœur aînée, affublée du sac à dos flambant neuf qu'elle avait habilement extorqué à leurs parents.

Cette première de la classe n'était pas inquiète à propos de sa rentrée en CM2. À l'inverse de Gustave, elle avait compté les jours qui la séparaient du retour à l'école – 58, précisément. Joséphine détestait les vacances, qu'elle considérait comme une perte de temps.

Agglutinés autour des panneaux d'affichage, parents et enfants cherchaient leurs noms sur les listes des différentes classes. Joséphine avait déjà repéré le sien et vint se faufiler devant tout le monde pour parcourir les listes des CP.

Lorsqu'elle se retourna en grimaçant, le ventre du petit garçon se serra à nouveau, comme pris entre deux pinces.

— T'as pas de bol, Gus-Gus, lâcha-t-elle. Monsieur Villette, une vraie teigne. Tu ne pouvais pas tomber sur pire.

— Joséphine, ton langage, voyons ! la rabroua sa mère, au moment précis où le Directeur passait entre elles, le regard sévère.

Gustave lui aurait bien rappelé qu'il ne voulait plus qu'on l'appelle Gus-Gus, conscient que le surnom de la souris de Cendrillon n'allait pas l'aider à se faire respecter dans la cour, mais le Directeur l'interrompit dans son élan, s'éclaircissant la gorge afin de demander un peu d'attention.

Il présenta les dix enseignants de son école et invita ensuite tous les CM1 et les CM2 à se ranger derrière leurs nouveaux maîtres. Joséphine obéit aussitôt, parvenant à échapper de justesse à l'embrassade maternelle. Cachée derrière son enseignante, elle arborait la mine déconfite d'une pré-ado à qui l'on impose encore de regagner la salle de classe, rangée deux par deux. On lui aurait demandé de tenir son camarade par la main qu'elle aurait dégainé un gel antibactériologique.

Les CE1 puis les CE2 disparurent à leur tour dans l'immense établissement aux fenêtres, aux couloirs, et aux deux étages absolument identiques. Gustave avait l'impression de se retrouver face à un labyrinthe qui avalait un à un les élèves ; il avait intérêt à ne pas perdre son professeur de vue car, compte tenu de son déplorable sens de l'orientation, il ne serait jamais capable de s'y retrouver dans un pareil dédale.

S'attardant sur la mine sévère de M. Villette, Gustave sentait ses intestins faire des nœuds de marin. Il chercha du regard les toilettes, les repérant près du préau, mais fut soudain tiré de sa rêverie par sa mère. Le professeur à moustache tournait déjà les talons, suivi par une vingtaine d'élèves alignés en rang d'oignons. Sans lui.

— Dépêche-toi, Gus-Gus. Sois bien sage aujourd'hui, lui rappela-t-elle en l'embrassant. Tu écoutes tout ce que ton professeur te dit. Je compte sur toi pour que tu n'aies pas la tête dans les nuages. D'accord ? Concentré ! C'est important de prendre un bon départ, car…

— … on n'a qu'une chance de faire une bonne première impression… continua Gustave, habitué aux dictons maternels.

Gustave dodelina de la tête, prit son cartable comme on prend son courage, à deux mains, et redoubla d'efforts pour rejoindre les autres.

Il aurait eu envie de demander à sa mère de répéter les instructions qu'il n'avait pas vraiment écoutées, mais se retint : il savait qu'il fallait la rassurer. Pour celle-ci, rien n'était plus important que l'école, même si elle n'avait pas fait de grandes études et son père non plus. Il souhaitait la rendre heureuse et pourquoi pas, un jour, la rendre fière. Elle avait bien assez de soucis avec son travail parfois, avec sa sœur souvent, et avec son père tous les jours.

Gustave se défit de son cartable avec difficulté et accrocha son nouveau manteau à une patère branlante. Puis il pénétra dans la classe et remarqua un siège libre sur le côté gauche de la salle, au fond, près de la fenêtre, où il fut bien content que personne ne vienne s'asseoir à côté de lui.

Le maître commença par faire l'appel. « Aubert, Gustave » – comme toujours, il fut le premier à être appelé. Ça allait être long et ennuyeux d'attendre la fin des 26 noms. De son pupitre, il avait une vue imprenable sur ses camarades et sur son instituteur, qu'il inspecta des pieds à la tête, tout en s'efforçant de l'écouter religieusement.

Gustave avait une petite manie : il aimait trouver des ressemblances animales à chacun. Lorsqu'il dévisagea son nouvel enseignant, il pensa tout d'abord à un corbeau, puis se ravisa et opta pour un vautour chauve. Avec son cou maigre, son col de chemise blanc, ses rares cheveux gris, frisés et hirsutes sur l'arrière du crâne et ses joues creuses, son nez trônait tel un bec : il était affublé, à mi-parcours, de lunettes rondes à la monture en acier, et agrémenté d'une moustache bien nette, légèrement recourbée.

De toute évidence, M. Villette venait d'un autre temps. Il portait une veste en tweed négligemment posée sur les épaules, laissant deviner de fines bretelles, quant à son cartable en cuir complètement décati, il avait dû l'accompagner depuis ses premières heures d'enseignement, voire ses dernières heures d'étudiant.

Émile Villette enseignait à l'école primaire Jules-Ferry depuis plus de trente-cinq ans. Comme une horloge et sans aucune fantaisie, tous les jours il entrait, s'asseyait, dénouait son bracelet-montre et disposait, avec une rigueur militaire, l'intégralité de sa trousse sur son bureau.

Il faisait partie de ces professeurs consciencieux, qui préparaient leurs cours une bonne fois pour toutes, et qui ressortaient minutieusement chaque année les mêmes feuilles jaunies par le temps. M. Villette était précis, il n'aimait ni se répéter ni changer de méthode, encore moins d'avis.

Tout à ses observations, Gustave se rendit compte que ses camarades ouvraient leur cartable et en sortaient le contenu. Sans trop savoir quelle était la consigne, il les imita, espérant que rien n'en soit tombé par mégarde.

M. Villette circula entre les rangs et distribua un manuel de lecture à chacun. Tous les élèves saisirent un crayon de papier et écrivirent quelque chose à l'intérieur. Gustave se contorsionna pour interroger le garçon devant lui sur ce qu'il fallait faire, mais déjà le maître leur ordonnait de ranger le livre dans le casier sous leur bureau. Gustave obtempéra, sans avoir rien inscrit.

Il fallait espérer que cela ne soit pas important car il n'avait pas l'intention de commettre la moindre bévue. Sa mère comptait sur lui. Il se demanda justement ce qu'elle pouvait bien être en train de faire : était-elle déjà arrivée à son travail ? L'hôpital n'était pas très loin de l'école, Gustave le chercha à travers la vitre au loin, mais ne le distingua pas. Les nuages avaient grignoté le ciel gris, et l'un d'entre eux, remarqua-t-il, avait une forme étrange aujourd'hui : celle d'un lion, toutes griffes dehors, qui attaquait un mouton. À moins que ce ne fût une lionne...

Il constata avec intérêt qu'il y avait dans sa classe exactement le même nombre de filles que de garçons : treize chacun. Et de façon tout aussi surprenante, toutes les filles s'étaient mises d'un côté de la classe, au premier rang, alors que les garçons avaient investi l'autre bord et le fond.

Gustave ignorait si c'était également le cas dans la classe de sa sœur. Joséphine était, sans aucun doute, installée au premier rang.

M. Villette expliquait les règles de bonne conduite en classe, telles que l'importance d'être ponctuel, d'être silencieux, de toujours lever la main pour demander la parole et d'attendre l'autorisation avant de s'exprimer, sous peine de sanctions. Exactement celles que sa mère lui avait rappelées le matin au petit-déjeuner. Son ventre gargouilla quand il repensa à la tartine qu'il avait bêtement refusée. Puis l'instituteur en vint aux bons points.

Tous les écoliers tressautèrent sur leur chaise : le sujet les passionnait davantage que les punitions. Gustave connaissait la collection impressionnante d'images que rapportait sa sœur à la maison. Il ne se passait pas une semaine sans qu'elle les exhibe, ce qui rendait très fiers son père et sa mère. Il s'était promis, lui aussi, d'obtenir ce Graal : le garçon aimait quand sa mère était de bonne humeur, à fredonner ou à siffler comme un pinson. Dans l'espoir d'en apercevoir un, ou, mieux encore, un écureuil, l'enfant scruta le marronnier de la cour.

À travers les feuilles rousses de l'arbre, il remarqua un oiseau. Vu sa taille, c'était sûrement un moineau, mais il avait l'impression que sa gorge était rouge. Gustave connaissait par cœur la plupart des espèces communes grâce au guide qu'il empruntait régulièrement à la bibliothèque, et finalement assez peu par leur observation quotidienne : dans sa banlieue bétonnée du sud de Paris, il était plus fréquent de trouver une famille de pigeons sur son balcon que de côtoyer un moineau dans un arbre. Il décida qu'au premier bon point il choisirait l'image d'un volatile, mais peut-être pas un vautour pour ne pas fâcher M. Villette.

Gustave approchait son nez de la fenêtre pour distinguer le mystérieux passereau, quand il sursauta : son professeur était planté au bout de son pupitre et le fixait avec son œil de rapace.

— Gustave Aubert, est-ce bien cela ?

— Heu, oui, bredouilla l'intéressé.

— Pouvons-nous savoir ce qu'il y a de si passionnant dehors qui vaille la peine de ne pas m'écouter ?

Gustave allait lui dire qu'il était certain d'avoir aperçu un moineau, lorsqu'il se souvint que, parfois, les grandes personnes n'attendaient pas de vraies réponses à leurs questions.

— Pardon, j'étais encore dans mon nuage, reconnut-il simplement.

— Vous vous croyez drôle ?

— Non, pourquoi ?

Gustave avait la manie de faire de l'humour sans s'en rendre compte. Malheureusement, ce que certains adultes interprétaient comme de l'ironie était uniquement la franchise déstabilisante d'un enfant.

— Vous savez écrire ? interrogea l'instituteur.

— Pas vraiment. Je pensais que j'allais apprendre en CP, en fait.

— Bien, je vois que vous avez réponse à tout. Dans ce cas, vous ne verrez pas d'inconvénient à apprendre par la pratique. Dans mon cours, on écoute ou on écope. Compris, Gustave ?

Le garçon n'eut pas le temps de bafouiller que la sonnerie retentit, annonçant la délivrance et le début de la récréation. Tous les élèves se levèrent, imités timidement par Gustave.

— Pas vous, annonça le professeur, la main sur l'épaule de Gustave pour le rasseoir. Vous êtes puni : vous resterez pendant la récréation à faire des exercices d'écriture. Ainsi, vous comprendrez qu'avec moi, il est interdit de rêver.

2

Il en faut peu pour être heureux

Assis sur un banc de l'école près du portail, Gustave attendait Joséphine. Après leur première journée, elle avait la responsabilité de rentrer avec lui à la maison, grâce à la clé accrochée autour de son cou que ses parents lui avaient remise : Gustave espérait qu'un jour sa mère la lui confie aussi.

La tête basse, il soupirait : il ne savait comment aborder le sujet de sa punition avec sa famille, encore moins avec sa sœur. Joséphine était plutôt du genre indifférente à tout ce qui concernait autrui, mais son indifférence ne résistait pas longtemps face au plaisir de le dénoncer à sa mère.

Elle était la personne la plus antipathique qu'il connaissait. Hautaine, égoïste, dictatoriale et impolie. Mais Joséphine était drôle, la plupart du temps malgré elle. Avec son intelligence, l'humour était sa plus grande qualité.

Le frère et la sœur ne partageaient rien et n'étaient pas proches. D'ailleurs, le mot « proches » n'avait absolument aucune signification pour Joséphine : c'était la seule personne qui vérifiait la distance de sécurité entre elle et les autres, surtout avec sa famille, qui tentait parfois des rapprochements physiques audacieux. Pour elle, ils étaient tous de lointains parents, ses obligés dans un royaume où elle restait la seule à décider.

Gustave était persuadé que sa sœur serait bien plus triste à l'idée de perdre sa carte de bibliothèque que son frère. S'il disparaissait, elle pourrait ainsi récupérer la petite chambre et l'annexer à la sienne pour y entreposer tous ses livres sur des étagères colossales. Mais comme il n'avait pas vraiment d'amis, il avait appris à aimer Joséphine. C'était sûrement cela qu'on appelait le syndrome de Stockholm.

Gustave fut saisi par le hoquet et manqua d'avaler sa salive de travers. À chaque secousse, il se rassurait : au moins, comme lui répétait sa mère, il grandissait. Il en avait assez d'être petit et de devoir passer son temps dans la salle d'attente de la vie : attendre que l'école se termine, attendre que ce soit son tour pour parler, attendre que ce soit l'heure du goûter, attendre d'être grand pour faire certaines choses ou pour en comprendre d'autres.

Lui rêvait de décider comme un grand, pour se coucher tard comme les adultes, pour manger ce qu'il voulait quand il le voulait, et pouvoir prendre un petit-déjeuner trois fois par jour si ça le chantait. Ne plus avoir à se laver tous les soirs, ni même les mains avant les repas, et pouvoir se lever à l'heure de son choix tous les jours de la semaine. Oubliés l'école et les réveils pressés, les devoirs et les corvées. Bref, du haut de ses 6 ans, il ne désirait que des choses raisonnables.

Gustave avait décidé de ne pas mentionner sa punition du premier jour. Les bons points et les punitions ne commenceraient que le lendemain, une fois la signature des parents apposée aux règles de vie. Il n'avait qu'à se dire que c'était simplement un faux départ, comme en athlétisme.

Joséphine arriva enfin, les bras chargés : elle avait visiblement dévalisé la bibliothèque de l'école. Devant la mine penaude de son petit frère, elle hésita un instant entre lui refourguer quelques livres à porter, ou s'inquiéter de la situation. Elle se contenta de le lester d'un seul. Le dictionnaire.

Le trajet qui séparait l'école de leur appartement faisait à peu près 1,5 kilomètre. Au fur et à mesure que l'on se rapprochait de chez eux, les habitations se succédaient et les couleurs se délavaient : d'abord ocre, genre pierre de taille, puis crépi moderne beige, et enfin gris béton sans peinture. Le chemin n'était pas très compliqué : il suffisait de bien traverser devant l'établissement pour être du bon côté du trottoir, s'y tenir tout le long, passer dans le tunnel au-dessous de la station RER, continuer jusqu'aux portes de la cité HLM, emprunter une passerelle, et le tour était joué. La route descendait au retour de l'école, telle une plongée dans la mine. Mais, chaque matin, la pente se transformait en côte ardue, sûrement pour rappeler aux habitants des quartiers populaires que d'aller à l'école avec les élèves du centre-ville, cela se méritait.

Joséphine était d'une humeur de chien. Monopolisant la conversation comme à son habitude, elle raconta par le menu les déconvenues de sa journée : la cantine exécrable ; la facilité déconcertante des devoirs qui la démoralisait et ne la rassurait pas quant à l'exigence attendue par son enseignante cette année ; les discussions puériles de ses nouveaux camarades de classe, qu'elle avait fuies dès la première récréation, n'étant pas intéressée de savoir qui avait fait du poney cet été. À chaque pause, elle s'était réfugiée au CDI, ne remarquant pas l'absence de Gustave dans la cour à celle de 10 heures. De toute façon, avec le nez constamment plongé dans ses livres, Gustave aurait été installé sur le fauteuil à côté du sien qu'elle ne l'aurait pas remarqué davantage.

Joséphine marchait à grandes enjambées devant son frère, le distançant d'un bon mètre. Elle lui avait expliqué un jour que c'était ainsi que procédait la reine d'Angleterre, devançant toujours son époux. Alors qu'à l'accoutumée Joséphine gardait la tête très haute – protocole oblige, se disait-il –, Gustave constata que, étrangement, ce jour-là elle était courbée, le regard rivé au sol. Tout à coup, elle fusa. S'agenouillant, elle ramassa une pièce dorée. 50 centimes. Il n'en fallut pas plus pour la faire changer d'humeur.

— L'année commence bien, Gus-Gus !

— M'appelle plus comme ça. Je n'aime pas… corrigea-t-il.

— Suis-moi, ordonna-t-elle, sans tenir compte un instant de la remarque de son frère. On va faire un arrêt. Tu ne le diras pas à Maman, hein ?

Gustave hocha la tête, intrigué. Ensemble, ils traversèrent la rue avant de s'engouffrer dans une boulangerie, à côté de la librairie. Ils en ressortirent deux minutes plus tard, dégustant chacun un bonbon au coca.

— La chance sourit à ceux qui savent où la chercher… conclut-elle avant de dévisager Gustave, soucieux. T'inquiète, on a le droit : les parents s'en fichent s'il ne s'agit que d'un petit bonbec de temps en temps. Tant que tu te laves bien les dents ce soir… Raconte-moi ta journée, au fait.

— Oh, il n'y a pas grand-chose à dire… commença Gustave, avant de devenir rouge de honte, la voix tremblante.

Depuis le début du trajet, le poids était trop lourd sur la poitrine : il fallait que ça sorte. Il avoua tout à Joséphine qui dédramatisa aussitôt :

— Si ça se trouve, il t'a pris en grippe à cause de moi.

— Humm… lâcha Gustave, peu convaincu.

Même dans l'adversité, Gustave pouvait constater qu'elle restait égale à elle-même : insensible aux problèmes des autres et autocentrée.

— J'avais toujours réponse à tout, donc forcément ça l'énervait, monsieur Villette. Pour revenir à ton problème, on ne peut pas tout avoir, Gus-Gus. Avec un peu de chance, tu vas être harcelé, et là c'est la gloire assurée. Un jour, tu me remercieras…

Gustave, ne sachant s'il devait vraiment la remercier, dodelina de la tête. Joséphine poursuivit :

— Moi, je ne demanderais pas mieux que de souffrir un peu, d'être parfois confrontée à l'échec. Tu sais, les blessures de l'enfance sont clés. Tous les gens intelligents sont mélancoliques, toutes les célébrités ont morflé, toutes les stars ont été harcelées. Mais, que veux-tu, l'existence est ainsi faite : je suis trop douée, je serai toujours seule contre le reste du monde !

Elle en avait de bonnes, Joséphine, parfois. À choisir, lui préférait n'être ni connu, ni malmené. Elle soupira :

— Allez, rends-moi le dictionnaire, on arrive. Je n'aimerais pas que Maman pense que je t'exploite.

En bas des tours, Gustave leva la tête vers le 7e et dernier étage de leur immeuble gris. La fenêtre était entrouverte : leur mère était donc rentrée du travail. Son cœur se serra. Il allait devoir faire bonne figure et ne pas tout lui dire. Après tout, hormis les lignes d'écriture, le reste de la journée ne s'était pas mal passé, s'il omettait le fait qu'aucun camarade ne lui avait adressé la parole.

— Reste pas planté là, Gus-Gus ! Tu vas encore te prendre un œuf sur la tête, le secoua sa sœur.

Dans l'immeuble, il n'était pas rare de se prendre un projectile si on oubliait de s'abriter le temps de taper le digicode. Les adolescents de la résidence avaient un sens de l'accueil bien particulier. Surtout quand d'autres qu'eux choisissaient le chemin de l'école plutôt que celui des buissons.

— Tu veux que je reprenne le livre ? proposa-t-il une fois dans le hall de leur immeuble.

— Tu es trop gentil, Gus-Gus. Tu te feras bouffer dans la vie.

3

Mentir comme un arracheur de dents

L'ascenseur était encore en panne. Comme une semaine sur deux. Ça leur faisait les jambes et le souffle, mais avec les livres à porter, ou les courses à monter, ce n'était pas une promenade de santé. D'un autre côté, Gustave préférait passer par les escaliers plutôt que de devoir pénétrer dans la cabine. Celle-ci proposait, au choix, urine fraîchement déposée ou crachat habilement déversé sur les boutons d'étage.

Essoufflé et distancé par Joséphine, il l'entendait maudire leur quartier à chaque étage : sa mère n'aurait pas aimé l'entendre jurer ainsi.

Le garçon mesurait l'enthousiasme de sa mère à son empressement pour ouvrir la porte. Les soirs de fête, elle ouvrait aux invités avant même qu'ils n'aient eu le temps de sonner. Gustave était encore au 6e étage lorsqu'il l'entendit réclamer un baiser à sa sœur qui la rabroua avec son amabilité habituelle :

— Maman, l'amour pour ses parents, c'est comme les antibiotiques. Ce n'est pas automatique.

Quand il passa le seuil, Gustave reconnut immédiatement l'odeur du gâteau au chocolat tout juste sorti du four. Sa mère tressautait tel un enfant au soir de Noël.

— Alors cette première journée, Gus-Gus ? Raconte ! Je veux tout savoir, déclara-t-elle.

— Et moi, on s'en fiche ? se plaignit Joséphine en envoyant valdinguer une de ses baskets. Je vois qui est le préféré…

Gustave la regarda avec deux grands yeux ronds : il n'aurait su dire si sa sœur était sérieuse ou si elle faisait diversion pour le sauver du pétrin. Il n'avait jamais pensé qu'il puisse être le préféré. Joséphine avait la plus grande chambre, elle avait le droit de se coucher trente minutes plus tard chaque soir, et l'ordinateur familial était installé dans son royaume.

— Non, tu as raison, continua sa sœur. Commence par le chouchou. Je crois qu'il avait quelque chose à te dire, en plus.

Baissant les yeux pour fuir le regard interrogateur de sa mère, Gustave comprit que Joséphine, la traîtresse, avait opté pour la dénonciation. Il fallait s'y attendre.

Égalité et fraternité ne rimaient pas chez les Aubert. Entre la sœur et le frère, il y avait toujours eu une comparaison inévitable, parfois même un antagonisme, mais il l'aimait malgré tout.

Sa sœur avait mal vécu sa venue au monde, et il pouvait la comprendre : après trois ans et demi de monopole dans le cœur de ses parents, un petit prince débarquait et il lui fallait partager l'attention et l'amour. Dès le départ, elle avait décidé de marquer son territoire, car il était hors de question qu'on lui vole la vedette. Alors, le jour de la naissance de son frère, Joséphine n'avait rien trouvé de mieux que de finir à l'hôpital avec 40° de fièvre. Elle savait se rendre malade sur commande, ce qu'elle faisait toujours pour attirer l'attention, jamais pour manquer l'école.

— Houhou… Mon chéri, tu es encore dans ton nuage ? Je te demandais comment c'était l'école aujourd'hui ? relança sa mère en grappillant d'abord quelques miettes, puis toute une part du gâteau au chocolat.

— Heu, bredouilla-t-il, en s'installant à la table de la cuisine.

Il constata que sa mère avait préparé le goûter gargantuesque des grands jours. Moelleux au chocolat maison, brioche, jus multivitaminé, confiture, pâte à tartiner, beurre, fruits, quatre-quarts : c'était à se demander qui était le plus gourmand, les enfants ou les parents.

Sa mère, Noémie Aubert, était aide-soignante. Depuis sa plus tendre enfance, elle voulait s'occuper des autres : de ceux qui avaient besoin d'aide et, parfois aussi, de ceux qui ne demandaient rien. Elle avait un grand cœur et la contrariété facile. Une ampoule sautait qu'elle n'en dormait pas de la nuit.

Alors Gustave le savait : une punition le premier jour d'école pouvait la dévaster.

— Oui, oui, mentit-il. Très bien, même.

— Tant mieux. Tu as des devoirs ? interrogea-t-elle, en servant deux verres de jus.

— Non, juste le carnet de liaison à signer, je crois, continua-t-il en ouvrant son cartable et en découvrant qu'il l'avait justement oublié. Ah, non, je confonds, il faudra que je te le montre à la fin de la semaine.

— Tu vois, tu t'en faisais tout un monde, mais il n'est pas si terrible, ce brave monsieur Villette, conclut sa mère en lui caressant la joue. Tiens, reprends une tartine, Gus-Gus. Et toi, Joséphine, ça s'est bien passé ?

— Non, la maîtresse a exigé que je prenne la porte, je lui ai demandé où j'étais censée la mettre, et du coup elle m'a renvoyée de l'école, ironisa-t-elle en levant les yeux au ciel. À ton avis ? J'ai pas prévu de devenir cancre pour pimenter notre vie de famille…

Chez Joséphine, tout était en avance : son intelligence, sa poitrine et sa crise d'adolescence. À croire que les perturbateurs endocriniens des barquettes en plastique de la cantine étaient efficaces.

— Et sinon, vous avez mangé quoi ce midi ? tenta Noémie pour changer de sujet.

— J'sais pas, répondirent-ils en chœur.

— Hey, les affreux : je rentre plus tôt du travail exprès et j'ai le droit à une soupe à la grimace. Je vous préviens : votre père va arriver et il voudra tout savoir.

Noémie pinça les lèvres. Elle savait bien, au fond d'elle, que leur père allait d'abord dîner – les pieds directement sous la table –, puis esquiver le débarrassage pour regarder le journal de 20 heures et y apprendre qu'aujourd'hui était la rentrée des classes pour tous les enfants de France, y compris les siens. Sentant l'exaspération monter, elle poursuivit :

— Joséphine, vas-y mollo sur le jus de fruits, s'il te plaît. Je n'ai pas prévu de retourner chez LIDL avant mercredi. Gustave, reprends une tartine. Alors, qu'avez-vous déjeuné, ce n'est pas sorcier quand même ?

— Un truc spongieux jaune fluo, qui devait être une omelette, je suppose, soupira sa fille, se resservant à ras bord.

— Merci, Joséphine, d'avoir daigné me répondre, donc je ne vous fais pas d'œufs ce soir.

Joséphine but d'un trait un nouveau verre de jus de fruits et se leva :

— Allez, je vais faire mes devoirs, déclara-t-elle, sortant de table sans avoir mangé quoi que ce soit.

Gustave était prêt à parier qu'elle n'était pas installée consciencieusement à son bureau pour faire ses exercices mais affalée sur son lit, à lire l'un des nouveaux livres empruntés dans la journée. Il aurait aimé qu'un jour on lui explique comment cette première de la classe pouvait décrocher les meilleures notes sans avoir jamais travaillé de sa vie.

Dans la cuisine, Noémie ouvrit grands les bras. Gustave vint s'y loger. Il fallait qu'il profite de ce moment, son père allait rentrer et ce serait lui qui réclamerait l'attention. Sa mère soupira, comme si le poids du monde était logé dans sa poitrine et souffla à son oreille :

— Heureusement que je t'ai, toi, mon petit Gus-Gus parfait…

4

Avec des « si » on mettrait Paris en bouteille

Gustave dormit mal cette nuit-là. Il n'avait jamais rien caché à sa mère, et la punition était dure à garder pour lui. Ce devait être cela grandir : savoir quand taire certaines choses pour protéger ceux qu'on aime. Il ne dormit pas mieux les deux semaines suivant la rentrée.

Comme chaque matin, Joséphine était prête à partir avant son frère ; elle trépignait de devoir l'attendre, lui qui pouvait passer vingt minutes pour enfiler deux chaussettes. Pour un droitier, il n'était pas très adroit.

Gustave glissa un bras dans son manteau, embrassa sa mère et prit une grande inspiration avant de claquer la porte. Noémie le rattrapa sur le palier :

— Tu n'oublies rien ?

Il écarquilla les yeux d'incompréhension et elle lui tendit son cartable, amusée par cet oubli qui se répétait immanquablement chaque matin.

— Un jour, tu oublieras ta tête…

Gustave était distrait : on lui demandait d'aller chercher la balayette, il ouvrait le frigo. Il ne fallait pas s'en offusquer, il était comme ça et tous devaient faire avec.

Une fois à l'école, après une ascension de près de trente minutes, Joséphine fila dans sa classe. Elle avait pris le temps de rappeler à son frère de bien l'attendre à la fin de la journée. Malgré la cloche qui retentissait, Gustave resta cloué sur place, la boule au ventre. Cela faisait deux semaines qu'elle y était logée et ne le quittait pas. Il ne savait pas trop si cela avait un rapport avec sa peur d'être à nouveau puni ou celle d'oublier quelque chose, ou peut-être celle de faire une bêtise, ou de perdre ses affaires, ou de se les faire voler, à moins que ce ne soit celle de devoir rester seul à chaque récréation, quand il n'était pas bousculé dans la cour, notamment par Sekou, le gros dur de sa classe.

Quand la sonnerie s'arrêta, ses jambes se débloquèrent mécaniquement et il grimpa les marches qui le séparaient de la salle. Gustave prit place à son bureau, sortit sa trousse et ses cahiers, puis se fit le plus discret possible.

À peine eut-il commencé l'appel et prononcé son nom que M. Villette s'arrêta.

— Monsieur Aubert. Prenez vos affaires et venez vous mettre à ce bureau.

Le professeur avait installé un pupitre individuel au tout premier rang, sous son nez. Placé entre les deux allées, il trônait en plein milieu de la classe. Gustave rangea le plus rapidement possible ce qui lui appartenait et vida son casier, pendant que tout le monde le regardait. Il sentit ses joues s'empourprer.

— Dépêchez-vous, vos camarades attendent.

Dans l'empressement, il fit tomber sa trousse. Le maître se leva aussitôt et croisa les bras d'impatience. Gustave traversa la classe, priant pour que plus rien ne lui échappe des mains. Arrivé à sa nouvelle place, il se sentit drôlement seul, malgré les vingt-cinq paires d'yeux qui lui piquaient le dos. Sekou, il valait mieux l'avoir dans son champ de vision que derrière soi…

M. Villette avait sûrement pensé à bien en le plaçant de cette façon, mais, dans la pratique, c'était une mauvaise idée : étant beaucoup trop près et trop bas pour apercevoir le tableau, il devait désormais étirer le cou par-dessus le bureau encombré de son instituteur pour déchiffrer ce que M. Villette inscrivait à la craie. Au moins, c'était sûr, il ne pouvait plus rêvasser en observant les oiseaux par la fenêtre.

Le voyant gigoter, le maître fronça les sourcils et interrompit son cours :

— Gustave, que voulez-vous faire quand vous serez plus grand ?

— Toucher le ciel, répondit-il après une seconde de réflexion.

— Non, comme *métier*, soufflèrent quelques-uns de ses camarades, un brin trop tard.

Même quand Gustave se concentrait sur les questions posées, le maître ne semblait jamais satisfait des réponses qu'il donnait. Son instituteur secoua la tête de dépit et lui tourna le dos en marmonnant :

— Mais qu'est-ce qu'on va faire de vous ?

À part ce détail, la matinée de classe s'écoula tranquillement, sans ombrages, au rythme des lignes d'écriture de lettres en cursive à recopier. Observant attentivement la frise alphabétique accrochée au mur devant lui, Gustave constata avec amusement que le « b » et le « d », comme le « p » et le « q », étaient de parfaits miroirs, faciles à intervertir. Ces lettres se transformaient en queues de chats, absolument symétriques, comme les siamois dans le dessin animé de *La Belle et le Clochard*.

Après la cantine, le garçon retrouva son bureau. Gustave n'aimait pas du tout cette nouvelle place : il ne pouvait plus voir dehors, encore moins regarder l'horloge. Dorénavant il devait se contorsionner, le plus discrètement possible, pour lire l'heure car la pendule murale était fixée dans son dos. Chaque jour, même scénario : les aiguilles semblaient prendre tout leur temps. Elles n'avaient pourtant rien d'autre à faire que de tourner. Gustave attendit donc patiemment la fin de son ennui.

La journée s'acheva avec des exercices de chiffres à colorier, si simples, qu'on se serait cru en maternelle. Il y vit une chance de montrer à M. Villette sa bonne volonté et son application, et décida de consacrer la récréation de l'après-midi à colorier avec minutie. Mais Gustave ne parvint pas à récolter de bon point ce jour-là, et cela le chagrina. Son travail était propre, sa mère serait au moins heureuse de voir qu'il n'avait pas dépassé.

Quand enfin sonna la délivrance, Gustave se précipita pour ranger ses affaires, sans oublier son livre de lecture, ni son carnet de liaison, ni son cahier du soir avec les devoirs, puis il enfila son manteau, avant de revenir sur ses pas pour récupérer son cartable et courut retrouver sa sœur au portail. Il était soulagé : il avait réussi à passer une nouvelle journée sans punition, ni bagarre.

Joséphine n'était pas encore arrivée mais, à sa grande surprise, sa mère était là. Gustave lui sauta au cou tout en se demandant si ce genre de comportement se faisait encore en primaire. Peu importe : il adorait ces instants-là. À peine Noémie eut-elle le temps d'embrasser son fils que M. Villette l'alpagua.

— Madame Aubert, vous tombez bien. Si je ne vous avais pas croisée, je vous aurais convoquée.

La mère se raidit aussitôt et tint plus fermement encore la main de son fils. Celui-ci sentit son cœur se serrer : il aurait dû s'en douter, le maître allait le dénoncer et parler de sa punition du premier jour.

— Avec Gustave, ça ne va pas du tout ! annonça l'instituteur.

— C'est-à-dire ? questionna-t-elle, anxieuse.

— Il est lent, mais lent… Il faudrait qu'il se réveille et mette le turbo : on n'est plus en maternelle ! Il est toujours en décalage, ne comprend ni les questions, ni les consignes. Il est obligé de rester pendant la récréation pour finir. Aujourd'hui, il n'avait fait qu'un tiers de l'exercice quand les autres avaient déjà terminé. Ça, pour être dans la lune…

— C'est pas vrai ! J'en avais colorié trois sur dix, contesta Gustave.

— Chut ! On se tait quand les adultes parlent et on ne contredit jamais son maître, le rabroua sa mère en se mettant à sa hauteur, avant de se tourner vers le professeur. Merci de m'en avoir informée, monsieur. Il va se mettre au rythme des autres et sera plus attentif.

Noémie le salua, tournant les talons au moment précis où Joséphine sortait de l'école. Quand elle passa devant son ancien professeur, elle lui offrit son plus beau sourire. M. Villette conclut :

— C'est sûr qu'avec Gustave, ça change de la sœur !

5

L'important, c'est de participer

Le moral dans les chaussettes et les yeux dans le vague, Noémie restait silencieuse. Alors que sa venue surprise à l'école aurait dû être une fête, M. Villette l'avait fait déchanter. Installé autour de la table de cuisine, Gustave engloutissait son goûter en surjouant l'enthousiasme, espérant que cela puisse être contagieux.

— Salut, les nazes ! déclara Joséphine qui revenait de chez la gardienne, à qui elle avait prêté sa clé pour permettre la pose des alarmes incendie.

Lorsqu'il avait lu l'information affichée dans le hall d'entrée à propos de ces détecteurs de fumée, Gustave n'avait pu s'empêcher de paniquer : il n'avait jamais imaginé que le feu puisse se déclencher dans sa maison. Si cela arrivait en pleine nuit, est-ce qu'on penserait à le sauver ? Et si ses parents devaient choisir entre sa sœur et lui ? Il frissonna rien qu'en se remémorant cette idée.

Joséphine reprit :

— Oh, mais ne faites pas cette tête d'enterrement ! C'est quoi, le problème ?

Dans la voiture du retour, seule Joséphine avait continué à bavasser. Égocentrique comme elle l'était, elle n'avait pas remarqué que le silence avait été pesant : les blancs dans les conversations n'étaient jamais un problème avec elle. Perdue dans ses pensées, Noémie, elle, n'avait même pas allumé Chérie FM. Pourtant un air de disco, comme elle les chérissait tant, lui aurait fait du bien.

La mère de famille soupira :

— Monsieur Villette reproche à ton frère d'être lent.

— Et ? Il a toujours été perfectionniste, on le sait. Ça ne l'empêche pas d'être fûté : il me bat presque aux dames. Il est loin d'être bête.

Gustave sentit les larmes lui monter aux yeux. Il était hypersensible, certes, mais il était profondément ému : c'était la première fois que sa sœur lui faisait un compliment. Devant lui, au moins. Il espérait secrètement qu'elle en faisait d'autres lorsqu'il n'était pas là.

— Ce n'est pas comme son prof, qui n'a toujours pas compris que l'on était au 21e siècle, qu'on ne vouvoyait plus ses élèves depuis des décennies, et que démoraliser les enfants et leurs parents dès la rentrée n'était pas le meilleur moyen de les motiver, continua Joséphine.

— Merci, chuchota-t-il, lui offrant son beau sourire édenté.

— De quoi ? le questionna-t-elle, avant de quitter la cuisine pour s'enfermer dans sa chambre.

Le soir, après le dîner, Gustave toqua discrètement à la porte de sa sœur. Sa chambre était presque deux fois plus spacieuse que la sienne. Les murs, recouverts de papier peint rose, témoignaient d'une époque où ses parents avaient projeté les clichés d'une petite fille sage portant des jupes et jouant avec des poupées. La fillette avait rapidement calmé leurs ardeurs et éteint leurs espoirs de docilité.

La radio en fond sonore, Joséphine était plongée dans le dictionnaire anglais-français.

— Je te dérange ? demanda timidement Gustave.

— Bah, maintenant que tu es là, dis-moi ce que tu veux.

Gustave ne savait pas trop par où commencer. Pour la première fois il s'apprêtait à demander de l'aide à sa sœur. Il tourna autour du pot :

— Pourquoi tu mets la radio si tu n'écoutes pas vraiment ?

— De un, ce n'est pas *la radio*, mais France Inter. Et de deux, tu n'as jamais entendu parler de ton inconscient ?

Gustave secoua la tête.

— La nuit, pendant ton sommeil, ton cerveau mémorise tout ce que tu as entendu dans la journée, même si tu n'y faisais pas attention. C'est pour ça aussi que je lis le dictionnaire. Grâce à cette technique, je sais plein de choses sans avoir à les apprendre.

Gustave fronça les sourcils :

— T'as jamais envie de faire les choses par plaisir ? Écouter de la musique sympa, lire un super livre ?

— Pourquoi quelqu'un voudrait faire ça ? Je ne vois pas l'intérêt : on est ce qu'on lit, Gus-Gus.

Superficielle, pédante et avec une haute idée d'elle-même, si elle était effectivement la somme de tout ce qu'elle avait lu, Gustave se promit de ne jamais lire les mêmes livres qu'elle !

— Je ne pourrai jamais tout découvrir, on n'a qu'une vie, il faut faire des choix. Alors si ce n'est pas un Goncourt ou un classique de la Pléiade, c'est tout bonnement une perte de temps, répliqua-t-elle avant de replonger le nez dans la liste exhaustive de verbes irréguliers. Tiens, d'ailleurs, il faut sérieusement que l'on se mette aux échecs.

— Je croyais que tu détestais les jeux de société ? interrogea Gustave.

Finir une partie avec sa sœur relevait du véritable exploit.

— Toutes les personnes intelligentes y jouent et, moi, j'ai besoin de toi pour apprendre à gagner. Tu me voulais quoi, au fait ?

— J'aimerais un conseil, commença-t-il, hésitant. À l'école, j'ai un peu de mal avec le « b » et le « d » : je les confonds une fois sur deux, et je ne voudrais pas que le maître le remarque.

— Moi je n'ai jamais eu ce problème, donc je vais avoir du mal à t'aider.

— Tant pis, souffla-t-il en tournant les talons.

S'il avait été l'aîné, Gustave se fit la remarque qu'il aurait été un super grand frère. Il aurait tout fait pour aider sa sœur, pour la faire grandir au mieux. Il lui aurait donné des tuyaux, il l'aurait protégée des garçons à la récréation. Et il n'aurait jamais fermé la porte de sa chambre, lui.

— Ah si, attends, ça me revient, le rattrapa Joséphine. Il y avait un truc mnémotechnique avec les mains. Ça avait un rapport avec les oiseaux. Toi qui les adores, ça va te plaire. Il faut faire un rond avec ton pouce et ton index, à chaque main, pour obtenir des oreilles de chouette.

— Des aigrettes de hibou, tu veux dire ?

— Ouais, c'est pareil. Bref, ça forme un « b » et un « d », comme dans « BD » de Bande

Dessinée. Du coup, tu sais que le « b » est à gauche, le « d » à droite.

Ce n'était pas si clair : Gustave bataillait avec ses mains, tentant de reproduire l'exercice.

— OK, dit-il. Je vais essayer demain.

— C'est une astuce que ma prof a donnée à un débile de ma classe. Si ça peut te servir, Gus-Gus…

Gustave ne savait pas si elle avait dit ça pour être gentille ou pour le rabaisser. Dans le doute, il la remercia et referma la porte en sortant.

6

Oui, Chef !

Le lendemain, Gustave fit du zèle pour tenter de récolter son premier bon point. Il mit en place la stratégie « b/d » de sa sœur, qui fonctionnait finalement assez bien, et il parvint à ne pas être aussi lent qu'à son habitude en abandonnant à regret son perfectionnisme.

Cependant, à se précipiter contre sa nature, il renversa sa trousse deux fois au cours de la journée. M. Villette, qui avait pris sur lui à la première maladresse, avait vu cette deuxième occurrence comme un affront volontaire. Gustave savait qu'il lui fallait passer le reste de la journée sage comme une image, à défaut d'espérer en obtenir une.

Alors, quand la récréation sonna et que, cette fois, son cartable chuta bruyamment, Gustave, les yeux exorbités de honte, se figea, espérant ainsi devenir invisible et éviter la réprimande.

Les autres élèves s'échappèrent joyeusement en récréation, abandonnant Gustave dans la salle de classe, seul avec le maître. M. Villette contourna lentement les pupitres et se posta devant le jeune garçon, qui ne cillait toujours pas.

Ne baissant pas le regard, pour mieux comprendre à quelle sauce il allait être mangé, Gustave fixa son interlocuteur longtemps, sans dire un mot. On pouvait tout lire dans son regard, tout y trouver, tout inventer. Les intentions réelles de Gustave étaient rarement comprises par les adultes. Les regarder droit dans les yeux si longtemps, et avec une telle intensité, avait le don de les mettre mal à l'aise ; certains y décelaient de l'insolence.

Il n'en fallut pas plus à M. Villette pour le sanctionner de son tout premier mauvais point. Ce soir-là, Gustave rentra à la maison, honteux mais résigné à tout avouer à sa mère.

Le garçon savait que c'était sa faute, qu'il aurait dû faire plus attention, mais la maladresse l'accompagnait dans tous ses mouvements. Rien que de s'habiller seul le matin ou faire ses lacets relevait de l'exploit. Sans qu'il sache pourquoi, sa tête allait toujours plus vite que son corps.

Repoussant le moment des grands aveux, Gustave s'installa studieusement sur un coin de la table de la cuisine pour s'exercer à lire, sous l'œil bienveillant de sa mère qui préparait le dîner.

Depuis la rentrée, la lecture du soir posait des difficultés au garçon : les lettres dansaient devant ses yeux et il avait un mal fou à les déchiffrer. Alors qu'il lisait à voix haute, mécaniquement et sans comprendre un traître mot, la porte de l'appartement s'ouvrit. Gustave et Noémie sursautèrent de surprise : le père. D'habitude, il n'était jamais là avant 19 heures, moment à partir duquel le dîner était prêt, les devoirs faits, les enfants lavés.

Le père partait le matin, tôt, dans son costume gris mal ajusté, décoloré par plus de dix ans de bons et loyaux services, et rentrait, en fin de journée, débraillé et plus vraiment frais. Gustave n'aurait su dire exactement le métier que faisait son père. Cela avait un rapport avec les travaux, qu'il devait contrôler d'une certaine façon, mais il doutait que son père arpente les chantiers dans cette tenue. Quoique les chaussures de sécurité qu'il avait parfois aux pieds venaient contredire cette hypothèse.

Gustave n'avait pas trouvé l'animal qui correspondait le mieux au physique de son père, mais il aimait penser qu'il aurait pu être le fils spirituel du Capitaine Haddock et de la Castafiore.

Engoncé dans son habit, le père lâcha sa mallette, retira ses chaussures à bouts ronds et alla se laver les mains, qui, malgré le savon, restaient toujours un peu noires. Joséphine vint l'embrasser, alertée par le claquement de la porte.

— Ma lolita.

Il avait donné ce surnom affectueux à sa fille, en hommage à l'une de ses idoles, le chanteur Renaud.

Parfois, en rentrant du travail, il n'allumait pas la télévision et mettait de la musique. Il avait une nette préférence pour les vieux chanteurs français, si possible morts. Brel, Brassens, Ferré. Avec son insolence, ses fautes de syntaxe volontaires et ses gros mots assumés, Renaud était celui que Gustave appréciait le plus. Notamment quand les paroles collaient parfaitement à des membres de sa famille : « *Lolita, défends-toi, fous-y un coup d'rateau. Dans l'dos.* » Comme si sa sœur avait besoin de ce genre de conseils pour savoir se défendre.

Pendue au cou de son héros, Joséphine restait dans ses pattes, tel un chat, cherchant à deviner s'il avait quelque chose à lui offrir. Elle imaginait toujours qu'on lui réservait une surprise, que ce soit un cadeau rapporté par le père à l'occasion d'un déplacement ou un livre offert par sa mère. Malheureusement, elle finissait souvent déçue.

Le père embrassa ensuite sa femme, qui épluchait les carottes, s'assit à côté de Gustave et déplia son journal en silence. Le jeune garçon reprit sa lecture, syllabe après syllabe, redoublant d'efforts pour ne pas se tromper. Il voulait montrer à son père les progrès spectaculaires qu'il avait fait entre la maternelle et le CP, et ce, en quelques semaines. Il était désormais capable de décrypter de petites phrases. Au bout de quinze minutes, Gustave acheva son paragraphe et lui sourit, fier.

Le père regarda sa femme, les sourcils froncés, et demanda sur un ton que Gustave ne sut pas décoder :

— C'est aussi fluide tous les soirs ?

Le garçon entendit sa mère chuchoter « oui ». Désarmé par l'attitude de son père, Gustave resta silencieux et ravala sa déception. Il n'avait pourtant pas buté une seule fois sur le « b » ou le « d » aujourd'hui.

Même s'il y avait du progrès, Gustave ne mesurait pas que la lecture était spécialement laborieuse avec lui. Rien à voir avec la facilité déconcertante de sa sœur. Noémie prenait sur elle, expliquait maintes et maintes fois, sans jamais discerner ce que Gustave ne parvenait pas à saisir. Contrairement au père qui suivait ça de loin, elle savait se montrer patiente et gardait confiance en son fils : il y parviendrait, chacun son rythme.

Alors que Gustave rangeait le livre dans son cartable, le père lui adressa enfin la parole :

— Qu'est-ce que tu dis à ta mère qui t'a aidé pour les devoirs ?

— Heu…

— Bah, dis le mot magique ! insista-t-il, la veine du front palpitant soudain.

— Abracadabra ? paniqua Gustave.

— Mais qu'il est bête… « Merci », qu'on dit. Allez, va te débarbouiller.

Rouge et les yeux brillants, le garçon fila dans la salle de bains sans demander son reste, avant que des larmes ne coulent.

À sa naissance, le père avait été ravi d'avoir un garçon : le choix du roi. Mais très vite, avec sa sensibilité qui s'invitait partout, Gustave avait compris qu'il ne serait jamais un prince aux yeux de son père. Réciproquement, ce dernier avait aussi dû faire le deuil du fils casse-cou et courageux qu'il avait imaginé. Du « vrai » garçon.

Gustave n'aimait pas se battre, Gustave n'aimait pas prendre de risques, Gustave n'aimait pas le sport. Le foot, il y jouait parfois le week-end ou en vacances, juste pour faire plaisir à son père : il n'avait qu'une peur, se prendre le ballon dans la figure et pleurer. Gustave préférait rester seul à jouer avec ses Playmobils ou à feuilleter ses livres d'images préférés, plutôt que de chahuter ou faire des bêtises.

À table, le père se resservit deux fois du filet mignon carottes oignons de son épouse, qui n'avait pas beaucoup d'appétit. Le père ne l'avait pas épargnée avec ses remarques saignantes et ses réflexions à point sur la cuisson ratée. Oui, les oignons avaient trop bruni, mais pour Gustave, les légumes cramés dans le fond de la cocotte, c'était le goût des plats concoctés avec amour. Une épice unique, un ingrédient introuvable, qu'aucun autre grand chef n'aurait pu piquer à sa mère.

Dans la cuisine, la discussion était un ping-pong rythmé entre le père et la fille. Gustave avait l'impression de regarder un film muet. Ils riaient, blaguaient, mais lui ne comprenait rien et restait sur la touche. Il ne saisissait pas l'admiration que sa sœur portait à leur père, ni l'animosité gratuite qu'elle avait envers leur mère. Lui n'avait pas de préféré entre son père et sa mère, et il espérait, en contrepartie, que ses parents faisaient de même.

Le père, entre la poire et le fromage, poursuivit :

— Tout à l'heure, dans le hall de l'immeuble, il y avait encore des jeunes qui traînaient. Ça sentait le shit à plein nez. Bref, le temps que l'ascenseur arrive, je les ai écoutés, et ça m'a mis en rogne. Ils étaient à peine plus vieux que toi, Joséphine, au collège sûrement, et ils fanfaronnaient : à qui avait le plus séché l'école parmi eux depuis la rentrée !

— Ça veut dire quoi, sécher ? demanda Gustave, qui décida de participer à la conversation.

— Faire l'école buissonnière, répondit sa mère.

Gustave n'était pas plus avancé. Il ne demanda pas d'explications supplémentaires pour ne pas fâcher ses parents : il questionnerait sa sœur plus tard. La vision de professeurs apprenant à des élèves à tailler une haie ne devait pas être exacte. Le père posa les yeux sur Gustave :

— Le jour où j'apprends que mon fils désobéit, rapporte un mauvais point, ment ou sèche, il va se prendre une dérouillée dont il se souviendra toute sa vie.

Gustave fut scotché. Il ne s'attendait pas à ce que ça lui retombe dessus. Surtout, il se demandait bien pour quelle raison il n'avait mentionné que son fils et pas sa fille. Le garçon en déduisit que sa sœur avait sûrement déjà eu droit à ce type de menace dans le passé.

Le père attrapa le dernier morceau de saint-nectaire, but un verre de vin et continua, sur un air plus doux :

— Et sinon, ça va quand même, l'école, Gustave ?

S'il ne saisissait pas pourquoi il avait précisé « quand même », le jeune garçon était content : son père était le seul de la famille à ne pas l'appeler Gus-Gus à tort et à travers.

— Oui, oui… s'entendit-il répondre du bout des lèvres, pensant à son carnet de liaison, tapi au fond de son cartable, et qu'il ne lui ferait pas signer de sitôt.

7

De mal en pis

Le mois suivant, il y eut du nouveau. Un matin, Gustave constata que son pupitre individuel avait été enlevé. Il eut tout d'abord peur qu'on l'ait exclu de la classe – voire de l'école, tout en ayant oublié de l'en avertir –, mais se ravisa lorsqu'il aperçut qu'à la place trônait un bureau double. Dubitatif, il s'y assit, sur le côté gauche. Aucun élève ne semblait l'avoir remarqué, alors que c'était quand même la grosse nouveauté du jour. Gustave attendit patiemment que le professeur explique la raison de ce changement, mais rien ne vint.

Quand la sonnerie retentit, Gustave interpella son professeur. Il aimait questionner M. Villette dans ces moments de calme, ce qui lui donnait une excuse pour écourter la pause et éviter les brutes qui le malmenaient parfois dans la cour à coups de croche-pied. Son maître, qui comptait profiter d'un moment de répit mérité, lui reprocha sa curiosité mal placée et l'envoya en récréation. Cependant, quand tous furent revenus de l'interclasse, il annonça :

— J'ai décidé de changer quelques élèves de place. N'essayez pas de savoir pour quelles raisons, il ne s'agit pas de groupes de niveau ou autre.

Il avait beau dire, ça en avait tout l'air. Il intervertit alors deux filles qui n'avaient rien demandé et tira la chaise à la droite de Gustave. Ce dernier sourit : tout lui allait, tant qu'il avait de la compagnie. Non pas qu'il ait prévu d'être indiscipliné et de bavarder, mais c'était toujours bien d'avoir quelqu'un à ses côtés. La solitude commençait à être pesante.

— Monsieur le Zouave en chef, veuillez prendre place rapidement que l'on puisse continuer.

Gustave s'arracha le cou pour voir de quel voisin de bureau il allait hériter. Tout lui allait, ou presque… On l'avait affublé du seul qu'il redoutait. Le plus turbulent de la classe, le plus imprévisible, et le plus bagarreur surtout. Sekou.

À peine avait-il posé ses fesses sur sa chaise, qu'il s'affala sur Gustave et afficha aussitôt la couleur :

— C'est moi, le Sef ! T'as compris ?

— OK. C'est toi, le chef, acquiesça Gustave, qui était rarement contrariant.

Gustave ne chercha même pas à donner un sosie animalier à son nouveau comparse, pas même un python zozoteur. Sekou était de toute façon bien trop « enrobé », comme disait Obélix, pour ressembler à un serpent. Gustave se contenta de se tenir droit, la nuque raide, plus concentré que jamais sur ce que le maître expliquait.

La technique de M. Villette, quelle qu'elle fût, sembla fonctionner. Pendant les deux mois qui suivirent, Gustave fut hyperconcentré, stressé, mais attentif au cours, et n'écopa d'aucun mauvais point. C'était déjà ça de gagné. Cependant, il n'obtint pas non plus de bons points. Si Gustave avait été plus observateur, il se serait aperçu que personne de sa classe n'en avait reçu – son maître n'ayant pas l'intention de les distribuer avant le dernier trimestre de l'année.

En passant les grilles de l'école, un soir, Gustave soupira de soulagement : il avait réussi, une journée de plus, à échapper à toute punition malgré un Sekou qui lui donnait du fil à retordre. Quand ce n'était pas des coups de coude pour lui faire rater ses lignes d'écriture, il lui piquait ses stylos ou lui gribouillait sur le bras, à la barbe de M. Villette. Gustave avait hésité à lever le doigt pour dénoncer son voisin, mais il s'était abstenu, persuadé qu'il aurait davantage été bousculé dans la cour à la suite de sa délation. Et puis, chaque fois qu'il avait tenté d'interroger son professeur, M. Villette l'avait toujours rabroué d'un « Arrêtez avec vos questions, Gustave. Baissez le bras. » Il commençait à bien comprendre que la curiosité était un vilain défaut.

Assis sur le banc devant l'école, Gustave attendait Joséphine. Il comptait les années qui le séparaient de la fin de sa vie scolaire. Plus ou moins dix ans. Entre l'ennui, le stress et les injustices, il ne voyait pas comment il tiendrait aussi longtemps. Lui qui avait toujours eu soif d'apprendre, de questionner les professeurs, et qui trépignait de quitter la maternelle, était vraiment déçu : il avait imaginé tout autre chose du CP. Il découvrait que l'école n'était pas seulement un lieu où l'on apprenait, mais où, parfois aussi, l'on souffrait.

Il en était à ce constat quelque peu morose, lorsque Sekou vint s'asseoir à côté de lui et lança :

— Ça va, Gine ?

— Je ne m'appelle pas comme ça. Et tu le sais.

— Si Aubert-Gine, ricana-t-il.

Gustave tomba des nues : celle-là, on ne la lui avait jamais faite. Il aurait aimé riposter intelligemment, mais rien ne lui vint. Sekou continua à le surprendre :

— Et demain, tu me ramènes des Carambar. Compris ?

— Mais, je n'en ai pas, rétorqua Gustave, pris au dépourvu.

— Ze m'en fisse, tu te débrouilles, conclut Sekou en lui donnant une pichenette sur l'épaule au moment où Joséphine se profilait au loin.

Sur le chemin du retour, Gustave scruta le sol à la recherche d'une pièce, en vain ; ce n'était décidément pas son jour de chance. Il n'y avait jamais pensé auparavant, mais si sa sœur avait pris l'habitude de baisser les yeux dans la rue à la recherche de centimes, c'était peut-être parce qu'elle aussi était malmenée ? Il se ravisa aussitôt : Joséphine était définitivement du genre oppresseur, pas opprimé.

La chance finit par sourire, un peu, à Gustave : en rentrant chez lui, il constata que sa mère n'était pas encore à la maison. Il allait pouvoir échapper au compte rendu quotidien. Enfin, presque… Quelques minutes plus tard, Noémie passa la porte, essoufflée par les sept étages grimpés, l'ascenseur étant encore en panne :

— Ça y est, je suis enfin rentrée ! Désolée, les monstres, il y avait un monde fou à la caisse. Venez embrasser votre vieille mère, qui a failli faire un arrêt cardiaque pour vous ramener la becquée ! appela-t-elle en enlevant ses ballerines. Je déteste de plus en plus les hypermarchés. On piétine, il y a trop de choix, on rencontre la moitié de la ville…

Joséphine arriva la première : elle avait l'habitude de se défaire des corvées le plus rapidement possible. Elle tendit sa joue, puis lâcha :

— Berk ! Tu cocottes, Maman. T'as testé tout le rayon parfums de Cora ? Il faut vraiment que tu arrêtes d'essayer de faire jeune ! Et puis, on dit « rapporter » la becquée, Maman, pas « ramener ».

— Et toi, Joséphine, il faut que tu apprennes à respecter ta mère. D'ailleurs, j'ai croisé la voisine du dessous : elle m'a tenu la jambe vingt minutes pour me parler de son aîné Hugo, qui a été reçu à une école technique… Vingt minutes de perdues ! Qu'est-ce que j'en ai à faire, moi…

— Mais, Maman ! l'invectiva Joséphine en essuyant sa joue, t'es vraiment à l'ouest ! Hugo n'a pas été admis n'importe où : il entre à Polytechnique ! Il réalise un exploit digne des JO et toi, tu ne comprends rien. On n'est pas sorti de l'auberge, ici.

Après avoir fait un dérapage de deux mètres dans le couloir avec ses chaussettes, Gustave vint enlacer sa mère.

— Mets tes chaussons, mon beau. Tu as fait tes devoirs ? demanda Noémie.

— Oui, presque… mentit-il.

— Et ta sœur ? le titilla-t-elle, pas dupe.

— Ma sœur ? J'en sais rien, répliqua Gustave du tac au tac.

— Mais non, c'est une expression ! Allez, viens dans la cuisine, on va les faire ensemble. De toute façon, je t'avais dit de m'attendre : pourquoi paniques-tu ainsi au point de mentir ? Tout va bien, mon chéri, pas de stress, dit-elle tendrement en le prenant dans ses bras.

Elle adorait sentir l'odeur des cheveux propres de ses enfants. Pour rien au monde elle n'aurait changé la marque de shampooing qu'elle achetait depuis qu'ils étaient nourrissons. Ainsi, Gustave – et même Joséphine – restaient encore ses bébés.

Pendant qu'elle préparait des lasagnes « presque » maison, alternant les couches de sauce tomate toute prête, de béchamel en pot et de pâtes directement extraites de la boîte en carton, Gustave étala le contenu de son cartable sur la table avant de lever les yeux vers le plat. Il retint une grimace et s'abstint de lui rappeler qu'il n'aimait pas les lasagnes et préférait mille fois lorsqu'elle faisait des galettes, leur plat familial, celui des jours heureux. S'il pouvait lui épargner un tracas… Il savait qu'il en avait d'autres en réserve, bien plus nombreux que les bocaux de sauce tomate qu'accumulait sa mère dans ses placards.

— Alors, vas-y, fais voir comment tu te débrouilles avec ta poésie, lança-t-elle.

Fixant un point au loin et balançant ses jambes, Gustave récita :

— « *Le bateau blanc. Viens je t'emmène sur l'océan, Viens je t'emmène au gré du vent, Vers la lumière du soleil levant, Viens je t'emmène sur mon bateau blanc ; La vie est belle profitons-en, Plus de querelles, plus de tourments, À quoi ça sert de se tuer, de faire toutes ces guerres, de dévaster ; La vie est courte profitons-en, pour faire la route vers l'océan, Sans un détour, sans hésiter, et nous voguerons toujours vers l'amitié ; La vie est douce profitons-en, le vent nous pousse dans les haubans ; Prends-moi la main, prends-moi le cœur, Nous n'attendrons pas demain, pour le bonheur.* »

Noémie sourit d'admiration. Il ne savait pas encore bien lire, mais mémoriser des lignes entières semblait être un jeu d'enfant. Elle aurait adoré s'immiscer dans son cerveau pour en comprendre les méandres.

— Bravo, Gustave, c'était parfait ! Alors, tu en penses quoi de ta poésie ?

— Je ne sais pas, et toi, Maman ?

Si sa mère pensait blanc, Gustave était d'accord. Il oubliait son droit d'émettre un avis différent. Il ne voulait jamais heurter personne, et surtout pas celle qui se pliait en quatre pour la famille. Si le dîner ne lui plaisait pas, il disait quand même que c'était bon, pour compenser les remarques désobligeantes de son père et de sa sœur. Et si ces derniers se montraient trop moqueurs, Gustave s'efforçait alors de finir son assiette, dans l'espoir enfantin de faire plaisir à sa mère. Il redoutait de la voir triste. Tant pis si le plat manquait de sel.

— Tiens, je suis sûre que tu n'as pas assez goûté en mon absence, le taquina Noémie en lui tendant un bout de pain beurré.

Gustave n'avait absolument pas faim, mais saisit tout de même la tartine, avant de la reposer discrètement quelques secondes plus tard.

— Ce que je veux dire, continua-t-elle, tu aimes l'histoire ? C'est joli, ce message d'amitié.

Gustave la voyait arriver avec ses gros sabots.

— D'ailleurs, c'était comment à l'école aujourd'hui ?

Bingo. Il aurait bien esquivé le récit de sa journée, qui rajoutait de la peine à la peine, mais Noémie était persévérante.

— Et tu as joué avec qui à la récréation ? poursuivit-elle.

Comme pour un sparadrap, dire vite, ne rien expliquer, ne pas montrer que cela touche.

— Personne.

Gustave se leva, tourna les talons, et la laissa seule avec ses yeux ronds et sa tartine au beurre.

8

À toute chose malheur est bon

Le jour suivant, Gustave se rendit à l'école avec une boule dans le ventre, une autre dans la poche. Sekou ne l'attendait pas au portail et, en classe, il fut même plutôt calme à ses côtés – c'est-à-dire endormi. Avec le stress, le ventre de Gustave jouait de l'accordéon et Sekou allait finir par se réveiller en entendant cette cacophonie.

Gustave essaya de maintenir son attention sur ce que demandait M. Villette : « écrire un court texte sur un animal de leur choix ». Observant les canines pointues de Sekou qui, affalé sur son bras, gribouillait des labyrinthes au lieu de faire le travail demandé, Gustave eut l'idée d'un sosie animalier pour son voisin de pupitre et se laissa porter par l'inspiration.

Jetant un œil par-dessus l'épaule de Gustave, le professeur s'arrêta net :

— Qu'est-ce que vous avez écrit, là, Gustave ?

— « La martre est le pire ennemi de l'écureuil. Sa mâchoire… », commença le jeune garçon.

— Qu'est-ce que c'est que ça, « la martre » ?

— Si, vous savez : c'est l'animal qui mange les écureuils, répéta Gustave, constatant, impuissant, son manque cruel d'informations complémentaires.

— Oui, ça s'appelle une belette ou alors une fouine. Il faut toujours que vous cherchiez à faire le malin, lâcha le professeur devant l'ensemble de la classe, qui était subitement tout ouïe.

Gustave reposa son crayon, baissa la tête, et attendit que la cloche retentisse, se demandant bien comment finir son travail sans vexer l'instituteur.

À la récréation, cherchant par tous les moyens à fuir Sekou, Gustave se rendit à la bibliothèque de l'école. Après avoir parcouru les pages d'un album de Tintin, il eut soudain l'idée d'attraper le dictionnaire. S'arrêtant enfin sur une page de la lettre « m » qu'il cherchait depuis de longues minutes, il revint en courant auprès de M. Villette, alors que ce dernier était resté seul en classe.

— Maître, j'ai vérifié et la martre existe bel et bien. Regardez. « C'est un mus-té-lidé, commença-t-il à déchiffrer, de la famille des hermines, qui »…

Le garçon déposa le dictionnaire sur le bureau de son professeur, ouvert à la bonne page, le doigt pointé sur la définition. Il avait les yeux brillants d'excitation.

— Vous ne manquez pas de culot, Gustave ! Ne me dites pas que vous faites des recherches pour me prouver que j'ai tort ? Mais c'est qui le professeur, ici ?

Alors que les autres élèves revenaient de la récréation, M. Villette, sans l'ombre d'un regard pour l'ouvrage, fusilla Gustave des yeux, l'invitant à regagner sa place immédiatement s'il ne voulait pas aggraver son cas. Gustave obtempéra : il ne tenait pas plus que ça à subir une humiliation publique. Il s'enfonça alors sur sa chaise, tentant de disparaître aux yeux de tous.

Lorsque la pause du midi arriva, Sekou, cette fois, vint le trouver. Gustave n'avait cependant pas l'intention de se laisser faire comme ça : il n'avait aucune envie de suivre les ambitions loufoques de sa sœur et de devoir souffrir pour devenir célèbre… Le jeune garçon sortit son poing fermé de son manteau et lâcha à l'intention de son persécuteur :

— Je n'ai pas de Carambar, par contre j'ai…

Le regard de Sekou se durcit, Gustave enchaîna aussitôt :

— J'ai pris des billes.

Observant les petites boules rondes brillantes dans le creux de la main, et pas encore tout à fait sûr de ne pas se faire arnaquer, Sekou interrogea :

— Ça se manze ça ?

— Non, tu donnes une pichenette et le premier à mettre une bille dans le trou a gagné. Allez, viens, on essaie, proposa Gustave en se mettant à genoux.

L'amitié, parfois, ça se joue à rien : ce que Gustave ignorait, c'était la passion de Sekou pour les trous.

D'abord, les trous noirs. Ses sœurs aînées lui avaient rapporté des livres sur les planètes, et il avait tout de suite eu envie d'être astronaute. Mais comme il portait des lunettes, un oncle lui avait dit que ce serait impossible. Donc il abandonna son rêve, puis se prit de passion pour les dinosaures et ne parla que de fouilles archéologiques. Il voulait creuser des trous et être paléontologue. Cependant, un autre imbécile de sa famille lui avait dit que ce n'était pas un métier d'avenir car on avait déjà tout découvert, donc il changea à nouveau de rêve, sur une fausse rumeur. Des rêves piétinés, balayés d'un revers de manche, qui finissaient dans le grand trou noir des désillusions de la vie.

Dès l'après-midi, Sekou se montra plus avenant avec son voisin de gauche. Alors que sur un exercice, ils devaient mentionner l'heure qu'indiquaient différentes horloges, il s'agaça :

— Z'arrive pas, ça m'énerve ! Si mon père serait là, il me foutrait un coup de bouquin pour que ça rentre.

Gustave lui lança un regard interrogateur et, devant la détresse de son camarade, expliqua :

— Mais si, regarde, Sekou, je vais t'aider : tu commences par la petite aiguille…

— Ça sert à rien d'apprendre avec les aiguilles. Regarde, z'ai une montre dizitale.

Gustave eut envie de lui dire que si, c'était très utile, notamment pour déchiffrer la pendule murale derrière eux, mais Sekou continua :

— Comme ze confonds touzours un peu « am » et « pm », mon père a trouvé une astuce mémétechnique : pour « pm », il faut penser au « petit matin », mais comme la vie est pleine de pièzes, c'est l'inverse.

Gustave ferma les yeux et essaya en vain de comprendre la logique. Lorgnant M. Villette, qui était en train de circuler entre les rangées, il chuchota :

— Pourquoi tu n'utilises pas l'ordre alphabétique ? Le « a » est avant le « p » ?

— Hein ? M'embrouille pas… Z'y suis pour rien si t'as pas trouvé ton truc. Tu d'manderas à mon père, il t'espliquera. Il trouve touzours une bonne façon de faire rentrer les sozes. Dis, tu viendras sez moi, un zour ?

Gustave, qui avait le cœur grand et la mémoire courte, s'empressa d'acquiescer.

Quelques jours plus tard, alors que Noémie faisait la vaisselle du dîner, que Joséphine avait une urgence intestinale – qui se manifestait fort opportunément dès qu'elle devait contribuer aux tâches ménagères –, et que le père était devant le journal télévisé, Gustave, plus bavard qu'une pie, aidait sa mère en essuyant les plats propres. Débordant d'enthousiasme, le garçon, torchon à la main, la suivait partout à chacun de ses pas. Noémie se réjouissait de voir son fils si loquace, même si, c'est vrai, il lui faisait un mal de crâne à jacasser ainsi : elle aurait été aux toilettes qu'il aurait pu la suivre.

— Parce que dans la famille de Sekou, ils sont sept ! Dans un seul appartement. Tu te rends compte, Maman ? Son père a dit que je pourrais aller chez eux un jour.

— Et sa mère, tu l'as vue ?

— Elle est morte.

— Quoi ? lâcha Noémie sous le choc. Morte ?

— Presque, elle a le bras dans le plâtre, reprit Gustave sans se rendre compte que le cœur de sa mère avait failli s'arrêter. Du coup, elle était à l'hôpital. Tu sais, Maman, Sekou, il n'a vraiment pas de chance : il n'a que des sœurs !

— Qu'est-ce que tu sous-entends ? interpella une voix venue du bout du couloir, vexée.

Gustave ignora superbement la remarque de Joséphine et continua :

— Est-ce que je pourrais l'inviter à la maison, un jour, Maman ? tenta-t-il.

— Oui, bien sûr. Il habite loin ?

— Assez, dans la cité de l'autre côté de la ville. On a vraiment de la chance d'être dans la même école, sinon on ne se serait jamais rencontrés. Tu sais qu'il n'a jamais joué à aucun jeu de société ? Même aux billes, c'était sa première fois ! C'est bizarre, quand même, d'avoir une grande famille et personne avec qui s'amuser ?

Noémie s'abstint de commenter. Elle savait que toutes les familles n'interagissaient pas autant qu'elle avec leurs enfants, chacun faisait en fonction de ses possibilités. L'école avançait, dès le plus jeune âge, sur des terrains déjà minés.

Gustave, en réparateur des grandes et petites injustices, poursuivit :

— Moi, je vais lui apprendre tout ce que je sais et, demain, Maman, quand on ira à la bibliothèque, je rendrai mon guide sur les oiseaux et je prendrai tous les livres sur les dinosaures. Ça fera plaisir à Sekou.

— Tu es vraiment trop gentil, Gus-Gus, le félicita sa mère.

— La gentillesse, ça ne sert à rien ! ajouta sa sœur depuis les toilettes. Même dans les avions, ils le disent : « Mets d'abord ton masque à oxygène *avant* d'aider les autres. »

9

Avoir du pain sur la planche

Si désormais l'amitié avec Sekou éclairait les journées de Gustave, les mois se succédèrent et les difficultés scolaires aussi : il collectionnait les mauvaises notes comme d'autres collectionnent les timbres.

Pour les dictées, c'était zéro, et pour les mathématiques, ce n'était guère plus reluisant. C'était systématiquement à « moitié » bon : le résultat était correct, mais il oubliait d'écrire l'opération qui l'avait conduit au total. Gustave trouvait la solution de manière instinctive, bien incapable d'écrire son raisonnement, ce qui ne faisait qu'aggraver la méfiance de M. Villette à son égard, suspectant des tricheries.

Et quand Gustave n'omettait pas de suivre toutes les consignes, son professeur se retrouvait dans l'impossibilité d'accorder les points tant il était laborieux de déchiffrer l'écriture brouillonne du garçon : était-ce un 6 ou un 8 ? Parfois, Gustave négligeait de se relire, voulant faire vite pour qu'on ne lui reproche plus d'être lent et alors qu'il avait bien trouvé 13, il inscrivait 16. Ça rimait.

La hantise ultime de Gustave était d'être interrogé en classe. Il avait sa technique bien à lui pour l'éviter : superstitieux, il mettait en place toute une série de rituels, qui ne fonctionnaient pas vraiment d'ailleurs. Sa spécialité, le regard absent, au loin, pour ne pas croiser celui du professeur. Comme pour disparaître de la liste des potentiels suspects qui n'auraient pas appris leur leçon.

Malheureusement pour Gustave, M. Villette avait ses souffre-douleurs préférés, qui finissaient immanquablement par aller au tableau – traînant la patte, la mort dans l'âme. Le garçon y était appelé plus souvent que les autres – car premier de l'alphabet. Même s'il se ratatinait sur sa chaise, rien n'y faisait : ça tombait quand même sur lui. Résonnait alors le terrible : « Gustave Aubert, au tableau ! » Comme par hasard, il ne s'agissait jamais d'exécuter des tâches qu'il savait faire – comme réciter des poésies, parler des animaux ou raconter un fait marquant de l'Histoire – mais toujours pour écrire des mots compliqués, comme « debout », « pendant », « périodiquement », « patibulaire ». Et, immanquablement, Gustave inversait le « b », le « p » et le « d », se refusant à faire le hibou devant la classe pour éviter que l'on se moque de lui.

À l'école, il ne se passait pas une semaine sans qu'il ne soit privé de récréation : il fallait qu'il achève le travail que les autres avaient terminé en classe. Ses cahiers regorgeaient de « à finir », qu'il rapportait le soir à la maison. Il était révolu le temps où il lui suffisait de coller une étiquette avec les devoirs inscrits dessus. Désormais, le maître leur demandait de les recopier dans leur cahier, proprement et sans erreur.

Quand la cloche annonçait la sortie des classes, Gustave sortait soulagé, mais toujours en dernier, se faisant rabrouer au portail par sa sœur qui l'attendait depuis un bon quart d'heure.

— Qu'est-ce que tu traînes ! Pourquoi t'étais si long ? Tu files un mauvais coton. Si tu continues comme ça, Papa et Maman vont être obligés de te mettre en pension, exagérait-elle, avec sa façon bien à elle de l'encourager.

Dans sa tête de petit garçon, organisée comme un dictionnaire, « pension » et « prison » avaient toujours été rangés côte à côte. L'idée ne l'avait donc jamais emballé outre mesure.

— Tu m'entends, Gus-Gus, accroche-toi : j'ai besoin de toi pour qu'on se mette sérieusement aux échecs.

Sur ce terrain, Gustave avait déjà l'impression de faire plus que sa part.

Progressivement, à cause des devoirs, il y eut moins de sorties en famille le week-end, moins de loisirs, moins de sauts à la bibliothèque ou en forêt pour observer les oiseaux. Souvent, Noémie devait décliner des invitations d'amis ou des dimanches en famille : « Excusez-nous, on ne pourra pas venir, nous avons les devoirs de Gustave. » Cela avait le don d'énerver son père, qui commençait à en avoir assez que leur vie tourne autour des échecs scolaires de son fils. Il en avait marre de retrouver son épouse en pleurs, stressée, à cran, plus du tout disponible pour lui.

Car chaque soir, les devoirs se transformaient en torture pour Gustave et sa mère. Ils y passaient plus de deux heures, où elle faisait de son mieux pour le porter à bout de bras.

Tout était compliqué, même les choses les plus simples. Noémie était dans l'incompréhension totale et se sentait de plus en plus impuissante à aider son fils. Comment expliquer que sa sœur se contentait de lire une liste de vocabulaire pour savoir orthographier parfaitement les mots, alors que Gustave pouvait y passer deux heures le soir et trente minutes le matin, inventant chaque fois une nouvelle faute ?

Dès qu'il y avait une ligne d'écriture à faire, Gustave s'énervait et finissait par hurler : cette main qui tenait le stylo, il la détestait, elle lui faisait mal, elle refusait de lui obéir. Il fit même un début de tendinite, tant il s'agrippait à son crayon. Le résultat était toujours irrégulier, illisible, insatisfaisant. Noémie essayait de garder patience :

— Je ne veux plus que tu pleures quand tu fais de l'écriture. Si je te le demande, c'est que je sais que tu en es capable. Allez, continue, tu vas réussir.

Parfois c'était la main qui le bloquait, parfois c'était autre chose :

— Maman, je ne suis plus sûr de savoir comment ça s'écrit ? avouait Gustave, complètement tétanisé.

— Si tu ne sais pas ou que tu n'es pas sûr, alors prends le dictionnaire et vérifie. Tu as le droit. C'est normal : moi aussi, cela m'arrive tout le temps.

— Mais à l'école, je ne peux pas ! criait-il, découragé.

Depuis sa chambre, Joséphine mettait la musique plus fort pour couvrir les lamentations de sa mère et les pleurs de son frère. Lui rêvait de détente après la classe, on le forçait à prolonger le supplice. Et immanquablement, cela se répercutait à l'école : il se présentait fatigué, doutant de lui, n'y arrivant pas. Certains jours, il n'essayait même plus.

Au début du printemps, Noémie fut convoquée par M. Villette.

— Avec Gustave, c'est compliqué, commença-t-il en ouvrant un dossier épais et constellé de gommettes de multiples couleurs, dont il affublait les élèves pour leurs divers troubles d'apprentissage. J'ai essayé de le mettre au premier rang pour capter son attention, mais il est toujours à la traîne. En plus, c'est un vrai fainéant : les devoirs ne sont jamais faits.

La mère de famille sortit de ses gonds.

— Vous ne pouvez pas dire ça, s'offusqua-t-elle. On y passe plus de deux heures tous les soirs !

— Madame Aubert, s'il les fait, cela m'inquiète encore plus, avait continué l'instituteur. Il faut qu'il travaille davantage, qu'il s'accroche, sinon nous n'aurons pas d'autre choix que de refuser le passage en CE1. D'ailleurs, serait-ce un drame ? N'est-il pas un peu plus jeune que ses camarades ? Il est de la fin d'année, non ?

— Pas vraiment. De mars. Le 11.

Le jour international des catastrophes, s'abstint-elle de préciser. Celui de la commémoration des attentats, du tremblement de terre de Fukushima, de la mort de Claude François, du train déraillé à Madrid, ou encore de la fusillade d'Albertville, aux États-Unis. Gustave n'était pas vraiment né sous une bonne étoile.

— Né en mars, donc en décalage avec les élèves qui sont acceptés à la maternelle à partir d'avril. Même quelques mois, vous savez, à cet âge-là, ça compte.

Noémie le savait mieux que personne. Alors que son fils avait eu 2 ans et demi, on avait proposé à la jeune maman de le scolariser en avance. Mais, comme elle l'avait expliqué à la Directrice, Gustave n'était pas prêt à se décoller de sa mère et ce fut un désastre : le petit garçon sanglota sans discontinuer pendant des semaines, déprimant les autres écoliers. Et lorsque l'on tentait de l'approcher, il se mettait à hurler. La seule parade que Noémie trouva fut de le récupérer et de l'inscrire à la rentrée suivante. Avec Gustave, quand ce n'était pas l'heure, ce n'était pas la peine d'insister.

Après son entrevue avec M. Villette, Noémie rentra à la maison en pleurs. Gustave voulut la consoler, la prendre dans ses petits bras, mais elle s'en dégagea aussitôt et s'enferma dans sa chambre. Le garçon sentit naître en lui une haine féroce contre son professeur : comment osait-il mettre sa mère dans un tel état ?

Pendant des semaines, il redoubla d'efforts pour la rassurer : il participa activement en classe, même quand il n'était pas sûr de lui. Il essaya de toutes ses forces, y mit toute l'énergie qui lui restait, mais cela ne suffit pas.

Dès le mois suivant, Gustave fut remis au fond de la classe pour le dernier trimestre. Son professeur avait baissé les bras.

10

Ce qui ne te tue pas te rend plus fort

Gustave se noyait et on lui appuyait sur la tête plutôt que de l'aider. On avait ouvert la bonde du lavabo et, telle la dernière goutte d'eau, il était englouti par le tourbillon, abandonné, prêt à disparaître complètement dans les remous du système scolaire. Sans l'énergie déployée par sa mère, Gustave aurait redoublé le CP, et les autres classes du cours élémentaire aussi.

D'une année sur l'autre, son dossier de cancre le suivait, les enseignants l'accueillant toujours en connaissance de cause. Ils ne s'attendaient pas à des miracles de sa part et étaient rarement contredits. Certains, toutefois, constataient les efforts du jeune garçon, d'autres l'encourageaient même, mais tous s'accordaient à dire qu'il n'était pas au niveau de la sœur.

Gustave héritait des vieux jeans et du cartable hors d'âge de Joséphine, mais il ne parvenait pas à enfiler le même costume du premier de la classe. Ne pouvait-on pas être une simple fougère et pousser paisiblement à l'ombre d'un grand chêne ?

À force d'entendre ses enseignants lui reprocher de poser des questions, lui intimer l'ordre de se taire en classe et de s'occuper de ses affaires, Gustave se mura peu à peu dans le silence. Et lorsque sa sœur, qui commençait des cours de latin, lui dit un soir en plaisantant que l'étymologie du mot « enfant » signifiait « celui qui ne parle pas », Gustave prit le message au pied de la lettre et décida de se taire pour de bon. Au milieu du CE1, une orthophoniste fut donc réquisitionnée pour résoudre ce nouveau problème. Elle avait l'habitude des élèves « à gommettes rouges », celles que les professeurs attribuent aux enfants trop ceci ou pas assez cela. Après une première consultation, Gustave fut catalogué « trop timide ». Le jeune garçon en sortit amer, se sentant désespérément incompris. Il commençait à en avoir assez des étiquettes qui grattent, des gommettes qui collent et des cases trop étroites dans lesquelles les adultes s'obstinaient à l'enfermer.

Gustave n'était pas emballé par ces séances chez l'orthophoniste, mais il avait laissé faire. Avec ses professeurs, ne pas réagir était encore ce qui marchait le mieux.

L'orthophoniste animait des séances dites de *psychodrame :* en un mot, tout était dit. Ils étaient une demi-douzaine d'élèves, rassemblés une fois par semaine dans une salle sans décor, assis en cercle comme autour d'un feu de joie. Mais ni chaleur ni joie ne se dégageait de ce petit groupe, et tous se regardaient en coin, gênés de faire partie de la mauvaise équipe.

On attendait d'eux de prendre la parole, de s'exprimer sans peur devant les autres. Ils étaient libres de choisir ce qu'ils avaient envie de partager, soit d'expliquer leurs sentiments, soit de réciter des textes. Gustave, qui ne savait jamais quoi dire, interprétait du mieux possible ses poésies, et se rasseyait vite pour avoir la paix. Sekou, lui, qui ne comprenait jamais rien d'emblée, avait à la première séance commencé par ouvrir grande la bouche, attendant qu'on vienne vérifier ses caries. Le connaissant par cœur, Gustave était venu à sa rescousse. De toute évidence, orthophoniste et orthodontiste étaient trop proches dans son cerveau et il y avait eu bug.

Cela n'aurait jamais dû être une honte pour Gustave d'être aidé, mais la manière de le secourir renforçait le fait qu'il se sentait encore plus un moins que rien. Chaque semaine, l'orthophoniste venait chercher Gustave et Sekou en classe, devant les autres élèves, et très rapidement ils furent stigmatisés cancres.

Pire, Gustave fut surnommé une bonne partie du primaire « Gogol » par des camarades malveillants, jusqu'au jour de CM1 quand ils l'avaient surpris à la bibliothèque, le nez plongé dans un dictionnaire : à la première remarque intelligente qu'il avait faite en classe, on l'avait sifflé de fausse admiration et affublé d'un nouveau quolibet : « Google » ! Gustave ne serait jamais assez bien pour eux.

L'orthophoniste avait suivi Gustave et Sekou durant trois ans, mais elle ne détecta rien : la confusion entre le « b » et le « d » de Gustave s'était corrigée toute seule, semblait-il, et le zozotement de Sekou s'était atténué, en cette fin de CM1.

Au fil des années, Noémie fut régulièrement convoquée pour s'entendre dire : « Mais, vous l'aidez un peu ? » On la faisait se sentir coupable, mais de quoi ? Elle ne le savait pas. Elle avait l'impression que plus les parents aidaient, plus on leur reprochait de ne pas en faire assez. Alors, elle ravalait sa fierté et continuait de le faire réviser.

Quand ce n'était pas la grammaire, avec laquelle Gustave était définitivement fâché, ou les problèmes de mathématiques, qui portaient bien leur nom, c'étaient les tables de multiplication qui lui embrouillaient le cerveau.

— Allez, Gustave. 8 x 9 ? Malgré que ce soit dur, je sais que tu peux le faire. Même moi, qui ne suis pas une lumière, j'y suis arrivée.

— Ça, c'est vrai ! approuvait Joséphine. Et on dit « malgré le fait que », Maman.

— Toi, on ne t'a pas sonnée, la rabrouait aussitôt Noémie.

Noémie avait la conviction que son fils n'était pas stupide : il n'était juste pas fait pour ce système scolaire. Elle-même n'avait pas fait de longues études et s'en sortait dans la vie. Tout le monde n'était pas destiné à briller à l'école, l'important était que Gustave progresse à son rythme, et c'était déjà une victoire. Elle en était sûre : s'ils avaient dû attendre que Gustave valide les compétences de petite et moyenne sections, il y serait toujours.

La maternelle s'était passée, ni bien ni mal, pour Gustave. Il n'en gardait pas un mauvais souvenir. Il n'en gardait pas un bon non plus. Le dessin, ce n'était pas son truc. Les activités en groupe, ce n'était pas son truc. Les lettres, ce n'était pas son truc. Les chiffres, ce n'était pas non plus son truc. La motricité, et le sport en général, ce n'était vraiment pas son truc. Même la récréation, ce n'était pas son truc : il restait seul à observer les autres, comme inutile. On ne l'appelait jamais pour jouer, et il se faisait immanquablement bousculer lors des parties de chat perché. Il se tenait toujours au mauvais endroit, tel un obstacle plutôt qu'un copain. Seuls les oiseaux trouvaient grâce à ses yeux. Sa passion pour les volatiles se nichait sans doute là : dès son plus jeune âge, Gustave les enviait de pouvoir survoler les foules et de ne pas être à la merci des croche-pattes.

Gustave avait donc gravi les échelons de la maternelle et du primaire, un à un. Passablement. Péniblement surtout.

Chaque soir, il continuait de faire ses devoirs avec assiduité pendant que sa sœur avait le droit de paresser dans sa chambre, accaparant l'ordinateur qui n'avait plus rien de familial.

Dans leur foyer, la tension était encore montée d'un cran. Noémie semblait avoir perdu son entrain naturel : elle ne chantait plus, ne contribuait plus aux discussions à table et se montrait souvent défaitiste. Désormais, le père de Gustave, lui, rentrait rarement avant 20 h 30. Quand ses parents se retrouvaient, ils ne savaient plus se parler normalement : ils s'aboyaient dessus, souvent à cause des devoirs. Donc à cause de lui.

— Laisse-le se débrouiller ! C'est un fainéant, tu vois bien qu'il n'a pas envie. Et arrête de le materner autant : occupe-toi plutôt de ton mari.

— Mais si moi je ne le fais pas, qui va l'aider ? pleurait Noémie. Toi, peut-être ?

Gustave aurait préféré ne pas entendre leurs discussions, mais sa chambre était accolée à la leur, et les murs de leur appartement trop fins. Alors, il s'asseyait par terre, prenait ses Playmobils et s'inventait des histoires. À voix haute, pour ne plus les écouter. Des histoires drôles, de préférence.

Parfois, il se réfugiait dans la chambre de sa sœur, sans expliquer son désarroi. Joséphine avait la pudeur de ne pas s'attarder sur ses yeux rougis et lui proposait alors une partie d'échecs.

— Il m'énerve le cheval à ne pas faire comme les autres… s'agaça-t-elle un soir alors qu'elle était en train de perdre.

— On dit « cavalier » ou « cheval » ? douta Gustave.

— Suis un peu, Gus-Gus, le secoua-t-elle. Plus je joue, moins j'aime ce jeu. Tu te rends compte : il faut faire échec, plus échec, plus échec pour gagner ? Ce n'est pas très positif comme état d'esprit.

— C'est peut-être une allégorie de la vie ? suggéra-t-il alors, timidement.

— D'où tu sors ce mot ?

— Je ne sais pas. J'ai commencé ton truc de la radio. Ça doit venir de là.

— Tu me fais flipper, parfois, Gus-Gus, lâcha-t-elle, quittant la partie au moment où Gustave allait faire échec et mat.

D'autres fois encore, quand la mélancolie était grande, Gustave s'installait sur son balcon et cherchait au loin des oiseaux. Sur la rambarde flottaient au vent les restes d'une couverture de survie dorée, que Noémie avait découpée en lamelles et accrochée aux barreaux pour faire fuir les pigeons. Elle n'en pouvait plus des réveils matinaux par ces roucoulements incessants. Les pigeons avaient donc élu domicile sur le balcon de la voisine du dessous, qui les nourrissait grassement. Un jour, Joséphine, la croisant dans le hall de l'immeuble, lui avait demandé, effrontée :

— Dites, vous faites une étude scientifique sur la ténacité du guano ?

La voisine était partie en maugréant, s'enroulant dans son vieux châle comme pour se draper dans sa dignité. Elle avait doublé les quantités de graines le jour même…

Depuis sa chambre du 7e étage, Gustave avait une vue plongeante sur les pavillons rupins de la ville voisine. Tous quasiment disposaient d'une piscine. Il se fit la remarque que, lui, ça le gênerait d'avoir une vue depuis son transat sur des tours grises et moches.

Dans son quartier, on enlevait les couleurs. Progressivement. Insidieusement. D'abord le vert. Ils avaient coupé tous les arbres du parking extérieur ce mois-ci. Ils devaient penser que l'on ne respirait pas assez de particules fines. Puis, le bleu. On se réveillait le matin, le ciel était gris, on rentrait le soir, il était toujours gris. La nuit, il avait plusieurs fois essayé d'observer les étoiles, mais c'était peine perdue. Restaient le blanc et le noir, mais qui rapidement viraient au gris. Le gris. Partout. Le gris béton, le gris « fumée », le gris souris, le gris carrosserie sale, le gris cimetière. Le gris avalait tout. « Avec tout ce gris, pas étonnant que les gens deviennent aigris », avait-il dit un matin à sa sœur, alors qu'ils étaient accoudés à la rambarde de leur balcon. Joséphine lui avait répondu en murmurant : « Sous cette brume empoisonnée par leurs fatigues d'hier, des millions d'hommes s'éveillent, déjà exténués d'aujourd'hui. »

Gustave était resté admiratif, estimant que sa sœur était décidément plus douée que lui, sans savoir qu'elle récitait les mots d'un autre, un auteur au nom étrange, un mélange de Barjabule et Eau de Javel.

Dans la cité, on leur avait également ôté les animaux. Un à un. Avec les arbres étaient partis les rouges-gorges, les merles, les moineaux, les écureuils aussi. Et puis les hérissons que Gustave avait déjà surpris cachés sous les voitures du parking. Seuls restaient les pigeons. Sur les balcons, dans les canalisations, dans les faux plafonds. Et les rats, à la cave, parfois.

Un soir, alors que l'année scolaire de CM1 touchait à sa fin, Gustave rentra, longeant la dernière prairie qu'on venait de raser pour y construire un *Escape Game*. Il soupira, se faisant la remarque que leur vie n'avait rien d'un jeu et qu'il avait décidément du mal à en trouver l'échappatoire.

Alors qu'il s'apprêtait à sonner, Gustave remarqua la porte de son appartement entrouverte. Son cœur se serra : ce n'était jamais bon signe. Tous les six mois environ, il leur arrivait un pépin : un pneu crevé, des enjoliveurs volés ou encore des rayures latérales parcourant le capot, l'aile et les portières de leur vieille Clio. Et quand ce n'étaient pas les voitures ou les caves qui étaient vandalisées, c'étaient les appartements qui étaient « visités ». Chez eux, une radio des poumons était aussi efficace qu'un pied-de-biche pour séduire une porte blindée.

Angoissé, Gustave pénétra dans l'entrée sur la pointe des pieds, puis découvrit avec soulagement que son père était déjà là : il avait dû mal refermer derrière lui.

Le garçon ouvrit la porte du salon au moment où son père susurrait dans le combiné du téléphone : « Moi aussi, je t'aime ».

Avec un entrain décuplé, Gustave demanda :

— Je peux parler à Maman ? Il faut que je lui dise la bonne nouvelle : je passe en CM2 !

Pour une fois que son enseignante n'avait pas demandé le redoublement, cela se fêtait.

Son père lui lança d'abord des yeux noirs, puis se radoucit :

— Ce n'est pas Maman.

Lorsqu'il raccrocha, le père prit Gustave par les épaules, s'agenouilla à sa hauteur et chuchota :

— Ce sera notre petit secret, d'accord ?

À 10 ans, on obéit. Ce n'était même pas une question de loyauté envers son père. Mais le besoin de protéger, coûte que coûte, celle qui avait toujours été là pour lui.

11

L'espoir fait vivre

Gustave n'aurait su dire si ses parents étaient faits l'un pour l'autre. Il était cependant sûr d'une chose, ils étaient complémentaires.

Alors que sa mère adorait faire des listes de tout, même des sujets de conversation à aborder avec sa meilleure amie, son père, lui, ne planifiait jamais rien pour n'avoir aucune contrainte ; il pouvait ainsi commencer des travaux dans la salle de bains le samedi qu'il laissait inachevés trois semaines durant, sans que cela le chiffonne. Il ne remarquait pas non plus l'irritation de sa femme qui, armée de son plumeau et de sa musique disco, s'évertuait à tourner autour du chantier en cours. Les corvées avant les plaisirs pour elle, les plaisirs sans aucune corvée pour lui.

Pendant l'été, Gustave s'était efforcé de passer des vacances insouciantes. Lui qui s'était toujours senti en sécurité dans le cocon familial, portait comme un poids trop lourd le secret qu'il partageait désormais avec son père.

La famille était d'abord partie au bord de la Méditerranée, pendant deux semaines, près du Lavandou. Là-bas, Gustave avait passé ses après-midi à creuser des trous de plus en plus profonds dans le sable, disparaissant parfois entièrement dans ses tranchées, ce qui inquiétait sa mère. D'une certaine façon, il pensait que si Sekou creusait autant de son côté, ils finiraient par se rejoindre. Quand il n'était pas sur la plage, Gustave enfilait son masque et son tuba, et plongeait à la recherche des plus beaux coquillages à rapporter à sa mère. Il était comme un poisson dans l'eau, comme un oiseau dans le ciel : heureux. Malheureusement, vers la fin du séjour, victime d'une otite carabinée, il fut privé de ces purs moments de bonheur.

Après ce séjour varois, la famille retourna dans son appartement pour quelques semaines. La boîte aux lettres débordait de prospectus et de factures, mais quelque chose d'inhabituel attira l'attention de Gustave : une carte postale. Sekou, son meilleur et unique ami, lui avait gentiment écrit. Il l'informait qu'il passait tout l'été au bord de l'eau – mais pas dedans – car il avait la jambe dans le plâtre. Il n'expliquait pas comment c'était arrivé. Gustave se fit la remarque qu'ils n'étaient pas « âmes frères » pour rien : sans se concerter, ils avaient tous les deux été privés des joies de la baignade. Toujours égaux dans l'adversité, depuis quatre ans. Gustave se hâta de lui répondre une longue lettre d'encouragement.

Alors que le garçon s'appliquait à écrire, assis à son bureau, son père débarqua dans sa chambre, les bras chargés de planches de contreplaqué et de sa boîte à outils :

— Gustave, j'ai une surprise pour toi.

Le jeune garçon leva les sourcils d'étonnement : c'était bien la première fois qu'il lui accordait ce genre de privilèges. D'ailleurs, Joséphine avait aussitôt passé une tête dans la chambre de son frère pour voir de quoi il retournait : les petits cadeaux lui étaient d'habitude réservés. Vexée, elle était à deux doigts d'intervenir, lorsque le père lâcha :

— Fiston, je vais te construire un nichoir de compétition ! Ça te dit ?

Gustave s'illumina : son père, qui depuis toujours méprisait sa passion pour les oiseaux, avait soudainement décidé de lui faire plaisir.

— Avec ce que j'ai récupéré sur mes chantiers, je vais utiliser des carreaux de céramique pour les murs, installer de vraies tuiles pour le toit et créer plusieurs étages. Tu verras, ça sera un véritable hôtel 5 étoiles.

Gustave lui aurait bien dit qu'un nichoir tout simple lui aurait autant plu, mais s'abstint : il n'allait quand même pas freiner son père dans son projet pharaonique, pour une fois qu'il avait droit à un peu d'attention. La seule chose que Gustave lui demanda – car cela lui semblait indispensable – était d'avoir un toit plat, amovible, pour pouvoir épier les volatiles sans les déranger.

Le père passa deux semaines de ses congés à prendre des mesures, crayon de papier derrière l'oreille, à assembler les panneaux de bois, à coller les carreaux extérieurs, qui semblaient bien inutiles aux yeux du garçon. Puis, un matin du mois d'août, son père le convoqua sur le balcon, pour lui révéler l'ouvrage qu'il avait tenu secret : le patriarche n'était pas peu fier.

Effectivement, avec ses trois étages, le nichoir était même hors catégorie pour les palaces ornithologiques. Gustave avait peur que la taille ne rebute les oiseaux, mais il tint sa langue. Il ne dit rien non plus lorsqu'il remarqua que son père n'avait pas équipé la maisonnette d'un toit rabattable…

Gustave le remercia et garda pour lui sa déception : aucun volatile n'emménagerait de sitôt dans cette maison de poupée.

12

On ne choisit pas sa famille

À la mi-août, la famille s'entassa dans la vieille Clio grise et mit le cap, avec Chérie FM à fond, pour le pavillon de banlieue des grands-parents paternels. Ils se débrouillaient toujours pour ne pas prolonger leur venue plus d'une journée.

Peu importe l'heure à laquelle ils arrivaient chez les parents du père, c'était l'apéro : pistaches, cacahouètes et pastis. Chez les Aubert, on attaquait fort. Il n'y avait pas de chichis : les enfants avaient droit à des Apéricubes, les adultes aux devinettes dont ils ne trouvaient jamais les réponses.

Le grand-père ne s'y connaissait en rien, sauf en départements et en chefs-lieux. Immanquablement, à peine débarqués, il lançait à Gustave et Joséphine un numéro entre 1 et 95, et ses petits-enfants lui renvoyaient des yeux déconfits, inquiétant très sérieusement le grand-père qui se demandait bien ce que l'on enseignait désormais si on avait laissé tomber la géographie du pays. Celui-ci prophétisait alors que les jeunes seraient, sans ce bagage, mal partis dans la vie. Il résumait souvent ainsi : « L'école, thèse, antithèse, foutaise », avant de se tourner sérieusement vers le père et de lui demander quel était l'intérêt, dans ces conditions, de laisser ses petits-enfants dépérir d'ennui et d'inactivité en classe alors que lui, sur ses chantiers, manquait de bras et de têtes bien faites.

Gustave, qui n'avait pas un avis tranché sur l'utilité des départements français mais s'était forgé une conviction quant à son amour pour l'école, dodelinait de la tête l'air de dire « Pourquoi pas ? » et s'attirait systématiquement un coup de coude de sa sœur. Il était vraiment prêt à vendre son âme au premier qui voudrait bien faire cesser son supplice scolaire.

Le grand-père déblatérait alors ses poncifs : les hommes se formaient sur le tas en se retroussant les manches, et usant de leur gouaille pour dégoter un travail quel qu'il fût. Les femmes, elles, étaient faites pour être à leur service : secrétaires, aides-soignantes, ou mieux encore, femmes au foyer. Dévouées, serviables, souriantes. Les remarques sexistes irritaient grandement Joséphine, qui entrait dans une joute verbale avec son grand-père dès le seuil de la porte franchi, et se faisait rappeler à l'ordre, de temps en temps, par son père.

Joséphine, rebaptisée amicalement « Miss Prout-Prout » par ses grands-parents, était exaspérée d'entendre les mêmes sottises, de respirer le même air vicié par la poussière et la cigarette, de subir une certaine forme de violence ou d'agression tolérée par tous.

Chez ses grands-parents, elle passait alors sa journée à lever les yeux au ciel à la moindre faute de français et à regarder sa montre avec l'espoir vain d'être enfin sauvée. Elle adulait son père, mais ce qu'elle aimait le moins chez lui était ses parents. Elle essayait de les tolérer de son mieux, mais faire semblant n'avait jamais été son fort. Définitivement, Joséphine détestait ces réunions de famille, et, le pire de tout pour elle, était qu'elle paraissait la seule à s'en offusquer. Même son frère se montrait indulgent.

Gustave, qui, aux côtés de Sekou, avait développé la passion des trous, adorait creuser dans le jardin de ses grands-parents en écoutant chanter les oiseaux ; il ne voyait rien à redire à ces moments. Ses grands-parents étaient gentils : ils leur achetaient du Coca et du saucisson rien que pour leur faire plaisir. Et ils évitaient, autant que possible, de lui souffler en pleine tête la fumée de leurs cigarettes à table.

Telle une vieille compagne de vie, la télévision était allumée 24 heures sur 24. S'il était physiquement impossible de la leur faire éteindre, saisis par la peur de rater quelque chose, Joséphine obtenait d'eux de la mettre en mode silencieux. Cependant, lorsque 13 h 30 arrivait, on remettait le son et tous s'hypnotisaient devant la Formule 1, engloutissant le poulet flageolets sans un œil pour son assiette. Quand ce n'était pas les sulfites du vin bon marché, c'était le bourdonnement des voitures qui leur donnait mal à la tête.

On savait qu'on approchait de la fin du déjeuner, vers 16 heures, à la couleur du nez du grand-père. Rougi par le vin, sûrement pour s'accorder avec la couperose de ses joues, celui-ci se mettait alors à parler dans une langue qu'aucun traducteur n'aurait pu décoder. Il grommelait des mots incompréhensibles : un mélange de plusieurs dialectes, de portugais et d'arabe appris sur les chantiers, de patois de son enfance, et d'une novlangue digne d'une anesthésie buccale paralysante : bref, un gloubiboulga éthylo-philosophique. Souvent, on finissait par comprendre qu'il en avait après le chien.

Il concluait alors son allocution sur un mode théâtral, se levant, du mieux qu'il pouvait. La démarche désarticulée, les chaussures accrochant au sol poisseux, il bringuebalait sa savate, sommant « Le chien » – c'était son nom – de ficher le camp de chez lui. Après moult menaces, il lançait sa chaussure et, à tous les coups, il loupait l'animal qui ne bougeait pourtant pas d'une oreille : même le chien n'y croyait plus. Alors, dépité, le grand-père s'affalait n'importe où, de préférence sur un fauteuil en plein milieu du salon, et se mettait à roupiller.

Sur les coups de 18 heures, la grand-mère sortait l'artillerie lourde – verres de digestif et chants paillards – pour réveiller le patriarche après deux heures de sieste. C'était généralement à ce moment-là que la famille décidait de lever le camp, pour éviter de lever le coude une fois de plus.

Cette petite garden-party se répétait chaque premier dimanche du mois depuis des années, un peu moins régulièrement depuis que les devoirs de Gustave monopolisaient l'attention de Noémie. Joséphine remerciait intérieurement son frère pour cela.

Joséphine se mit à détester les dimanches, les week-ends et les vacances, ne vivant plus que pour l'école. Son unique bouée de sauvetage pour sortir de là. Elle se surprenait de plus en plus souvent à détester sa famille, son inculture, la lourdeur de ses discussions et son manque d'ambition. Que faisait-elle là ? À se demander si elle n'avait pas été échangée à la naissance ?

Quand le mardi suivant, tard dans la soirée, le téléphone sonna pour leur annoncer qu'ils devaient tous y retourner, la jeune fille rongea son frein. Cette fois, c'était pour une « bonne » cause.

13

Un dernier pour la route

Le grand-père Aubert avait rouspété toute sa vie, contre tout et n'importe quoi. La construction d'un nouveau rond-point, le choix de la sculpture posée dessus, la perte progressive de ses points du permis de conduire, la limitation de l'alcool au volant. Boire ou conduire, il ne voulait pas choisir.

Il était contre tout, même contre la mort, qui ne lui avait pourtant pas laissé le choix, le mardi précédent. Encastré dans la statue fraîchement déposée la veille, certaines mauvaises langues chuchotaient qu'il avait finalement décidé de l'observer de plus près.

La police, elle, opta plutôt pour l'hypothèse confirmée par la famille : alors qu'il se rendait à l'hypermarché pour son ravitaillement hebdomadaire en cubis et en pastis, il avait foncé tout droit, à travers le rond-point, culbutant de plein fouet l'œuvre d'art.

Lors de l'oraison funèbre, le prêtre, qui n'avait jamais vu le défunt de sa vie, et encore moins eu le privilège de l'accueillir dans ses rangs, fit un éloge aussi flatteur qu'inexact.

— *Il eut une vie tournée vers les autres…*

— Surtout tournée vers son verre de pastis, corrigea discrètement Joséphine, rabrouée par le regard désapprobateur de Gustave.

— *Il croyait en l'humanité.*

— Tu parles, la seule expression qu'il connaissait était « Un pour tous, tous pourris »… marmonna-t-elle à l'intention de son frère, qui se vit obligé d'acquiescer.

— *Il était bon avec chacun…*

« Pas sûr que le chien qui avait passé sa vie à éviter les coups de savate aurait été d'accord », rectifia intérieurement Gustave, croisant le sourire de sa sœur qui n'en pensait pas moins.

— *Raoul avait l'âme généreuse…*

Interdits, le frère et la sœur pincèrent soudainement les lèvres, n'échangeant plus le moindre regard entre eux. Premièrement, leur grand-père passait son temps à cacher ses litrons de pastis sous le caddie à la caisse pour éviter de les payer et déclarait fièrement une fois à la maison : « Voilà au moins une bouteille que les Boches n'auront pas ! » Mais surtout, le patriarche ne s'appelait absolument pas Raoul…

C'était toujours dans les situations les plus graves qu'il était difficile de garder son sérieux. Lorsque leurs yeux finirent par se croiser, le gloussement devint aussi inapproprié qu'incontrôlable. Ils avaient résisté tant qu'ils avaient pu, mais Joséphine et Gustave durent quitter l'église précipitamment, pour s'autoriser le plus grand fou rire de leur vie.

À la fin de la cérémonie, quand le cercueil passa près de lui, Gustave remarqua un numéro à quatre chiffres posé sur la couronne de fleurs : c'était la date du jour. Il ne put s'empêcher de noter intérieurement : la Creuse et les Ardennes. Son grand-père aurait été content de savoir qu'il avait au moins gagné la bataille des départements auprès de son petit-fils.

Une mort, c'est toujours triste, pourtant avec le départ du grand-père, elle avait perdu de son tragique aux yeux de Gustave. Il s'était accordé avec ses peurs et sa conscience pour tout miser sur la réincarnation. Et comme il s'y connaissait bien en animaux, cette idée lui ouvrait des perspectives plutôt réjouissantes. Il espérait cependant que son grand-père ne soit pas réincarné en chien…

Pour sa part, le jeune garçon avait d'abord imaginé devenir un aigle. Libre, fort, et sans prédateur dont se soucier. Mais la vie d'un rapace était bien solitaire, et, dans sa vie humaine, Gustave avait déjà assez expérimenté l'isolement. Tout compte fait, la vie d'une fourmi, besogneuse, toujours occupée à différentes tâches et vivant en collectivité, se révélait plus passionnante. Lui qui avait toujours eu beaucoup d'empathie pour les animaux s'abstint dès lors de zigouiller la moindre petite bête, moustiques compris.

Pendant quelques semaines, le père cacha sa peine, et le reste de la famille, son soulagement : Gustave était rassuré pour le bien-être du chien, Joséphine pour son bien-être à elle, et Noémie de ne plus avoir à réexpliquer cent fois à ses beaux-parents pourquoi les devoirs du garçon étaient prioritaires sur leur assemblée familiale mensuelle. Devoirs, qui allaient d'ailleurs reprendre d'ici quelques jours, ce à quoi elle évitait de penser.

À la veille de la rentrée des classes, alors que Gustave fermait les yeux, il pensa à ses proches et l'image d'une fracture lui vint. Comme la jambe de Sekou. Comme un craquèlement de leur photo de famille, comme une catastrophe annoncée. Il aurait préféré enterrer cette pensée, dans un trou très profond, en espérant que jamais elle ne ressurgisse. Mais le processus était déjà enclenché.

14

Les chats ne font pas des chiens

Le matin de leur rentrée – respectivement en CM2 pour le frère et en 3e pour la sœur –, Joséphine prévint Gustave : son nouvel enseignant, M. Peintureau, en tenait une sacrée couche.

Physiquement, Joseph Peintureau s'apparentait au rat-taupe nu avec son crâne luisant, son absence totale de cou et sa peau translucide, mais il présentait également quelques ressemblances avec la tortue, dont il portait fièrement la carapace sur le ventre.

Il était de ces instituteurs chez qui la promesse d'un déodorant 48 heures paraissait un minimum : la douche quotidienne semblait être en option. Ses vêtements dégageaient toujours une odeur d'humidité et de graillon qui forçait les élèves des premiers rangs à rester le nez plongé dans la manche de leur sweat.

Joseph Peintureau, trentenaire anarchiste, se pensait drôle et dans le coup parce qu'il était plus jeune que ses collègues. Il vivait toujours chez sa mère et avait une passion pour le bowling et les chemises de bûcheron. Ses élèves gloussaient souvent, sans qu'il se posât la question de savoir s'ils riaient « avec » lui ou « de » lui.

Dès le premier jour de cours, il ne put d'ailleurs s'empêcher d'essayer de faire de l'humour, transformant la salle de classe en arène, cherchant quelques gladiateurs à sacrifier aux lions.

Alors qu'il ramassait les fiches de renseignements, M. Peintureau tiqua sur plusieurs d'entre elles, mais fit une réflexion sur celle de Gustave, dont la réputation de cancre l'avait cette année encore précédé :

— Métier désiré : Ornithologue ou Historien ? Quelle ambition ! Meilleure blague de l'année, Gustave. Tu sais qu'il faut faire des études pour ça, n'est-ce pas ? Tu devrais faire humoriste, en fait. Allez, viens nous résoudre cette division, somma-t-il en faisant crisser le tableau noir avec sa craie.

Et lorsque Gustave, stressé par sa hantise d'être ainsi exposé devant toute la classe, s'était trompé, M. Peintureau avait conclu à l'intention de ses camarades :

— Aubert, tu es digne de ta réputation. Heureusement que l'espoir fait vivre…

Le jeune garçon rougit de la tête aux pieds et serra les poings le plus fort possible. Il se mit à détester son enseignant à qui il décida de chercher pendant toute la fin du cours un sosie encore plus laid que le rat-taupe nu, mais il dut s'avouer vaincu : cela n'existait pas.

La semaine suivante, le professeur ne se montra pas plus agréable lorsque Gustave lui demanda la permission de suivre les cours d'échecs qui se déroulaient pendant la pause du midi. L'enseignant, qui était responsable de cet atelier, refusa sans discussion :

— Crois-moi, mon ami, ce n'est pas pour toi.

Gustave n'aimait pas quand son professeur lui servait du « mon ami » à tour de bras. Il n'aurait su dire pourquoi mais cela lui rappelait certains charognards de dessins animés qui cherchent à amadouer avant d'entourlouper.

— Mais j'y joue déjà depuis plus de deux ans avec ma sœur… Et je ne suis pas mauvais, monsieur.

— Tant mieux pour toi si elle te laisse gagner, mais je préfère te savoir concentré sur tes devoirs que de te voir t'amuser. Car ton passage au collège, tu crois que tu vas l'avoir comment ? Au petit bonheur la chance ?

Gustave baissa les yeux et ravala péniblement son enthousiasme. Il commençait à les connaître par cœur ces vieilles expressions françaises que plus personne – sauf ses professeurs – n'utilisait.

Parfois la vérité est cachée aux enfants, afin de les garder dans un cocon protecteur le plus longtemps possible. Ce n'était pas le cas de M. Peintureau.

Il ne s'aperçut d'ailleurs même pas de la déception du jeune garçon. Lui s'estimait juste, et il tenait à partager avec ses élèves toutes les désillusions de la vie qu'il avait lui-même reçues comme des claques. Sans rancœur, il estimait être de son devoir de les prévenir des difficultés qui les attendaient. Rien ne serait facile.

Ainsi, en octobre, M. Peintureau entreprit un cours à cheval entre l'histoire, l'éducation civique et la sociologie. Ce jour-là, il leur apprit un mot qui allait changer la vie de Gustave. Un mot que les élèves avaient d'abord pris pour tabou : « *Homogamie* ».

C'étaient vraiment des grands, les CM2, pour qu'on aborde la sexualité en classe. D'habitude, Gustave en entendait parler seulement en récréation. Ce jour-là, tous les élèves furent d'abord captivés, puis très rapidement déçus. Tel un véritable ascenseur émotionnel, l'homogamie se révéla aussi rébarbative que la conjugaison ou la grammaire.

M. Peintureau venait d'un milieu populaire, et il avait en face de lui des enfants de situations disparates, certains de milieux plutôt bourgeois, mais principalement issus des classes moyennes, voire défavorisées.

Lorsqu'il leur annonça que, statistiquement, les contes de fées n'existaient pas – que les princesses n'épousaient jamais les bergers, les princes jamais les servantes –, cela fit hausser les épaules de la classe entière. Ils le savaient déjà, c'était comme le Père Noël et la petite souris : cela faisait longtemps qu'ils n'y croyaient plus. Les élèves se remirent à discuter entre eux, et le professeur continua avec ses chiffres, ses catégories socioprofessionnelles, ses exemples révélateurs, qui n'intéressèrent plus personne. Sauf Gustave.

Ce dernier ne connaissait aucune princesse – alors de là à en épouser une, il en était loin –, mais il se rendit compte d'une réalité qui le fusilla sur place : toute sa famille était rangée dans les deux dernières colonnes, OUVRIERS et EMPLOYÉS. Sa mère, son père, ses quatre grands-parents, et, d'après ce qu'il en savait, ses arrière-grands-parents aussi. Dans sa lignée, et contrairement à certains de ses camarades, pas de cadre supérieur, de médecin, d'avocat, de commerçant, de chef d'entreprise, d'artiste, d'enseignant ou autres…

Gustave ne s'était jamais demandé si sa famille était née du bon côté ou non, s'ils étaient riches ou nécessiteux : il s'en contrefichait. De toute façon, ils ne devaient pas être pauvres, vu qu'ils partaient chaque été à la mer. Mais quelque chose le titilla, lui rappelant une des colères récentes de sa sœur.

Chez eux, le seul sport que l'on pratiquait régulièrement était la fameuse génuflexion, celle nécessaire pour se baisser dans les rayons des supermarchés afin d'attraper le produit premier prix. La marque Numéro 1. Dans la famille, on mangeait Numéro 1, on se brossait les dents au Numéro 1, on se douchait au Numéro 1, on empêchait sa peau de vieillir au Numéro 1, on se protégeait périodiquement au Numéro 1. Bref, on faisait confiance au Numéro 1, et Joséphine exécrait cette vie qu'elle jugeait « au rabais ».

Les marques, ils les connaissaient en apprenant par cœur les publicités à la télévision, mais Gustave n'avait jamais vu l'ombre d'un vrai Nutella, ni d'un jogging à trois bandes, encore moins d'un vrai polo à Crocodile. Même les baskets ou le sac à dos dernier cri de sa sœur étaient dénichés aux braderies organisées par le Secours populaire de la ville.

À la fin de l'exposé de M. Peintureau, Gustave leva la main longtemps. Son professeur, qui avait d'abord eu l'intention de lui dire de se taire, ne put l'ignorer éternellement. Gustave interrogea avec sa logique naïve, bien à lui :

— Si je créais une entreprise et devenais le patron, ça pourrait changer, non ?

— Mon pauvre Gustave. Je te le souhaite sincèrement, mais je reconnais bien là en toi le « doux rêveur » dont tout le monde m'a parlé. Utopiste, même.

La classe se mit à rire, sans vraiment comprendre le mot.

— Allez, trêve de bavardages, les Cocos. Rangez vos affaires, ne gardez que votre stylo bleu : contrôle surprise !

Gustave baissa le bras. Il avait encore des milliers d'interrogations qui se bousculaient dans sa tête. Il eut du mal à se concentrer sur les questions impromptues de mathématiques, mais ne s'en sortit pas trop mal. Lorsque la sonnerie retentit, les élèves quittèrent la classe bruyamment, seul Gustave s'approcha du bureau du professeur pour continuer la discussion.

— Maître, j'avais encore une question sur l'homo…

— L'homogamie ?

— Vous dites qu'on reste dans la même case, que c'est le destin. Mais mes parents se sont bien rencontrés par hasard, c'était même en discothèque, donc tout peut arriver ?

— Une boîte de nuit ? Ça promettait déjà de grandes discussions et un avenir radieux, marmonna-t-il avant de reprendre plus distinctement. Mais il n'y a jamais de hasard, en réalité, Gustave. Tiens, je parie qu'ils se sont rencontrés dans un club de leur ville ou à moins de 5 kilomètres. Je parie aussi qu'ils sont tous les deux du même milieu social…

Gustave s'abstint de confirmer et se contenta de rougir d'agacement.

— Et si j'allais à Paris ? Tout le monde est mélangé avec tout le monde… tenta-t-il, désespéré. Je pourrais tomber amoureux d'une fille de « Cadre supérieur », lut-il, et si on se marie, pour mes enfants, ça peut changer, non ?

— Certes, mais une fois que tu auras pris ton RER, quelles chances crois-tu avoir de rencontrer ce type de femme ? Il faudrait encore qu'elle s'intéresse à toi, et penses-tu qu'elle sera plus séduite par tes discussions d'oiseaux ou par tes vêtements de solderie ?

Gustave resta estomaqué. Son instituteur n'avait pas dit « un tocard comme toi », ni même « un bouseux de ton espèce », mais c'était tout comme. Il se sentit giflé, humilié.

— Allez, Gustave, ce n'est pas si grave que ça. File en récréation. On a tous les deux besoin de prendre l'air, annonça-t-il en sortant son tabac à rouler de sa poche.

Gustave serra les dents : Joséphine s'était trompée, ce professeur avait un don. En dix minutes de cours, il pouvait démoraliser un enfant pour une vie entière, l'enfermer dans une case de plus. Pour toujours.

15

Chacun chez soi
et les moutons seront bien gardés

Quelques jours plus tard, une rumeur parcourut la classe : M. Peintureau allait rendre les copies du contrôle surprise et, apparemment, ce n'était pas fameux.

L'instituteur avait toujours le même cérémonial, qui donnait à Gustave l'envie de vomir. M. Peintureau prenait un malin plaisir à distribuer les copies dans un ordre bien précis : de la moins bonne note à la meilleure. Celle de Gustave était immanquablement la première à être rendue. Celle de la place officielle de « cancre ». Et chaque fois, quels que soient les efforts, M. Peintureau ne pouvait s'empêcher d'ajouter de manière désobligeante : « On touche le fond et tu continues de creuser », ou encore : « Aucun commentaire, tu as la note que tu mérites. »

Sauf que ce jour-là, la première copie rendue ne fut pas celle de Gustave. La suivante non plus. Le garçon commença à trembler sur sa chaise, à deux doigts de se sentir mal. Sekou, qui avait déjà récupéré la sienne, sourit à son ami : point de jalousie, mais de l'estime et du bonheur pour l'autre. C'était un sacré événement de ne pas faire partie, ensemble, des deux derniers. C'est dans les jours de pluie, et de soleil aussi, que l'on connaît ses vrais amis.

Gustave ne voulait pas y croire, même s'il savait qu'il n'avait pas complètement raté : c'était le type de problèmes d'arithmétique qu'il travaillait régulièrement avec sa mère, donc la surprise n'en était pas une pour lui.

Plus le paquet de copies diminuait, plus l'espoir de Gustave, mêlé de gêne, s'intensifiait. Il avait du mal à se réjouir des mauvaises places des autres, cependant, pour une fois que ce n'était pas pour lui, il fallait qu'il en profite. Alors qu'il restait dix devoirs à rendre, Gustave sentit son estomac littéralement au bord des lèvres. Quand fut enfin distribuée la dernière copie – la meilleure note donc –, l'instituteur balaya la salle des yeux, s'éclaircit la gorge, puis tendit le devoir comme d'habitude à la première de la classe, avant de se réinstaller à son bureau sans un regard pour Gustave.

Devant le doigt levé du garçon, M. Peintureau fronça les sourcils, puis vérifia négligemment l'intérieur de son cartable et sortit l'orpheline :

— Ah, j'avais dû l'oublier. Rien de très brillant, comme d'habitude !

M. Peintureau ne s'excusa même pas. Déchiffrant sa note, Gustave se rendit compte que, dans la mise en scène habituelle, il n'aurait pas été le premier à recevoir son devoir, mais le quatrième. Ce qui aurait dû tirer quelques compliments ou au moins un commentaire encourageant de la part de son professeur. Mais non, sur un simple oubli, il était resté aux yeux de ses camarades le dernier de la classe.

Gustave était prêt à parier que M. Peintureau l'avait fait exprès.

Le soir même, Gustave tourna, vira dans son lit, repensant à la copie oubliée, et culpabilisa : pourquoi un enseignant agirait ainsi de manière volontaire ? Gustave devenait amer et commençait à douter de tout et tout le monde.

Après être sorti discrètement sur son balcon pour voir si, à tout hasard, un oiseau avait élu domicile dans son nichoir 5 étoiles – espoir vain –, Gustave finit par se recoucher et s'endormir sur l'idée qu'il se trompait en accusant le messager pour le contenu de sa missive.

Il sombra dans un cauchemar, qui malheureusement se faisait de plus en plus récurrent.

Des hommes malintentionnés essayaient de l'attraper devant l'école, alors il décidait, comme Superman, de s'échapper en s'envolant. Sauf qu'il décollait à un mètre cinquante au-dessus du sol et avançait moins vite qu'eux. Il tentait d'accélérer, en nageant la brasse, mais, avec ses cuisses de grenouille, il faisait du surplace et les jeunes se mettaient à ricaner, finissant par le rattraper simplement en marchant. Ils l'empoignaient et le plaquaient au sol, là où il savait qu'il finirait par tomber, comme chaque fois : devant l'école. Fermée. Close juste pour lui, les autres élèves entrant comme des fantômes à travers la grille.

Lui qui avait toujours désiré voler avait imaginé une toute autre expérience.

Encore tremblant, Gustave pénétra à pas de loup dans la chambre de sa sœur pour chaparder l'épais livre sur la signification des rêves qu'elle avait reçu pour son dernier anniversaire. Elle trouvait cet ouvrage stupide – bien qu'elle ne l'eût jamais ouvert –, mais aurait refusé par principe de lui prêter.

En parcourant le sommaire, il se rendit compte que, comparé aux autres symboles, ses rêves étaient insignifiants, petits, dérisoires. Même dans son imaginaire le plus intime, Gustave ne s'autorisait à rêver qu'en minuscule.

Croisant son reflet dans le miroir, il en eut assez. Personne ne déciderait de son destin à sa place et, pour s'extraire de sa condition, un seul moyen lui venait à l'esprit : l'école.

Pour contredire ce professeur désabusé, qui avait dû essayer de décourager chaque élève passé dans sa classe depuis dix ans, Gustave allait gravir cette échelle sociale en prenant l'ascenseur scolaire. Comme Joséphine. Il allait redoubler d'efforts et personne ne l'en empêcherait.

Cependant, de redoubler, il en fut effectivement question, quelques jours plus tard, lorsque l'instituteur convoqua sa mère.

— Gustave, Gustave, Gustave… soupira-t-il. C'est au-delà de compliqué avec lui. Vous avez vu son dernier contrôle de maths ? C'est à se demander si les devoirs, il les fait vraiment. Je ne vois pas quel avenir pourrait s'ouvrir à lui, à part peut-être « essayeur de matelas ». Je ne peux pas le laisser passer au collège. Avec si peu de bonne volonté de sa part, je me vois obligé d'imposer le redoublement.

Noémie déglutit, posa lentement ses mains sur le bureau de l'enseignant et se déploya de tout son long :

— Écoutez-moi bien, jeune homme. Je vous interdis de juger mon fils ou de tirer des conclusions hâtives sans rien savoir, ni de lui, ni de nous. Il bosse plus que n'importe lequel de vos élèves, et quand ça paiera – car ça paiera –, il aura eu bien du mérite. Alors, votre redoublement, vous pouvez vous le carrer où je pense.

Elle sortit en claquant la porte derrière elle, plus droite et fière que jamais. Oh que ça faisait du bien !

Alors que cet entretien s'était passé entre adultes – à la demande de Noémie pour protéger Gustave –, le maître ne put s'empêcher dans le carnet de notes du second trimestre d'insister sur sa proposition de redoublement et d'indiquer en commentaire général : « *Veut mais ne peut pas* » !

De ces phrases qui blessent un enfant à vie. À moins que, sans le savoir, il ne lui ait donné une rage de réussir, d'aller le plus haut possible. Pour prouver que rien n'est jamais écrit.

16

Ça porte la poisse

C'était bientôt la fin de l'année scolaire. Si M. Peintureau recommandait de maintenir l'enfant en CM2, l'entrée au collège se profilait finalement pour Gustave, grâce à la détermination sans faille de sa mère. Le garçon était impressionné par son courage, sa façon de toujours garder espoir. Lui aurait capitulé depuis longtemps, mais elle, non.

Cependant, une ombre vint assombrir le tableau : Gustave allait bientôt être séparé de son seul ami, Sekou, le comparse d'infortune avec lequel il avait partagé cinq années de sa vie. La moitié de son existence.

La ville comportait deux collèges. Gustave et Sekou, habitant chacun à une extrémité de celle-ci, seraient contraints d'aller dans celui de leur quartier. Gustave avait supplié ses parents d'être inscrit dans l'autre établissement – il était prêt à se lever le matin à 6 heures et à prendre deux bus –, mais sa demande resta lettre morte. Il n'obtint leur approbation – au forceps – que sur son choix d'option : latin, comme Joséphine. Comme Sekou, surtout, qui n'avait finalement pas abandonné son rêve de devenir paléontologue. L'espoir fou de Gustave, c'était de retrouver son ami dans l'unique lycée de la ville, où Joséphine allait faire sa rentrée en seconde.

Gustave redoutait le collège, et il n'aurait même pas la chance d'avoir sa grande sœur dans l'établissement pour garder un œil sur lui. Il ne pouvait pas dire non plus qu'en CP elle l'avait pris sous son aile, ni joué le moindre rôle actif dans son intégration.

Assis par terre dans la chambre de Joséphine, à jouer à une nouvelle partie d'échecs, il lui posa une question qui le taraudait depuis longtemps.

— Pourquoi tu en veux autant à Maman ? Elle nous soutient toujours.

Joséphine reposa son pion et réfléchit un instant.

— C'est compliqué. Ce n'est pas tant ce qu'elle fait, mais ce qu'elle m'empêche d'être. Chaque fois qu'elle fait une faute de français, elle me rappelle que ma vie va devoir être un combat pour sortir de là.

Gustave ne voyait pas très bien en quoi leur milieu populaire était la faute de leur mère. Joséphine précisa :

— Tu auras remarqué que j'ai assez peu de respect pour ceux qui n'ont pas essayé de réussir, pas tenté d'avoir une vie meilleure. Maman n'est pas très exigeante avec elle-même. Pire, elle ne voit pas la médiocrité dans laquelle on baigne. Comme si elle était heureuse comme ça.

Gustave ouvrit la bouche pour défendre sa mère, mais sa sœur ne lui en laissa pas le temps :

— Je sais qu'elle a plein de qualités, mais là, tout de suite, je m'en fiche : je n'ai qu'une obsession, je compte les années qu'il me reste avant d'avoir le bac pour pouvoir me tirer d'ici.

— Mais, tu vois bien qu'elle t'aime, quand même ? Qu'elle te cède tout ?

— Elle m'étouffe, à m'infantiliser, à me dire quoi faire tout le temps alors qu'elle ne peut rien pour moi, en fait. Ma vie doit exister sans elle, contre elle, s'il le faut. Et puis, mes petites piques, elle doit bien savoir que c'est surtout de l'humour…

— Humm… dodelina Gustave de la tête, incertain. Et pourquoi Papa tu ne lui en veux pas autant, alors ?

— Déjà, il est beau, charismatique, presque intelligent, donc, ça, je le lui dois, répondit-elle, extrêmement sérieuse. Ensuite, quand Maman est constamment sur mon dos, Papa ne m'entrave en rien. Lui, il a compris que le plus important pour moi, c'est ma liberté. C'est peut-être son absence que je préfère, en fin de compte…

— C'est triste, non ? continua le jeune garçon, qui avait toujours fantasmé une relation profonde entre son père et sa sœur.

— Non, au contraire. Il m'aime, je le sais, et ça me suffit. Il pense d'abord à lui, à ses besoins, à ses envies, et ça me va, ça m'inspire même. Il n'a pas de limites. La vie est dure, on ne peut pas faire avec la sensibilité de tous.

— Tu parles de moi ? interrogea Gustave.

— Ne sois pas parano, de toi oui, mais de tout le monde. Faire plaisir aux autres, comme Maman, au point de s'oublier soi-même, très peu pour moi.

— On avait cru comprendre, chuchota Gustave. Et alors, quand tu partiras de la maison…

— Tu seras triste, oui, je sais, admit-elle.

— Heu, j'allais plutôt te demander si je pourrais reprendre ta chambre ? Elle est quand même vachement plus grande que la mienne.

— Pourquoi tu voudrais d'un endroit avec un papier rose alors que tu as la chance d'en avoir un qui te ressemble un peu, avec ton Petit Prince, éternel rêveur, et son renard ?

— C'est un fennec, corrigea Gustave, qui avait regardé plus d'un million de fois le motif aux murs de sa chambre, un dessin inspiré du conte de Saint-Exupéry, avec ses moutons, l'aviateur dans les nuages et son animal roux.

— N'importe quoi, ça a toujours été un renard, Gus-Gus, soutint sa sœur. « Je suis un renard, dit le renard. » Je me souviens de cette phrase. Tu vas voir, prépare tes excuses.

Ils étaient capables de passer d'un sujet sérieux à un plus léger en une seconde, tout en s'emballant avec la même fougue. Joséphine sauta sur l'ordinateur familial et fit une drôle de moue.

— Bon, il n'y a pas consensus, mais ils disent que c'est bien « un renard des sables ».

Gustave la regarda, interloqué.

— Et tu crois que ça s'appelle comment, un renard des sables ? questionna-t-il. Un fennec ! Donc j'ai raison.

— Que tu es pointilleux, soupira Joséphine. Il faut que tu apprennes à reconnaître lorsque tu as tort.

Alors que Gustave allait se réjouir d'avoir fermé, pour une fois, le clapet de sa sœur, leurs parents firent irruption dans la chambre et s'installèrent sur le lit face à eux, le visage fermé. Le frère et la sœur échangèrent un regard inquiet.

— Voilà, il n'y a pas de bonne façon de dire ça. Gustave, on a changé d'avis : on croit qu'il est préférable que tu redoubles le CM2.

Comme un coup de couteau en plein cœur, une trahison pure et simple. Gustave en resta bouche bée. Joséphine intervint.

— N'importe quoi ! Je ne comprends pas. Vous faites des pieds et des mains pour le faire passer, vous vous mettez toute l'école à dos, vous le laissez espérer, pour, au final, changer d'avis sur un coup de tête ? T'es complètement à côté de la plaque, Maman.

— C'est comme ça, et pas autrement, reprit Noémie. Je suis désolée, Gustave.

— Mais pourquoi ? Qu'est-ce que j'ai fait ? bredouilla-t-il, les yeux pleins de larmes.

Les deux parents se jetèrent un regard gêné, ne sachant qui allait prendre la parole, puis sa mère lâcha, comme un couperet :

— Ton père et moi avons décidé de divorcer.

17

Qui aime bien châtie bien

Longtemps, Gustave s'était couché de bonne heure : couché devant ses parents, ses professeurs, tous ces adultes qui détenaient le savoir, la science infuse, la vérité absolue. Lui, il n'était rien ni personne. Longtemps, il avait accepté sa condition de bon dernier. Dernier de la fratrie, dernier de la classe, dernier en tout. Sauf de l'alphabet, maigre consolation, que de se faire appeler en premier chaque matin. Et une fois encore, avec ce redoublement, les adultes complotaient et décidaient pour lui, en fonction de ce qu'ils croyaient être le mieux. Sans le consulter.

À 11 ans, Gustave n'avait plus envie de se taire. Il avait des choses à dire. Il n'était plus un gamin. Et puis, on lui avait assez reproché de ne pas s'exprimer – lui imposant des années de séances de psychodrame –, alors cette fois il était bien décidé à lâcher ce qu'il avait sur le cœur.

S'il faisait le bilan, ses notes n'étaient pas si catastrophiques : tout était une question de point de vue. C'est sûr que si on comparait à Joséphine, il ne lui arrivait pas à la cheville, mais les notes de Gustave étaient dans le milieu de tableau en histoire et en mathématiques.

Les adultes allaient voir s'il n'était pas capable de leur tenir tête, lui qui s'était toujours montré trop docile. Il revint à la charge :

— D'accord, j'ai pas 18 comme Joséphine. Mais 13 sur 20, ce n'est pas nul, se défendit-il.

— C'était 18,5 de moyenne en CM2, s'il te plaît, corrigea la sœur.

— Joséphine, ce n'est pas la question, la rabroua vertement Noémie. Sache, Gustave, que ce n'est pas une décision que nous prenons à la légère, ni de gaieté de cœur – parlaient-ils du redoublement ou du divorce ? –, mais crois-moi, c'est ce qu'il y a de mieux pour toi. J'ai déjà fait en sorte que tu n'aies plus monsieur Peintureau l'année prochaine.

Le père, qui n'avait pas encore ouvert la bouche, poursuivit :

— Il y aura trop de changements, tu vas être perturbé. Et ta mère va devoir reprendre un travail en 3 × 8 : elle ne sera plus là après l'école pour t'aider. On ne te laisse pas le choix, c'est pour ton bien.

Gustave lança un regard désespéré à sa sœur, qui ne releva pas la tête. Lui était abattu par son redoublement : il n'arrivait pas encore à comprendre que le plus gros changement, sur lequel il aurait dû se focaliser, était la séparation de ses parents et ses répercussions. Sa sœur, qui n'était pas la plus empathique, ni la plus fine observatrice, n'avait pas vu le divorce venir.

Comme les pitbulls du quartier, Gustave n'avait pas prévu de lâcher, et quitte à perdre la bataille, il aurait au moins tenté de la gagner :

— Je vais travailler encore plus dur, Maman. Joséphine va m'aider cet été à rattraper mon retard. Et, si je n'ai pas le niveau en fin de 6e, j'accepterai le redoublement sans discuter. C'est promis.

Ses parents échangèrent un regard interrogateur, puis tournèrent la tête vers Joséphine, qui reçut le pincement aux fesses le plus violent de sa vie. Gustave avait vu une fine brèche dans la détermination de ses parents et ne comptait pas la laisser passer. Faisant contre mauvaise fortune bon cœur, sa sœur accepta de lui prodiguer un peu de soutien scolaire pendant les vacances qui se profilaient :

— Ça ne devrait pas être sorcier d'être un professeur exceptionnel quand on est déjà une élève hors norme… admit-elle, le plus humblement du monde.

Gustave souffla de soulagement, mais une question vint aussitôt lui brûler les lèvres :

— Mais, en fait, pourquoi vous divorcez ? Vous ne nous aimez plus ? Vous ne voulez plus être nos parents ?

Son père et sa mère demeurèrent silencieux. Chacun détenait un bout du puzzle de la vérité, Gustave aussi, mais tous restaient dans le flou. Le père bredouilla alors :

— C'est une décision d'adultes, que l'on a prise ensemble, ta mère et moi. Ça n'a absolument rien à voir avec vous.

Noémie s'empressa de préciser :

— Que Papa habite ici ou pas, on reste vos parents et on vous aime toujours autant. Ça ne changera rien.

Le père décampa le soir même avec quelques affaires. Noémie s'occupa seule de l'administratif pour le divorce, ainsi que du passage de Gustave en 6e. Puis, comme pour prouver qu'elle tenait bon, qu'elle menait sa barque comme auparavant, elle multiplia les projets, répondant présent sur tous les fronts, et organisa leurs premières vacances estivales, juste tous les trois. En enfouissant sa peine avant qu'elle ne s'exprime, qu'elle ne grandisse et ne prenne le pas sur son quotidien, elle rangea son chagrin avec son cœur. Hors service. *Show must go on*, comme disait Freddie Mercury remontant sur scène malgré sa maladie incurable. Le déni, pour ne pas perturber ses enfants, pour se protéger aussi.

La mère de famille les réveilla un matin, très tôt. Ils chargèrent la voiture, qui, comme à l'accoutumée, était pleine à craquer. Chaque été, Gustave avait l'impression qu'ils partaient pour toujours. Jamais ils ne la remplissaient la veille : Noémie ne souhaitait pas la retrouver vidée au matin du départ.

Elle avait l'expérience de son côté, notamment celle du Nouvel An, des jours de communion nationale. Tous les ans, avant le réveillon, elle notait dans son agenda de penser à déplacer le véhicule, car plusieurs d'entre eux étaient incendiés aux douze coups de minuit : c'était ainsi qu'une minorité célébrait le passage à la nouvelle année, remplaçant les feux d'artifice par quelques feux de voitures, sous le regard désolé des habitants. Gustave, lui, comme d'autres enfants de la cité, exprimait sa joie depuis le balcon en tapant avec de grandes cuillères sur des casseroles.

De la même manière, Noémie avait abandonné l'idée d'utiliser leur cave : ils s'étaient fait avoir trop de fois à s'y rendre pour récupérer leurs vélos et à la retrouver pillée, éventrée. Même des trucs cassés semblaient faire le bonheur de certains. Elle évitait donc de tenter le diable.

Pour ce premier été sans leur père, elle avait loué une caravane dans les Landes, littéralement au pied de la dune du Pilat, avec accès direct à la plage – si on acceptait de grimper la montagne de sable la plus haute d'Europe pour s'y rendre. Joséphine s'apprêta à faire une remarque désobligeante à sa mère, pointant du doigt qu'elle s'était encore fait avoir, mais se retint : Noémie était à cran, elle avait perdu l'appétit en même temps que son sens de l'humour. Ce n'était peut-être pas le moment de jeter de l'huile sur le feu.

Comme prévu, Gustave et Joséphine firent les cahiers de vacances ensemble, pendant les trois semaines du séjour, ce qui se révéla plus compliqué que prévu pour la grande sœur.

Expliquer et faire comprendre des concepts qui lui avaient toujours semblé intuitifs ne s'improvisait pas. D'ailleurs, Joséphine l'abandonnait souvent à ses exercices, à court de patience et de pédagogie. Gustave, qui comprenait généralement vite, mais qui avait besoin de laisser décanter longtemps, avançait alors à son rythme. Avant la fin de l'été, il avait revu et assimilé les bases pour la 6e, même s'il restait sceptique.

— C'est quoi, cet exercice ? Je ne comprends pas. C'est trop facile : il y a forcément un piège, ça ne peut pas être ça la réponse. C'est trop évident.

Joséphine leva les yeux au ciel :

— Malheureusement, Gus-Gus, tu viens de comprendre le grand drame de ma vie : tu vois, à l'école, on a toujours l'espoir que ce soit un peu compliqué – pour que l'on puisse puiser dans nos connaissances marginales –, et, en fin de compte, on est toujours déçu de voir que les élèves sont constamment pris pour de gros débiles.

Gustave ne dit rien : cela faisait des années qu'il se sentait stupide avec des devoirs enfantins. Que devait-il penser de lui-même avec ce raisonnement ?

Chaque samedi soir, tous les vacanciers se réunissaient devant le petit écran du camping pour regarder *Fort Boyard*. Bien que Joséphine détestât la vie en communauté, elle faisait une exception pour ce programme. Ce qu'elle préférait était les énigmes du Père Fouras ; Gustave, lui, adorait les gamelles que se prenaient les candidats à chaque épreuve.

Lors d'une de ces soirées, alors que Gustave se levait pour aller se coucher – trop fatigué par sa journée d'exercices et de plage –, Joséphine le somma de se rasseoir : c'était le moment fatidique de l'énigme. Elle tendit l'oreille.

« Il débute avec l'espoir,
Il finit avec la vie,

On le trouve dans le ciel et les étoiles,
Mais pas dans la nuit,
Il reste absent le jour, mais passe deux fois dans l'année.
Qui est-il ? »

Dès qu'une devinette était posée, Gustave avait l'impression que Joséphine jouait sa vie : elle ne respirait plus, ne clignait plus des yeux et faisait turbiner son cerveau à 10 000 à l'heure.

— Je ne trouve pas… Ça m'énerve ! s'égosillait-elle.

— Je crois que je l'ai… tenta Gustave.

— Dis pas n'importe quoi : si je n'ai pas deviné, ce n'est pas toi qui vas trouver.

Gustave nota sa réponse sur une serviette en papier et la tendit à sa sœur. Pleine de mépris et de confiance en ses capacités à trouver seule, celle-ci ne prit pas la peine de la déplier et continua de réfléchir. Son frère enfonça le clou :

— Je peux même te donner un indice supplémentaire : « *Il est, lui aussi, toujours dans la lune.* »

— Hein ? Mais j'allais dire la « lune », justement ! Ou « l'équinoxe », ou « l'éclipse »… bafouilla sa sœur, complètement perdue.

— Il passe dans les trois… Allez, tu vas trouver, Joséphine.

— Je ne comprends rien à ton charabia... Et arrête d'essayer de m'aider : tu m'embrouilles !

Quand le Père Fouras révéla la réponse, Joséphine entra dans une colère noire :

— Mais c'était impossible !

La réponse était le « e ». Elle déplia alors le papier que son frère lui avait donné et tomba de sa chaise.

— Attends, tu avais bon ? Toi ? s'étrangla-t-elle.

Comme pour s'excuser, Gustave sourit timidement.

— Tu n'as vraiment pas un cerveau normal, Gus-Gus !

En se mettant au lit ce soir-là, alors qu'elle éteignait la lumière de leur chambre, Joséphine ronchonnait toujours, mais cette fois, elle s'en prenait à ses parents. Elle abaissa la voix pour que sa mère, qui lisait dans la pièce d'à côté, n'entende pas :

— J'en ai marre de ma vie... Je ne demandais pas grand-chose pourtant ? Juste souffrir un peu pour développer mon âme d'artiste, mais là, nada ! Je ne suis même pas anorexique.

— Anoré « quoi » ?

— Laisse tomber. Tu comprendras quand tu seras plus grand. Merde, j'ai manqué de rien.

Là, le divorce, enfin ! Mais je ne suis même pas triste : je m'en fous. Mes parents ne m'aideront décidément jamais !

Gustave fit une moue contrariée.

— C'est vrai ? Ça ne te fait rien ?

— Bah, non, c'est mieux pour tout le monde, en fait…

Cette phrase resta un long moment en suspens : était-ce vraiment mieux ? Leur mère n'avait pas l'air plus heureuse depuis que leur père était parti. Quant à eux…

Secrètement, Joséphine redoutait que son père parte vivre sa vie ailleurs et l'oublie, qu'elle soit désormais complètement seule, incomprise, héritant d'une mère encore plus stressée et stressante. Pour sa part, Gustave réfléchissait à un stratagème pour réconcilier ses parents afin que rien ne change. S'il existait une solution miracle, même infime, il se devait de la trouver.

Alors qu'il était sur le point de s'endormir, tout à ses pensées sur le divorce, Joséphine chuchota si doucement que Gustave crut d'abord qu'elle se parlait à elle-même.

— Gus-Gus, je me rends compte que j'aurais pu essayer de t'aider plus tôt avec l'école.

Dans le noir, le garçon se redressa d'un coup :

— Attends, tu vas t'excuser, là ? s'emballa-t-il.

— Non, pourquoi ? reprit-elle aussitôt, consciente d'avoir manifesté un remords inhabituel.

— Ah, tu m'as fait peur, j'ai cru que tu étais malade… sourit Gustave en se recouchant.

18

Tout nouveau, tout beau

Gustave n'avait jamais considéré qu'il devait en vouloir à sa sœur pour sa réussite, pour ses facilités ou pour son manque d'implication à ses côtés. Pas de haine, ni de jalousie : elle était douée pour les études, c'était comme ça – et c'était tant mieux pour elle. Elle avait sa vie à mener. Et puis Joséphine n'avait jamais vraiment traité son frère avec arrogance. N'avait-elle pas répété un certain nombre de fois qu'il était « futé » ?

Quand Joséphine lui imposa un deuxième cahier de vacances avant la fin de leur séjour landais, Gustave trouva qu'elle exagérait. Il était de bonne volonté, mais il se serait bien reposé un peu quand même.

Sa sœur se montra intransigeante. Comme elle le répétait si souvent pour se chercher des excuses, elle était aussi exigeante avec elle-même qu'avec les autres. Alors Gustave n'y échappa pas et dut se plier à remplir le cahier d'exercices de la classe supérieure, celui de la fin de 6e.

Joséphine n'en démordait pas :

— C'est bien d'avoir les bases de l'école primaire : il faut que les fondamentaux soient posés. Comme ça, même avec un 12 sur 20 de moyenne, tu seras dans le ventre mou de la classe et tu pourras t'adapter.

Gustave rougit : un 12 au collège ? Sa sœur visait haut pour lui. Il sentit à nouveau la pression lui écrabouiller le ventre. Il espérait sincèrement qu'il ne la décevrait pas, et accepta de s'essayer aux exercices.

Les résultats étaient trouvés un peu laborieusement, mais ça passait. Gustave découvrit en avance toutes les notions qu'il serait amené à rencontrer dans l'année, et Joséphine, son professeur particulier, l'entraîna du mieux qu'elle put. Restait le problème de l'écrit avec ses inévitables fautes d'orthographe. Cependant les mathématiques, la lecture, l'histoire, et même les idées pour les rédactions étaient très encourageantes.

À quelques jours du départ, ils firent le point, tel un bilan trimestriel, et contre toute attente, Joséphine se montra très positive.

— L'oral, c'est vraiment ton truc. Parfois même, tu es un véritable poète et tu ne t'en rends pas compte. C'est à se demander pourquoi tu t'obstines à faire autant de fautes !

Tous ces compliments ne tombèrent pas dans l'oreille d'un sourd. Dès le lendemain, alors que Joséphine terminait de rédiger son explication de texte sur le poème « Aux arbres » de Victor Hugo, issu des *Contemplations* qu'elle étudierait en seconde, Gustave vint lire sa composition par-dessus son épaule et commenta :

— Moi, à ta place, j'aurais dit que ça faisait penser à *La Marseillaise :* « Aux armes, citoyens ». C'était sûrement fait exprès ?

Joséphine cessa net d'écrire :

— Heu… Gus-Gus, c'est très gentil, mais je t'arrête tout de suite : quand j'aurai besoin de toi pour faire *mes* devoirs, je t'appellerai. D'accord ?

Mouché, le garçon s'assit, prit ses jumelles et scruta la cime des pins à la recherche d'écureuils. Avec le temps, il ne se vexait plus. Les rares fois où sa sœur avait daigné lui demander son avis s'étaient soldées de la même manière : elle choisissait toujours de faire l'inverse de ce qu'il lui recommandait.

Après de longues secondes, sa sœur soupira :

— OK, tu voulais me dire quoi ?

— Rien d'important. Qu'est-ce que tu lis ? poursuivit-il, curieux, se penchant sur le petit livre blanc qu'elle tenait dans sa main.

— Un livre sur les surdoués, répondit-elle avec entrain. On croit que les hauts potentiels sont juste dotés d'une intelligence supérieure, mais en fait c'est tout leur fonctionnement qui diffère. Ce n'est pas par hasard si je me suis toujours sentie différente.

— Supérieure, tu veux dire ?

— Et différente, insista-t-elle, sans relever la pique de son frère. Regarde, tous ces petits détails résument mon quotidien : je me lève de mauvaise humeur, je suis gênée par les odeurs et les petits bruits, je peux paraître sans cœur, je suis impatiente et impulsive, je suis tenace et entêtée – la négociation tourne toujours à mon avantage –, je suis incapable de rentrer dans le moule, je refuse toute aide, je suis exigeante avec moi-même et avec les autres, les contraintes m'enquiquinent, je ne suis pas tactile, j'ai beaucoup d'humour et d'ironie, je n'accepte pas l'autorité, je n'ai de respect que pour les personnes compétentes et que je peux admirer, je n'ai pas beaucoup d'amis… CQFD : je suis surdouée !

— Ou, alors, tu es juste chiante ? proposa Gustave.

— Tu disais ?

19

Un seul être vous manque et tout est dépeuplé

Le chemin du retour des vacances fut silencieux. Tout en avalant les kilomètres, Noémie avait bien du mal à ne pas cogiter. Elle avait encore plus de difficultés à cacher son angoisse : comment allaient-ils continuer à vivre tous les trois, sans le père qui l'avait quittée ?

Même si elle avait tenté de sauver les apparences, la séparation n'avait pas été sans heurt pour elle. Noémie était une midinette : jusqu'alors elle croyait au grand amour qui dure toujours. Protégée par le mariage, elle avait respecté le contrat, pourquoi son mari n'en avait-il pas fait autant ? Sa meilleure amie lui serinait de voir le bon côté des choses, car à 40 ans elle était encore jeune et pourrait refaire sa vie ; Noémie, elle, ne souhaitait pas la « refaire », celle qu'elle avait eue jusqu'à présent lui convenait en tout point. Elle savait, au plus profond d'elle-même, qu'elle ne serait plus jamais amoureuse : son cœur était devenu dur. Comme une pierre.

Sur l'autoroute, les enfants endormis sur la banquette arrière, la pluie battante sur le pare-brise comme pour leur enlever les derniers regrets des vacances, Noémie, qui commençait à fatiguer et n'avait plus de second conducteur à qui passer le volant, avait allumé la radio. Elle chantonnait sur des musiques françaises qu'elle appréciait plus ou moins, lorsque démarrèrent quelques notes d'une de ses chansons préférées, « *The winner takes it all* » de ABBA. Son cœur fit un bond dans sa poitrine.

Elle commença à susurrer les mots qu'elle connaissait par cœur, reprendre pied contre l'épuisement, pour se donner du courage, mais très rapidement elle fut prise par l'émotion. Pour la première fois, elle comprit l'histoire qui se cachait derrière la mélodie, et se rendit compte à quel point les paroles collaient avec ce qu'elle endurait. Ses yeux se mirent à couler plus fort que la pluie. Les essuie-glaces ne pouvaient rien pour elle, strictement rien contre ces phrases douloureuses :

« *I was in your arms, But I was a fool, Playing by the rules, The winner takes it all, The loser has to fall*[1] »

Les yeux embués, Noémie alluma les warnings, se laissa porter sur le bas-côté de la chaussée, et attendit, impuissante, que la chanson se termine. Pas un instant elle ne pensa à éteindre le poste pour mettre fin à sa souffrance. Si son cœur était sec, ses yeux ne l'étaient pas.

Quand les enfants se réveillèrent, elle se moucha, observa ses paupières rougies dans le rétroviseur, et coupa les feux de détresse avant de reprendre la route. La radio toujours branchée enchaîna, sans transition, avec un tube des Bee Gees : « *Stayin' Alive* ».

Voilà ce qui lui restait désormais à faire. Prendre les jours, les uns après les autres, pour continuer sa vie, rester debout, vaille que vaille.

Le retour dans l'appartement marquait surtout le retour à la réalité. Le père était définitivement parti. Pendant l'été, il était repassé prendre ce qui lui appartenait. Noémie avait ouvert la porte, la boule au ventre : ses affaires à elle et celles des enfants étaient toujours là. Ils se quittaient à

1. « J'étais dans tes bras (…) Mais j'ai été stupide / De suivre les règles du jeu (…) Le gagnant remporte tout / La perdante doit tomber »

l'amiable. Elle obtenait tout : l'appartement, les enfants et la pension alimentaire. Lui recouvrait sa liberté.

Gustave eut du mal à comprendre cette séparation. On lui martelait que rien n'allait changer et pourtant tout devenait différent : il ne voyait désormais son père qu'un week-end sur deux, jamais en même temps que sa mère, et dans un appartement où sa sœur et lui devaient partager le clic-clac du studio, son père dormant sur un matelas gonflable. C'était comme si les règles de vie, âprement apprises depuis des années auprès de sa mère, sautaient lors des moments passés chez son père : ils se couchaient à des heures indues, mangeaient des hamburgers et des bonbons à volonté, et la douche semblait au bon vouloir de chacun.

Lorsque, un week-end de garde alternée, le père présenta une amie à lui, Gustave ne l'aima pas du tout : elle n'avait pas l'odeur d'une Maman. Ni l'apparence d'ailleurs.

C'était une collègue de travail et Gustave n'en fut pas surpris : elle était maquillée à la truelle. Avec ses grands yeux en appel de phares et le rouge de ses lèvres qui débordait sur ses dents, elle ressemblait, d'après Joséphine, à une « biche perdue dans le bois de Boulogne ». D'ailleurs, Joséphine ne se montra pas très sympathique avec la dame. Elle était bien décidée à lui faire comprendre qu'elle n'avait pas du tout prévu de partager son père lors des rares instants auxquels elle avait droit chaque mois.

Même Gustave trouva quelque chose à redire lorsqu'elle lui demanda ce qu'il voulait faire plus tard.

Quand est-ce qu'on arrêterait de lui poser cette question ? Déjà, à l'école dans la fiche de renseignements, maintenant à la maison. De toute façon, à cette question, il ne répondait plus : il préférait garder ses rêves pour lui. Le silence faisait moins mal que le mépris.

— Ça c'est typique des maîtresses que de faire semblant de s'intéresser aux rejetons de l'autre, avait décrété Joséphine, une fois rentrée chez eux.

Gustave ne comprit pas le rapport, l'amie de leur père n'étant pas institutrice. Cependant, il trouvait terrible de demander à un gamin ce qu'il voulait faire quand il serait plus grand. Il verrait bien : il avait le temps quand même ! Est-ce qu'elle savait, elle, à 10 ans, qu'elle serait spécialiste des tuyaux blancs sur les chantiers ?

Le divorce de ses parents marquait pour Gustave la fin de l'enfance, du bonheur, d'une vie insouciante tous les quatre. Il n'était plus le centre du monde. Il était devenu une particule en suspension, flottant d'un parent à l'autre, tiraillé. Un divorce à l'amiable, certes, mais qui laissait à tous un goût amer.

Joséphine avait su se montrer efficace et dissuasive car ce fut l'unique fois où le père leur imposa sa nouvelle compagne. Ce fut surtout l'un des rares moments où il les prit chez lui. Un soir, alors qu'il ramenait ses enfants, il annonça à Noémie qu'il avait accepté de suivre un très gros chantier en Russie et qu'il partait s'y installer quelque temps. Sous le regard blessé de Joséphine, qui épiait la conversation depuis sa chambre, il ajouta même que ce serait finalement plus simple pour tout le monde ainsi, et qu'il les retrouverait aux prochaines vacances d'été : juillet pour lui, août pour elle. Ils répartiraient le programme des réjouissances : l'un courant les pharmacies de garde à la recherche de Biafine pour les coups de soleil, l'autre serinant à ses enfants de se retartiner de crème solaire toutes les deux heures. Avec cette séparation, les enfants allaient devoir apprendre à s'adapter.

— Plus simple pour tout le monde ou seulement pour toi ? À moins que cela ne facilite sa vie à *elle* ? avait rétorqué Noémie, le regard noir de colère.

Joséphine avait refermé discrètement la porte avec l'impression d'avoir été trahie. Son père avait baissé les yeux et scruté le moindre recoin de ses chaussures avant de prendre son sac et de repartir pour de bon. Les mois qui suivirent, il s'autorisa parfois, lors de l'anniversaire des enfants, à montrer son minois à l'improviste, ce qui avait le don d'irriter Noémie : son gâteau maison ou son petit cadeau ne faisant alors plus le poids face au retour inespéré du héros.

Mais au fil des semaines, même Joséphine, qui l'avait toujours encensé, ne cachait plus ses déceptions. Oui, elle recevait régulièrement de petites attentions, mais elles sonnaient faux et avaient le goût de la faute que l'on tente de racheter. Ces objets montraient surtout que son père ne la comprenait plus, ne la voyait pas grandir. Un héros en demi-teinte désormais. Les absents ont toujours tort.

20

On n'est pas sortis de l'auberge

Début septembre, Gustave entra dans le collège de son quartier où sa sœur avait été scolarisée. Contrairement à l'autre établissement que fréquentait Sekou et qui était plus cossu, le sien avait besoin d'une rénovation urgente : le bâtiment central prenait l'eau, des préfabriqués avaient investi le centre de la cour, on y faisait cours depuis des années. Quant aux classes, elles étaient surchargées et les professeurs au bout du rouleau. Il ne fallut pas longtemps à Gustave pour s'en rendre compte.

Dès la première semaine de 6e, alors qu'il s'était perdu dans les couloirs et avait mis dix minutes à retrouver la salle de classe, l'enseignante de français, Mme Morel, le rappela à l'ordre. Bien qu'il s'excusât aussitôt, sa réponse ne fut pas au goût de celle-ci :

— Tu n'as pas vu que j'étais venue chercher tes camarades dans la cour ? À quoi ça sert que je descende deux étages pour vous ? s'était-elle agacée.

— Je m'excuse, madame, je devais être en mode avion.

— Tu te crois drôle ? Ton carnet de correspondance, tout de suite.

Gustave n'avait pas mis longtemps à obtenir sa première heure de colle. Il la passa avec les brutes de sa classe, qui, dès que le pion eut le dos tourné, l'attrapèrent et lui promirent monts et merveilles :

— Avec un nom comme Gustave, tu cherches les embrouilles, toi, ici ?

Ce soir-là, il rentra chez lui en boitant, ce qui ne l'arrangea pas car l'ascenseur était encore en panne. Certains jours cela le mettait en colère. Pas pour lui – Gustave l'évitait, il avait failli y rester bloqué la dernière fois – mais pour sa mère. Laisser une trentaine de familles, plus d'une semaine, sans tenter de le réparer, c'était comme un abandon de ces gens qui finissent par se sentir insignifiants et à qui l'on demande de vivre avec tous ces petits cailloux dans les chaussures, ces choses qui découragent au quotidien, qui minent le moral, créent beaucoup de soucis pour rien et qui usent la santé chaque jour un peu plus.

Gustave avait peur de l'ascenseur à cause de la trappe, spécialement prévue pour les déménagements ou les décès. Ce qui l'effrayait, c'était que cette trappe n'avait jamais servi pour les déménagements. On naissait ici, on grandissait ici, on mourait ici. Personne ne sortait de ce quartier. Jamais. Les noms sur les boîtes aux lettres étaient les mêmes, de génération en génération. On ne savait pas si les gens y étaient attachés sentimentalement, en tout cas ils y étaient attachés. Comme dans une prison.

Arrivé sur le palier, Gustave prit la clé autour de son cou. Il avait longtemps espéré qu'on la lui confie, mais c'était celle de son père, et la porter aujourd'hui n'avait pas la saveur espérée. Gustave déverrouilla la porte : personne ne l'attendait plus. Sa mère travaillait deux fois plus, sa sœur faisait également des heures supplémentaires au CDI depuis qu'elle était au lycée. L'absence s'était installée chez eux comme un nouveau membre de la famille.

Désormais, pas de goûter gargantuesque, pas de dîner à 19 h 30 non plus. Le frigo était souvent vide. Alors en guise de goûter, Gustave prenait les céréales du petit-déjeuner devant la télévision. Ses devoirs pouvaient attendre. Lui qui avait secrètement rêvé de grandir vite aurait préféré passer son tour.

Depuis le divorce de ses parents, il discutait plus souvent avec le présentateur télé qu'avec sa mère ou sa sœur. Le petit écran avait toujours asséché le chagrin dans la famille de son père, anesthésié la douleur aussi, mais il semblait que ça ne marchait pas sur tout le monde. Pour Gustave, les émissions avaient au moins l'avantage de lui tenir compagnie.

Ces rendez-vous quotidiens lui donnaient l'impression d'avoir une famille fidèle. Parfois il riait et se rendait compte que c'était la première fois de sa journée. Souvent, il se surprenait à répondre aux formules rhétoriques des animateurs telles que « J'espère que vous allez bien aujourd'hui ? ».

Lors du face-à-face de *Questions pour un champion*, aidé par l'indice, Gustave répondait très souvent aux questions avant les candidats, comme pour les énigmes de *Fort Boyard.* Il n'y avait pas à dire : écouter la radio avant de s'endormir l'aidait beaucoup.

Pour le programme télé uniquement car, à l'école, c'était encore une autre paire de manches.

21

Quand ça veut pas, ça veut pas

Si Gustave pensait avoir vécu le pire en primaire, le collège le fit déchanter. À la difficulté des cours s'ajoutait celle de la cour.

Tout d'abord, les nouvelles méthodes du collège le déstabilisèrent. Avec son écriture lente et son orthographe fragile, écouter l'enseignant qui dictait mot à mot, noter, comprendre et apprendre en même temps, cela lui était tout bonnement impossible. Il aurait préféré que ses professeurs lui laissent la liberté d'écrire uniquement les quelques dates ou les mots clés dont il avait besoin. Il avait une très bonne mémoire auditive, ça lui aurait suffi. Mais non, il fallait se plier à la norme, faire comme tout le monde. Seule son enseignante d'histoire ne leur imposait rien – excepté la ponctualité –, ce qui facilita l'enthousiasme de Gustave pour cette matière.

Résultat, il passait tous ses mercredis après-midi à réécrire les différentes leçons, qu'il empruntait à des élèves plus soignés que lui, comme Louise, la première de la classe. Ses devoirs lui demandaient une partie rédactionnelle énorme, même en mathématiques où les démonstrations du type « selon le théorème » remplaçaient peu à peu les chiffres. Puis, il faisait valider son travail par Joséphine – dont le rôle de coach ne s'était pas arrêté à l'été –, et enfin par sa mère, qui s'arrangeait pour rentrer plus tôt ce jour-là.

Quand un professeur donnait un exercice, il demandait toujours à un élève de le corriger au tableau. Dans le temps imparti, quelques-uns n'avaient strictement rien noté de l'énoncé, rien compris à ce qu'on leur demandait, et les corrections ne les aidaient pas davantage. Gustave était de ceux-là et, à lever la tête pour épier ses camarades alentour, il constatait qu'il n'était pas seul dans cette situation.

Certains enseignants avançaient dans leur cours à un rythme effréné, car ils avaient leur programme à boucler. Gustave s'inquiétait de ce qu'il adviendrait d'eux s'ils ne le finissaient pas en juin.

Ces professeurs consciencieux, qui refusaient d'être de mauvais enseignants, n'avaient pas le temps d'accepter les questions des élèves, ni le luxe de reprendre des bases des années précédentes. Il ne se passait pas une journée sans que l'un d'entre eux lâche, plein de lassitude : « C'est censé être acquis, ça ! Avec 40 élèves par classe, je fais comment ? Je ne peux pas faire du cas par cas. »

Dans la cour, pour Gustave, ce n'était guère plus reluisant. Jusqu'à présent, il n'avait pas retrouvé d'amis avec qui dédramatiser. Les seuls élèves qui semblaient s'intéresser à lui étaient les petites frappes qui l'attendaient à chaque pause.

Rapidement, Gustave opta pour la parade de Joséphine : se cacher au CDI ou dans les escaliers des étages. Au collège, il semblait que son prénom ne convenait pas, que la marque de ses vêtements n'allait pas, que sa tête ne leur revenait pas non plus.

De par son expérience, Joséphine avait les idées bien arrêtées et lui conseilla tout de suite :

— Fonds-toi dans la masse, Gus-Gus. Joue la carte de l'invisibilité. En plus, toi qui es trop sensible, s'ils te repèrent, si tu montres que les choses te touchent…

— Je vais me faire bouffer ? tenta-t-il.

— Exact. C'est bien simple, le collège, c'est ce que la société offre de pire. Après tu verras, le lycée, c'est plus civilisé. De toute façon, l'humanité, c'est une véritable saloperie. Et c'est pareil partout, à peine pire dans notre quartier qu'ailleurs. À l'adolescence, il n'y a plus d'amitié qui tienne. Les mecs, ils se trahissent pour une paire de baskets. C'est de la folie.

Puis, pensive, elle lâcha :

— Et encore, tu as de la chance, Gus-Gus, d'être mauvais en classe : être un bon élève, dans ce collège, c'est un problème.

Gustave la trouva un peu dure puis tendit l'oreille, alors qu'elle continuait :

— Ce n'est pas normal d'aller à l'école avec la boule au ventre, de faire semblant d'être plus bête qu'on ne l'est, juste pour ne pas froisser la médiocrité et le manque d'intelligence de certains. Ça fait prétentieux de vouloir partir d'ici, de rêver à mieux, de vouloir s'échapper. Du coup, ça dérange qu'on réussisse.

Joséphine avait également eu des difficultés au collège, qu'elle avait cachées à tous depuis des années. Avec sa sœur, rien ne changeait : surtout ne jamais appeler à l'aide, ne jamais montrer ses faiblesses, ni avouer ses erreurs. Gustave ne lui fit pas remarquer qu'il l'avait démasquée :

— Depuis quand tu te préoccupes de ce que pensent les autres de toi ?

— Tu as totalement raison, en vrai, je m'en contrefous. Maintenant que je suis au lycée, c'est l'inverse, je dois redoubler d'efforts pour prouver que je suis plus intelligente qu'eux. Ça frise la schizophrénie.

Cependant, un soir du deuxième mois de cours, alors que Gustave était attablé dans la cuisine à faire ses devoirs, Joséphine rentra visiblement très énervée. Il supposa qu'elle n'avait pas eu la meilleure note de sa classe, mais il sembla que ce fût plus grave.

— Je suis en colère, Gus-Gus. On n'est pas armé dans la vie quand notre seul bagage est la sous-culture, soupira-t-elle. On dit « Otis » et je pense ascenseur. Ça te semble normal, toi ?

— Bah, oui… C'est notre marque d'ascenseur.

— Non ! Je ne peux pas te laisser dire ça ! La plupart des gens imaginent tout de suite Otis Redding, le jazzman. On est nivelé par le bas, Gus-Gus.

Dans son lycée, Joséphine côtoyait désormais du beau monde, mais ce qu'elle avait d'abord pris pour une saine émulation lui avait rapidement miné le moral. Elle avait l'impression que les chances au départ n'étaient pas identiques, que les dés étaient pipés.

Gustave et Joséphine n'avaient pas les mêmes repères que leurs camarades des beaux quartiers, et alors ? Ils n'auraient pas su distinguer l'odeur d'une rose de celle d'une pivoine, mais ils auraient su reconnaître entre mille celle du cannabis. Celle du hall d'entrée de leur immeuble. Comme une madeleine de Proust de leur enfance.

— On est biberonné à la médiocrité, continua Joséphine. Avec les programmes télé qui ne font pas de mal. Aussitôt vus, aussitôt oubliés ! Mieux encore si on s'endort devant. Prozac cathodique ! Moins cher pour la sécu. Efficacité prouvée. Vu à la télé.

— Mais qu'est-ce qui s'est passé ? osa timidement Gustave devant l'éruption du volcan.

— La conseillère d'orientation m'a prise pour un jambon. Voilà ce qui s'est passé. Tu sais ce qu'elle m'a dit ? Je lui parle de mon avenir, de mon envie de faire une école de renom à Paris, après le bac, donc je lui demande la différence entre deux établissements. Et tu sais ce qu'elle fait ? Elle explose de rire, cette gourdasse !

Gustave fut stupéfait. Comment quelqu'un osait se moquer de sa sœur ?

— Elle ne savait même pas qui j'étais, quelles étaient mes notes, ni mon parcours. Elle n'avait rien écouté de ce que je lui avais raconté. Tu te doutes, je lui ai soufflé dans les bronches, et après elle a moins fait sa maligne. Bref, quand elle pige enfin, tu sais ce qu'elle me répond ? « Mademoiselle Aubert, pourquoi aller si loin ? Celle du petit lycée de la ville vous conviendra aussi, j'en suis sûre. » Dire qu'il y en a qui prennent au pied de la lettre ce qu'elle leur dit, c'est une honte ! Des vies se jouent sur son incompétence. Ça devrait être interdit des personnes comme ça, ou alors rebaptisons-les comme elles le méritent…

— C'est-à-dire ? demanda Gustave, circonspect.

— Des conseillères de désorientation, siffla Joséphine en se pliant en deux pour contenir une douleur dans son bas-ventre.

Gustave se redressa aussitôt, soucieux. Joséphine continua, la mâchoire serrée :

— Pas étonnant que certaines femmes soient des bombes à retardement quand on a mal comme ça tous les mois !

Cela faisait quelques années que Joséphine était réglée, et elle ne s'y habituait toujours pas.

— Passe-moi la télécommande, ordonna-t-elle.

Gustave obtempéra, sans bien comprendre ce qu'elle comptait en faire. Joséphine la planta aussitôt sous son nombril, appuyant de toutes ses forces avec.

— Mais arrête, qu'est-ce que tu fais ? Tu vas te blesser ! s'écria-t-il, très inquiet.

— J'appuie aussi fort que ça me fait mal. Et ça ne passe pas : cette nuit, j'ai dû dormir avec un coussin sous le ventre.

— Prends un médicament, vraiment, paniqua Gustave, regrettant que sa mère aide-soignante ne soit pas là.

— C'est déjà fait, j'ai avalé le truc miraculeux de Maman, mais ça ne marche pas sur moi.

— C'est normal d'avoir mal comme ça ? À mon avis, non. Tu devrais consulter un médecin.

Gustave ne savait rien du cycle féminin. Il n'avait aucune idée précise de ce que signifiait affronter seule, chaque mois, un rappel à notre mortalité, à la vulnérabilité de la vie aussi. D'ailleurs, la première fois que Joséphine l'avait envoyé paître en lui disant qu'elle avait ses règles, il lui avait répondu que lui aussi avait les siennes et qu'il ne tolérerait plus de se faire enguirlander ainsi !

— Bienvenue dans le monde des filles, Gus-Gus : condamnées à souffrir à chaque cycle, à souffrir en donnant naissance et à souffrir en supportant les hommes…

La télécommande enfoncée contre son ventre, repensant à sa tirade sur les célébrités qui avaient toutes connues l'adversité dans leur enfance, elle rumina :

— Moi qui voulais en baver dans la vie, je suis servie !

22

Mauvaise herbe

Autrefois, à la maison, c'était comme à l'école : on faisait l'appel, on inspectait les troupes, on s'assurait que tout le monde allait bien. Mais depuis que le père était parti, on ne faisait plus l'appel du tout. La mère faisait des heures sup', la sœur tardait et Gustave restait seul. On ne comptait plus les absents ni les présents.

Le premier trimestre de 6e fila à vive allure. Gustave continuait ses efforts, mais il était si fatigué qu'il s'endormait plus facilement en classe que dans son lit.

Le garçon avait commencé les cours de français et s'était rapidement forgé une conviction : le plus grand tortionnaire de tous les temps restait Louis-Nicolas Bescherelle. Et Mme Morel, sa professeure principale.

Iphigénie Morel était vieille, petite et sans charme. Ratatinée, accrochée à son sac, elle avait plus peur pour les pneus de sa voiture que pour l'avenir de sa profession. Le matin, elle partait au travail comme on part au bagne, avec le poids du monde sur les épaules, et le soir, elle marchait vite, avec la hâte de retrouver ses chaussons et son chat.

Mme Morel était en guerre contre ses élèves. C'était le genre d'enseignante qui hurlait pour demander le silence. Avec ses « ça suffit » stridents, qui trahissaient un manque d'autorité et de confiance, elle faisait cours en s'adressant au Dieu de la Connaissance sans jamais regarder les enfants de sa classe dans les yeux. Elle préférait les appréhender comme un groupe, une masse sans tête, dont il fallait se méfier. Plus que de la paranoïa, c'était l'expérience qui l'avait abîmée : elle préférait être la première à donner les coups plutôt que d'en recevoir.

En effet, dès qu'elle avait le dos tourné, ses élèves la faisaient tourner en bourrique. Parce qu'ils savaient qu'elle perdait un peu la tête, ils avaient fini par en jouer et ils s'amusaient à changer de place pour la rendre vraiment folle. Alors, les jours où c'était trop dur à supporter, elle leur demandait si elle avait déjà montré le documentaire sur le cheval de Troie et, immanquablement, sa classe répondait « non ». Ils gloussaient de la berner aussi facilement chaque fois, mais Mme Morel n'était pas aussi dupe qu'elle voulait bien leur laisser croire. Ils s'octroyaient une énième heure de répit, et elle avait enfin la paix. Elle s'en fichait qu'ils s'auto-sabotent : Mme Morel avait déjà eu son BEPC, son baccalauréat, et sa vie était principalement derrière elle.

Elle se rendait compte du fossé qui se creusait entre elle et eux : elle vieillissait, mais ceux qui défilaient dans sa classe de 6e avaient invariablement 11 ans. Elle avait le sentiment de ne plus rien partager avec eux. Génération MPER – Même Pas En Rêve – qui envoie tout valser, sans fournir le moindre effort. Une génération désenchantée, qui ne se donne pas les moyens.

Iphigénie Morel avait choisi l'enseignement par passion pour la littérature classique, sans aucun amour pour la transmission intergénérationnelle. Elle refusait qu'on lui impose des titres faciles, encore moins de la littérature jeunesse ou contemporaine, bien consciente d'être à contre-courant. Elle était là pour faire découvrir les grandes œuvres, même si c'était parfois peu accessible et difficile. Mais ce n'était quand même pas de sa faute si certains manquaient de bases solides en français.

Elle avait donné une liste de livres à lire dans l'année et Gustave avait commencé par *Vipère au poing*, de Hervé Bazin. Il s'était rendu compte que Folcoche et Morel : même combat. Dès lors,

Gustave mit le visage de la marâtre sur celui de son enseignante. La vipère lui allait bien. Les sifflements, la perfidie, le regard en fente, la peau sèche et craquelée, le cœur caché derrière la pierre très dure.

Elle avait trois adolescents, qu'elle avait choisi de scolariser dans le privé, trop consciente des difficultés et du manque de moyens auxquels ils auraient droit dans un collège comme le sien. Ce n'était pas une trahison pour elle, plutôt un conflit de valeurs.

Mme Morel était une professeure en colère contre le système, car elle déplorait que l'on fasse croire à des élèves que certaines lacunes ne sont pas graves, que le minimum de connaissances suffit pour avoir des notes brillantes. Quitte à faire pleurer les premiers de la classe avec des moyennes lamentables pour tirer la sonnette d'alarme. Gustave, qui avait toujours été habitué aux zéros en dictée, tomba de sa chaise à la remise de sa première copie : – 82 sur 20 ! Lui qui pensait avoir touché le fond depuis longtemps, découvrait tout un nouveau monde. De toute façon, notes positives ou négatives, Mme Morel n'aimait pas les mathématiques, sauf quand il s'agissait de compter les jours qui la séparaient de la retraite.

Lorsqu'un petit élève courageux lui avait dit un jour que ce n'était pas juste, elle avait répondu du tac au tac : « Mais, mon petit, la vie est injuste. » Si c'était une enseignante qui le disait, Gustave se fit la remarque qu'ils étaient mal barrés.

Heureusement, tous les enseignants n'étaient pas comme elle.

23

Et voilà, le travail !

De toutes les matières, seule l'histoire passionnait véritablement Gustave. Comme le déplorait Joséphine, niveau culture générale, il avait beaucoup à apprendre. Il ne savait rien de la Géographie de son pays – à part quelques numéros de départements –, rien à la France, ni à Paris, pourtant à moins de 10 kilomètres de chez lui. Il connaissait seulement sa cité, le chemin pour aller à l'école, ou encore celui pour le collège et la bibliothèque municipale. C'était à peu près tout, excepté les dimanches chez ses grands-parents paternels et les semaines de vacances, traversant la France en voiture par l'autoroute sans jamais s'arrêter dans un village.

Plus que la matière, c'était l'enseignante qui trouvait grâce aux yeux de Gustave. Mme Houche, professeure d'histoire et géographie, était stricte mais juste, passionnée et passionnante.

Armée d'une corne de brume pour rabrouer les brebis dispersées dans la cour, elle avait également en classe des méthodes peu orthodoxes. Aucun collégien ne savait si elle avait le droit de faire tout cela, mais personne ne s'offusqua jamais, car il était clair qu'elle estimait ses élèves. Avec elle, la discipline était simplement un moyen de fixer des règles communes dont tous avaient besoin pour progresser.

Magali Houche tenait toujours parole. Le bon comme le moins bon. L'attendu comme l'inattendu. Un jour, alors que Sacha, le plus chahuteur de la classe, n'arrêtait pas de gesticuler sur sa chaise en balançant des bouts de papier aux quatre coins de la salle, elle lui avait proposé une balle antistress pour passer ses nerfs sans déranger son cours. Sacha avait insolemment répondu que c'était son cours qui manquait de nerf. Mme Houche l'avait alors mis en garde, calmement et le regard fixe : « Si tu continues de jeter des choses dans ma classe, Sacha, c'est moi qui balance ton cartable par la fenêtre. » L'élève, piqué de voir son enseignante faire preuve d'autorité, avait lancé une nouvelle boulette de papier, telle une ultime provocation. Toute la classe avait alors cessé de respirer, suspendue à la réaction de l'enseignante. Mme Houche avait lentement remonté l'allée entre les bureaux et s'était arrêtée devant lui. Elle avait attrapé le sac à dos de l'adolescent, puis l'avait vidé de son contenu. Sacha lui avait souri avec un air de défi : « Vous n'êtes même pas cap', madame. » Il avait fallu moins d'une seconde pour que le sac fasse un vol plané jusqu'à la cour, suscitant l'admiration des élèves et un nouveau respect de la part de Sacha pour son enseignante.

Mais ce que les collégiens adoraient par-dessus tout, c'était sa sanction en cas de retard. En plus du passage obligatoire par le bureau de la CPE, l'élève fautif écopait de vingt pompes à réaliser devant toute la classe. Gustave fit son possible pour ne jamais arriver le dernier : il ne savait même pas en faire deux de suite.

Justin, le maigrelet de la classe, arriva un matin quinze minutes après la sonnerie. Tous les élèves se dressèrent, comme dans une arène, prêts pour le spectacle. Contraint de se plier à la règle, le jeune garçon enchaîna péniblement trois pompes et demie, et s'écroula, mort de honte, devant une classe scrutatrice et silencieuse.

Le mois suivant, lorsqu'il débarqua encore un quart d'heure après le début du cours, toute la classe retint son souffle en empathie maximale avec le retardataire. Justin soupira, enleva son cartable, son sweat, se mit en position et enchaîna sans faiblir vingt pompes, avant de se redresser, hyper fier de sa performance et de sa surprise. Toute la classe se leva et l'applaudit avec admiration. Justin était devenu tout rouge : c'était la première fois qu'il était complimenté ainsi. Mme Houche, aussi amusée qu'impressionnée, l'avait félicité : ce gamin venait d'accomplir ses plus beaux progrès de l'année.

Avec cette enseignante, et pour la première fois de sa vie, Gustave sentait qu'il était suffisamment à l'aise pour ne pas finir dernier, pour puiser dans son savoir et rédiger des pages sur ce qui le passionnait.

Après avoir récupéré plusieurs de ses devoirs, il se rendit compte que ses notes d'histoire-géographie étaient au-dessus de la moyenne et, les mois passant, carrément dans le tiers supérieur de la classe. C'était inédit dans sa scolarité. Le Conseil de Classe approchant à grands pas, il mit les bouchées doubles auprès de ses autres professeurs afin qu'ils décèlent eux aussi chez lui quelques qualités.

Quand, un jour de décembre, l'enveloppe affublée du tampon de son établissement arriva par la Poste, Gustave fut parcouru d'un frisson. Son bulletin du premier trimestre. Découvrant les appréciations des professeurs, toutes plus sceptiques les unes que les autres, le garçon s'écroula. Personne ne remarquait ses efforts, et les quelques bonnes notes qu'il avait eues en histoire ne semblaient pas compter. Cela continuerait donc éternellement ainsi ?

Son bulletin à la main et le menton tremblant, Gustave chercha sa mère du regard. Le salon était douloureusement vide. Il aurait pourtant eu besoin de sa voix rassurante, de quelqu'un pour le serrer dans ses bras, de quelqu'un tout court, même pour le disputer. Mais sa mère n'avait pas quitté son lit du week-end, restant seule avec ses mouchoirs à réécouter en boucle la chanson que le père préférait, « Mistral Gagnant » de Renaud.

« *Et entendre ton rire qui lézarde les murs*
qui sait surtout guérir mes blessures »

Gustave n'entendait plus celui de sa mère, qui jusqu'à présent, n'avait pas su guérir les siennes.

Auparavant, cette musique avait apporté du soleil à la maison. Quand dehors il pleuvait, il ne pleuvait plus, et dès que le vinyle était fini, on le remettait en lecture. Depuis que le père était parti, Noémie avait essayé de faire semblant, de montrer que tout allait bien, de prouver qu'elle tenait le coup, mais elle venait de s'effondrer.

Gustave se réfugia dans sa chambre, les yeux embués de larmes. Il enleva maladroitement le dernier tiroir de son bureau et cacha son bulletin en dessous, sur le sol. C'était reculer pour mieux sauter, mais il n'avait pas le choix. Il devait taire sa peine pour protéger sa mère.

L'hiver était là et c'était le déluge, dehors et à l'intérieur de sa vie.

24

L'habit ne fait pas le moine

Se sentir différent, constamment en décalage avec les autres, Gustave en avait l'habitude. Il était le seul qui, après la classe, ne traînait pas en bas de l'immeuble. Il n'en avait pas le droit. Sa mère le lui avait toujours interdit. Et lui, comme toujours, obéissait.

Noémie avait entendu suffisamment d'horreurs, via des commérages de voisines, pour exiger que ses enfants rentrent immédiatement à la maison. Dès qu'une sirène retentissait, s'ils n'étaient pas là, une peur viscérale s'emparait d'elle : elle imaginait toujours le pire. De fait, même s'ils n'avaient pas le droit d'avoir un téléphone, Noémie tenait à ce que son numéro de portable soit toujours sur eux. Au cas où…

Dans leur quartier, la police et les pompiers intervenaient chaque semaine, voire plusieurs fois par jour si nécessaire. Parfois pour des

« drames familiaux », synonymes de violences conjugales, jamais pour gérer les harcèlements quotidiens, comme ceux que subissait de plus en plus souvent Gustave. C'était le lot de chacun que de faire avec. Il n'aurait même jamais pensé leur demander d'agir : les policiers auraient ricané et les jeunes du quartier lui auraient fait connaître de pires représailles.

Seule Joséphine avait une fois osé venir à la rencontre des officiers de police pour dénoncer les agents municipaux qui la sifflaient et l'invectivaient en revenant du collège. Cela se produisait très fréquemment et elle n'en pouvait plus de leurs regards malsains sur son corps de 16 ans. Les policiers avaient haussé les épaules, souri, avant de la laisser repartir, regrettant le pull qu'elle avait noué autour de ses fesses.

Avoir des formes avantageuses dans le quartier était tout sauf un avantage. Surtout quand cela arrivait avant l'âge : les filles la jalousaient, les garçons avaient envie de la toucher. Du coup, Joséphine s'habillait de plus en plus comme un sac.

Gustave n'aurait su dire si Joséphine était jolie. Elle avait les cheveux longs – souvent attachés –, une silhouette athlétique, un pas vif, des jambes comme des échasses, des épaules dessinées, une taille marquée, qui à son grand regret amplifiait ses hanches rondes. Ni grande, ni petite, ni belle, ni laide. Un potentiel sûrement, le jour où elle aurait envie qu'on la remarque. Aujourd'hui, elle préférait revêtir l'uniforme « jeans sweat baskets » pour avoir la paix. Une chose était sûre, être une fille embarrassait Joséphine.

Selon elle, cela venait avec tout un ensemble de faiblesses et de vulnérabilités. Des talons qui claquent et signalent la présence d'une proie à cent mètres à la ronde. Une jupe, qui entrave la possibilité de faire de grandes enjambées, des formes trop lourdes à porter et qui empêchent de courir pour échapper au danger. Joséphine n'avait pas un tempérament de paillasson sur lequel on pouvait facilement s'essuyer les pieds et, être une femme, là où elle habitait, c'était être née victime.

Gustave n'était pas loin de penser la même chose sur son compte à lui, avec son corps en point d'interrogation, son dos voûté, ses jambes arquées, sa démarche lente. Tout chez lui était détestable. Gustave vivait l'adolescence à mi-chemin entre *La Métamorphose* de Kafka et la créature créée par Frankenstein. Il était un monstre. Il n'était plus que l'ombre de lui-même, une sous-version du mignon Gustave qu'il avait été.

Depuis quelques mois, il ne se regardait plus dans le miroir. À 12 ans, son corps changeait et il le détestait : ce duvet au-dessus de la lèvre qui apparaissait, sa voix qui trahissait ses émotions, qu'il ne reconnaissait même plus, et sur laquelle il ne pouvait plus compter. Pourtant, dans son souvenir, sa sœur, pendant ses premières années d'adolescence, ne s'en était pas trop mal tirée : même l'appareil dentaire qu'elle avait porté n'avait rien perturbé. Elle avait juste arrêté de sourire, ce qui ne changeait pas de d'habitude.

Gustave n'avait jamais vraiment eu peur. Ni du quartier ni des zonards. Il n'avait jamais connu autre chose. Comment la truite pourrait avoir peur de la rivière dans laquelle elle vit ? C'était son environnement naturel, aussi sombre que peuvent l'être certaines eaux profondes. Sa cité faisait partie de lui, et lui d'elle.

Cependant, tous les soirs, des jeunes d'une vingtaine d'années traînaient au pied des immeubles et la même scène se répétait.

— Hey, toi ! Viens ici !

— Désolé, je dois rentrer. Bonne soirée à vous, rétorquait poliment Gustave.

— T'as vu comment il m'a trop mal parlé, là ! Il est ouf, lui ! Viens là, j'te dis ! Tema comment il accélère, le petit iench ! T'as bien raison, sale bâtard : si je t'attrape… Nique-lui sa race à c'bouffon !

L'un d'eux se levait alors de leur banc, marchait dans sa direction avec véhémence. Gustave se retenait de courir mais ne traînait pas pour taper son code et priait intérieurement pour que l'ascenseur soit au rez-de-chaussée à l'attendre.

Malgré le simple « salut » qu'il lançait chaque jour pour être poli, Gustave se faisait insulter dès qu'il passait à côté du banc en bas de chez lui autour duquel ils étaient tous réunis. Une demi-douzaine de jeunes, parfois deux fois plus, souvent avec leurs chiens. Au ban de la société. Gustave, lui, était au banc des accusés pour avoir choisi ceux de l'école.

Usé par l'hostilité quotidienne à son encontre, Gustave commença à faire un détour en rentrant du collège. Il passait désormais par-derrière, à travers le parking extérieur, puis remontait par la cave, pour contourner les adolescents installés sur le banc tagué. La seule voie possible pour éviter les crachats et les insultes. Les mois passant, il commença à redouter qu'un soir l'un d'entre eux se montre plus agressif avec ses poings qu'avec ses mots, car à ce jeu-là, il ne ferait pas le poids.

Quand il croisait le vieux monsieur du 2e étage sortant de l'ascenseur, que sa mère détestait car il enfumait de son cigare les parties communes sans aucun respect pour les autres, Gustave lui pardonnait tout et s'engouffrait à l'intérieur, les jambes flageolantes. Il retenait sa respiration sur plusieurs étages, scrutait les parois grises, choisies en matière craquelée non vandalisable, puis laissait son regard tomber sur le miroir qui était rayé de toutes parts par de jeunes délinquants armés de leur clé.

Lorsqu'il osait se regarder en face, Gustave s'en voulait de sa lâcheté. Il ne demandait pas grand-chose : qu'on le laisse rejoindre tranquillement son refuge, auquel tous avaient droit, même les oiseaux du quartier. Alors pourquoi pas lui ? Il ne comprenait pas l'hostilité des adolescents à son égard, il ne leur avait jamais rien fait.

Aujourd'hui, Gustave se sentait seul. Sekou lui manquait et, avec tous ses devoirs, il n'avait même plus le temps de le voir. L'école, après s'être chargée de les rapprocher, les avait éloignés. Comme pour une amitié de vacances, ils avaient laissé le quotidien diluer leur attachement. Mais Gustave s'acharnait avec ses leçons pour une bonne raison : Sekou et lui se retrouveraient au lycée, et ce serait comme s'ils s'étaient quittés la veille.

Sa mère le lui avait inlassablement répété ces dernières années : ça finirait par payer. Ne plus avoir d'espoir, c'était ça le véritable échec.

25

Petit à petit, l'oiseau fait son nid

Le second trimestre de 6e avait filé aussi vite que le précédent, lui échappant complètement, tout comme son destin. Si Gustave n'avait jamais eu la concentration faite pour l'école, sa tête était désormais ailleurs, embrumée et distraite par des soucis extrascolaires.

Sur le toit de son nichoir, il avait réussi à creuser une fenêtre et chaque jour il passait un œil, dans l'espoir un peu fou d'y voir un petit oiseau. Mais il restait inoccupé, vide. Personne pour lui tenir compagnie.

Lorsqu'une fois Joséphine rentra du lycée et le découvrit abattu par l'absence de locataires, elle se moqua gentiment de lui :

— Je ne suis pas experte mais, à part des pigeons, tu connais beaucoup de moineaux ou de rouges-gorges qui volent si haut ?

C'était un bon point. Aucun passereau ne nichait naturellement à cette hauteur, mais il en fallait plus pour dissuader Gustave d'espérer. Il rendit toujours plus douillet l'intérieur de l'hôtel à oiseaux, avec un peu d'herbe ramassée entre les voitures sur le parking.

Quelques semaines plus tard, alors que Gustave observait la nuit qui était tombée sur son balcon, il jeta un œil à l'intérieur de son nichoir, dans un réflexe devenu quotidien, avant de reculer aussitôt. Il cligna des yeux, puis vérifia : il y avait quelque chose. Point de plumes, ni un oiseau, mais un petit œuf.

Il tressauta de joie. Enfin sa patience était récompensée. Il sentait au fond de lui quelque chose d'étrange, qui l'empêchait de se réjouir du nouveau-né à éclore. Une maman oiseau aurait d'abord fait un repérage que Gustave aurait décelé, elle aurait aménagé l'intérieur de son nid avec des brindilles choisies par elle et son compagnon, et surtout, elle n'aurait jamais abandonné un œuf ainsi, à la portée de n'importe quel prédateur.

Soudainement inquiet, Gustave regarda autour de lui : était-il possible que quelqu'un soit passé par le toit pour lui faire une mauvaise blague ? À moins que… Il se pencha vers sa chambre et distingua à travers la vitre une silhouette fuyante, qu'il reconnut aussitôt.

Furieux, il pénétra dans sa chambre et attrapa Joséphine par le bras :

— Avoue, c'est toi qui as fait ça ?

— De quoi parles-tu ? se défendit-elle.

— Tu as mis un œuf pour me faire une mauvaise blague, mais je ne suis plus un enfant, ça ne me fait pas rire.

— Je t'assure, Gus-Gus, je n'ai rien fait du tout. S'il y a un œuf, il est arrivé autrement, sûrement un oiseau : c'est une bonne nouvelle, non ?

— Ah, oui ? insista Gustave. Et le code-barres sur la coquille, là, tu crois qu'il vient de l'oiseau aussi ?

Joséphine gloussa.

— Mince, je n'y avais pas pensé. Oh, ça va ! Si on ne peut plus rigoler. Et puis, c'était pour te faire plaisir : tu rêvais tellement d'un oisillon.

Gustave la regarda droit dans les yeux : elle était très sérieuse. Il ne savait pas s'il devait être énervé ou atterré par l'ignorance de sa sœur.

— Tu n'écoutes donc jamais quand je te parle d'ornithologie ?

Joséphine fit une moue qui était sans appel : elle semblait s'en contreficher. Son frère poursuivit :

— Un oisillon ne peut pas sortir d'un œuf de poule si celui-ci n'a pas été fécondé avant… Tu devrais écouter un peu plus en cours, Joséphine.

En colère, Gustave tourna les talons et, pour la première fois de sa vie, ferma la porte de sa chambre au nez de sa sœur.

Après le dîner, Joséphine tenta un rapprochement et vint le voir alors qu'il se couchait.

— Dis-moi, Gus-Gus, j'ai besoin de toi sur un devoir. Il me faut un point de vue et je n'en ai absolument aucun, à part que ce texte est nul, nul, nul ! Il y a vraiment des auteurs sadiques qui aiment torturer leurs lecteurs : là, on passe notre temps à espérer qu'un type se pointe et il ne vient jamais.

Le garçon se pencha sur un extrait du texte de Samuel Beckett : il s'agissait de l'histoire d'un homme qui attendait Godot. Cela lui sembla effectivement très obscur.

— Godot, ça sonne un peu comme *God* en anglais… tenta-t-il en commençant à lire plusieurs paragraphes, happé par cette drôle de mise en scène.

Joséphine fit une grimace : ça lui faisait plutôt penser à une vieille chaussure.

— Il n'attendrait pas Dieu, ton gars ? continua-t-il. Ou la mort, peut-être…

— OK, super, merci beaucoup, Gus-Gus, lâcha-t-elle de sa voix la plus mielleuse en lui reprenant le bouquin des mains.

Gustave soupira. Il sut instantanément qu'elle allait choisir d'ignorer son point de vue : elle faisait toujours ça. Mais ce soir-là, cela le blessa. C'était la veille du second Conseil de Classe, et il savait qu'il ne se passerait pas bien. Le désespoir avait gagné son cœur comme une tache d'encre sur un cahier. À moins d'un miracle…

26

On prend les mêmes et on recommence

Lorsqu'il se leva le lendemain, Gustave était barbouillé. Le Conseil de Classe le soir même lui pesait sur l'estomac. Même si on lui avait suffisamment seriné que la curiosité était un vilain défaut, Gustave aurait adoré être délégué pour entendre exactement ce qui se disait sur son compte lors de ce petit comité plutôt que de recevoir uniquement son bulletin, aussi catastrophique que lacunaire. Il n'avait jamais osé se présenter aux élections, redoutant davantage le vote de ses camarades que la discussion des professeurs à son encontre.

Après être arrivé quinze minutes en retard, M. Pinçard, le Principal, lut en diagonale le compte rendu général sur la 6e de Mme Morel et ouvrit le bal avec le premier élève :

— Gustave Aubert. Rien à voir avec sa sœur, celui-là… se désespéra-t-il. Les bases ne sont pas là, il ne bosse pas : il ne tiendra pas jusqu'à la fin de la 3e.

— Et puis, il est constamment fatigué, ajouta Mme Morel. À mon avis, il joue aux jeux vidéo toute la nuit et ses parents laissent faire.

Tous les professeurs approuvèrent en silence, ayant également constaté l'épuisement du garçon, sans pour autant être aussi catégoriques sur la cause. Le Principal continua :

— On convoque la mère et on la prépare à la réorientation. Élève suivant… Barret.

Mme Houche, l'enseignante d'histoire de Gustave, intervint :

— Attendez, j'avais un truc à ajouter sur Aubert. Je ne suis pas sûre qu'il faille l'écarter si vite. Ce gamin, il est loin d'être bête. Il m'a fait 8 pages sur la guerre des Deux-Roses, même moi je ne savais pas tout ça.

— C'est au programme ? demanda le Principal, suspicieux.

— Ce n'est pas le sujet : c'était passionnant !

— Mais rempli de fautes, je suppose ? questionna Mme Morel. Je connais l'énergumène !

— Sincèrement, j'ai vu pire.

— Non, crois-moi, personne n'est pire que Gustave en dictée : c'est 10 fautes par ligne, au moins, ça pique les yeux, répondit la professeure de français.

— Je te dis que non ! Tiens, regarde sa copie…

Magali Houche sortit son téléphone, parcourut ses images et partagea avec sa collègue la photo du devoir qu'elle avait faite avec son téléphone. Affichant une moue plus que sceptique, alors que l'écriture maladroite confirmait l'identité de l'auteur, Mme Morel insista :

— Alors, il a triché. Ça ne peut être que ça ! C'était un devoir maison ?

— Même pas ! Et de toute façon, ça n'aurait pas pu être sa sœur : Joséphine se fichait du Moyen Âge comme de l'an 40.

Restée discrète depuis le début de l'échange, une autre enseignante de français, Mlle Bergamote, suggéra :

— Il y a des élèves qui font des milliers de fautes quand on leur dit que c'est une dictée et qui n'en font presque pas lorsqu'ils rédigent un texte sur un sujet qui les passionne. Tout dépend de leur traumatisme passé et des profs de français qu'ils ont eus…

Mme Morel leva les yeux au ciel.

M. Pinçard demanda à l'assemblée :

— Un talent particulier ? Le dessin peut-être ? Le sport ?

Les deux enseignants concernés firent une moue sceptique.

— J'aimerais dire oui, mais je l'ai vu plus souvent renverser son pot de peinture que réaliser des chefs-d'œuvre, précisa le professeur d'arts plastiques.

— Je confirme. À part trébucher, il ne sait pas faire grand-chose de ses deux pieds gauches…

Mlle Bergamote fixa alors le Principal :

— Monsieur Pinçard, en tant que référent du décrochage scolaire de cet établissement, j'aimerais rencontrer le jeune Aubert pour faire le point, et ce, avant qu'on ne convoque la mère.

M. Pinçard l'arrêta dans son élan :

— Non. Ce môme, c'est une cause perdue : on le réoriente. Avec des lacunes pareilles, il n'a rien à faire là. On ne peut pas accueillir toute la misère du monde. Et vous, vous avez mieux à faire avec les autres élèves qui se donnent vraiment la peine. Élève suivant : Barret !

27

Repartir d'une page blanche

Comme un goût de déjà-vu, Noémie avait été convoquée quelques jours plus tard par le Principal du collège pour « parler de Gustave ». Ce dernier patientait dans le couloir devant le bureau de M. Pinçard alors que sa mère était à l'intérieur.

Il était sur le banc à attendre la fin du supplice, lorsqu'une enseignante, qu'il avait déjà croisée dans les couloirs, vint s'asseoir à ses côtés. Au bout de dix minutes d'un silence total, regardant sa montre pour la vingtième fois, elle lâcha :

— Il est toujours en retard, celui-ci ! Il commence à m'agacer…

Gustave ne répondit pas, puis constatant qu'elle faisait désormais tressauter le banc de sa jambe stressée, il tenta de calmer ses ardeurs :

— Je pense qu'il en a encore pour un petit moment. Ma mère vient à peine de rentrer.

L'enseignante bougonna de plus belle. Gustave se fit la remarque que, encore une fois, il n'avait pas dû dire ce qu'il fallait. Plus les minutes passaient, plus il était angoissé.

— Pourquoi tu te ronges les ongles comme ça ? Arrête, ça va saigner.

Gustave lui lança un regard interrogateur et elle capitula aussitôt :

— Tu as raison, je m'en moque après tout, ce sont tes doigts. Tu habites par ici ?

— Les tours grises, au bout de la rue, répondit-il en enlevant ses mains de sa bouche.

L'enseignante vérifia l'heure et soupira :

— Ce n'est pas toujours aussi long, tu as le droit à un traitement de faveur, semble-t-il…

— Moi, à l'école, toujours. Il doit être en train de faire la liste de toutes mes qualités…

— Tu as de l'humour, toi !

— Je ne fais pas rire tout le monde pourtant, reprit le garçon. Ma mère pleure, mes profs me prennent pour un insolent – quand ce n'est pas pour un idiot, un tricheur ou un fainéant –, et, moi, j'attends qu'on décide de mon avenir.

— Tu te fiches de devoir faire toute ta vie un métier qui ne te plaît pas ? Que tu n'as pas choisi ?

— Qu'est-ce que je peux y faire ? De toute façon, comme d'habitude avec les adultes, je n'ai jamais mon mot à dire. Il faut bien payer le loyer alors quel que soit le travail…

— Tu fais comme si ça t'était égal, mais je n'y crois pas. Si je te donnais une baguette magique pour réussir tout ce que tu veux à l'école et dans tes études, tu la prendrais ?

— Bien sûr. Tout le monde préférerait être bon en classe, non ?

— Non, certains ne rêvent que de quitter le système scolaire et préféreraient une baguette pour accélérer le temps jusqu'à leurs 16 ans.

Gustave resta songeur : ce n'était pas faux. Il n'y avait même pas pensé.

— De toute façon, que le collège décide de se passer de moi ou l'inverse, ça change quoi ? continua Gustave, le menton pointé vers la porte close qui décidait de son destin.

— Je ne suis pas du tout d'accord, l'école est un endroit où chacun devrait avoir sa chance, encore plus s'il la souhaite. Tu ne dois pas rester indifférent.

— Vous êtes prof, vous prêchez pour votre paroisse. Vous habitez dans le monde des Bisounours, vous… lâcha-t-il en se refermant comme une huître.

Un silence pesant s'abattit sur eux. L'enseignante sortit un stylo avec lequel elle se mit à jouer, le faisant pivoter autour de son pouce, aller-retour, pour passer le temps. Elle était assez douée. Puis, après de longues secondes, Gustave reprit :

— Je crois que l'on peut résumer ma vie à ce mot : indifférence.

— Ou fatalisme ?

— Les deux. Je suis nul, et cela ne me pose pas de problème, mais que ma mère soit dans ce bureau à souffrir par ma faute, ça me fait mal. J'ai fait tout ce que j'ai pu mais je n'ai jamais réussi à la protéger, elle qui a mis tellement d'énergie en moi…

— Pourquoi tu parles au passé ?

C'était un autre bon point. Il se souvenait de sa promesse faite un an plus tôt, lorsque Noémie avait imposé le redoublement du CM2 et qu'il avait tenu tête, jurant que si ses professeurs de collège estimaient qu'il n'était pas au niveau, il ne s'accrocherait plus. Cela ne servait à rien de batailler plus longtemps.

— Je crois que tout est joué aujourd'hui. Elle ne sera jamais fière de moi, pour ma réussite en tout cas, je ne suis capable que de la décevoir. Ça, c'est mon plus grand échec. Et pourtant je m'y connais en échecs.

La porte du bureau s'ouvrit brusquement. L'enseignante sursauta et chercha à s'éclipser avant que M. Pinçard ne la prenne en flagrant délit d'insubordination. Mlle Bergamote n'avait pas du tout rendez-vous avec le Principal et n'avait strictement rien à faire là, à discuter avec un élève qui n'était pas le sien.

— Si tu as besoin de parler à quelqu'un, je suis là, conclut-elle en lui donnant un ticket de bus, dont il se débarrassa aussitôt, l'écrabouillant au fond de sa poche.

Sans un regard pour l'enseignante, le visage de Gustave s'était figé : sa mère était sortie du bureau de M. Pinçard. En pleurs.

Comme un goût de déjà-vu, effectivement.

28

Même pas cap

Eugène Pinçard ne portait pas les élèves dans son cœur. Il n'avait d'ailleurs pas plus de sympathie pour les professeurs ou les parents. Dans son grand bureau, la mère de Gustave avait vécu un enfer. Accablant Gustave de toutes parts, M. Pinçard ne lui avait rien épargné.

Marqué par ses années d'école, où il avait été le souffre-douleur de ses camarades, qui n'avaient eu aucune considération pour le fils du Directeur, le Principal avait décidé de prendre sa revanche : si ce n'était pas par son charisme naturel – plus proche du concombre de mer que du lion –, ce serait par son statut de chef d'établissement. Pour lui, cela ne faisait aucun doute : on lui devait le respect attendu pour un chef d'État, n'était-il pas d'ailleurs le digne représentant de l'école de la République ? Bref, Eugène

Pinçard avait pris le melon en même temps que ses fonctions.

Il en oubliait presque que c'étaient les professeurs qui étaient en première ligne, à gérer au quotidien les difficultés des élèves, que lui-même créait souvent. Moins il intervenait dans la vie de l'établissement et mieux c'était pour tout le monde. Il avait besoin d'un pont entre lui et la nouvelle génération, et c'étaient les enseignants qui se relevaient les manches du mieux qu'ils pouvaient.

Le dossier de Gustave entre les mains, M. Pinçard avait longuement expiré, puis n'y était pas allé par quatre chemins :

— C'est trop compliqué, Gustave a vraiment trop de retard. Les bases ne sont pas là. On n'a rien sur quoi construire. Il aurait dû redoubler avant : on ne peut rien faire aujourd'hui avec le rythme et les exigences du collège.

Devant la mine renfrognée de Noémie, il s'était radouci et avait tenté une approche latérale :

— Il y a des problèmes à la maison qui justifieraient son manque d'investissement ? Vous arrivez à être présente le soir pour l'aider avec les devoirs ? Ou le Papa, peut-être ?

Noémie s'était sentie submergée par un sentiment irrépressible de culpabilité. Elle avait fait de son mieux, mais c'était devenu trop dur. Elle était à court de solutions, et d'énergie. Le Principal l'avait poussée vers l'unique voie qu'il estimait possible :

— Il n'y a qu'une issue qui soit bonne pour lui et pour vous, car je vous sens fatiguée : l'aménagement dans une classe avec des élèves comme lui, puis ce sera la réorientation, dès que possible, vers une voie professionnelle. Ça lui ira mieux. Ça ne sert à rien de s'acharner, il s'épuise lui aussi.

La mère avait balbutié :

— Mais il n'est pas nul, il est intelligent même. Il n'est peut-être pas fait pour l'école, mais il connaît plein de choses…

— Vous avez raison, il n'est pas nul, et le système scolaire ne lui convient pas. C'est pour ça qu'on va l'aider à trouver sa voie.

M. Pinçard marqua une pause avant de reprendre :

— Vous l'avez dit vous-même, il n'est pas fait pour l'école. Sortons-le de là au plus vite. Signez.

La mère avait attrapé d'une main tremblante le stylo que lui tendait le Principal et signé l'autorisation. Elle acceptait de le réorienter à la fin de la 6e en classe spécialisée. Pour les cas sans espoir.

Elle était donc sortie du bureau en larmes, sous les yeux de Gustave, inquiet pour sa mère, qui ne pouvait pas deviner ce qui venait de se passer.

Elle qui lui avait toujours tenu la main venait de la lâcher.

29

Il faut se méfier de ses amis comme de ses ennemis

Le retour à la maison fut silencieux. Gustave n'osa pas interroger sa mère et ils passèrent à table sans cérémonie. Seule Joséphine, qui n'avait pas compris ce qui s'était tramé, en avait rajouté une couche pendant tout le dîner.

— Il n'arrive pas à apprendre ses tables de multiplication, d'accord, mais il retient sans problème les marques des pubs à la télé. Il n'a pas de soucis de cerveau, ça, on en est sûr, se moqua-t-elle gentiment.

Noémie soupira :

— Mais si les devoirs pouvaient entrer aussi facilement, on n'en serait pas là, Joséphine !

— Tu rachèteras du multivitaminé, Maman, s'il te plaît, insista la fille.

— Non, c'est au tour de Gustave et lui préfère le jus pomme-pêche.

— J'en ai marre de ce truc d'une semaine sur deux. J'en ai ras-le-bol d'être pauvre. C'est de ta faute, Maman, si Papa est parti et si maintenant on galère.

Noémie lança un regard mauvais à sa fille pour la faire taire, mais Joséphine en avait décidé autrement :

— Tu gagnes quoi ? 1500 euros par mois ?

— Si seulement, souffla la mère en vidant les assiettes au-dessus de la poubelle.

— Eh bien moi, pour 1500 balles, je ne me lèverais même pas le matin. Je vous préviens, je ne pourrais pas me contenter d'une petite vie, annonça-t-elle en quittant la cuisine sans débarrasser, ni récupérer la claque que Noémie s'apprêtait à lui donner.

La soirée fut morne. Chacun partit s'isoler, refermant la porte derrière soi, comme autant de pare-feu à leur tristesse individuelle. Gustave vérifia son nichoir – éternellement vide –, puis s'installa à son bureau pour relire ses cours afin que son inconscient mémorise. Le faisant sursauter, Joséphine frappa à sa porte – c'était une première – et s'allongea sur son lit.

Si Joséphine pouvait finir les phrases de ses interlocuteurs sans jamais se tromper – impatiente devant la lenteur des autres à formuler approximativement leur pensée et anticipant des banalités –, Gustave ne parvenait jamais à deviner ce que sa sœur avait à lui dire.

— Elle m'agace.

Le garçon fronça les sourcils. Gustave n'aimait pas quand sa sœur le prenait à témoin pour dénigrer leur mère, ni quand elle l'accusait sans motif du départ de leur père.

— Pourquoi tu dis que c'est de la faute de Maman si Papa est parti ?

— Réveille-toi, Gus-Gus. Pour quelles raisons crois-tu que Papa ait cherché une pouffe ? Maman n'a pas été foutue de le retenir, trop occupée à droite à gauche. Et pour nous offrir quel quotidien ?

Gustave déglutit. Sa mère employait effectivement tout son temps à apporter son soutien aux autres – que ce soit aide-soignante ou aide aux devoirs à ses côtés. Serait-ce donc de *sa* faute à lui, si ses parents ne s'aimaient plus ? Le garçon ouvrit la bouche, mais sa sœur enchaîna :

— Regarde autour de nous : il n'y a pas une bibliothèque ! À part le programme télé, tu as déjà vu Maman lire un livre ?

— Tu exagères. Tous les soirs quand on était petits, elle nous racontait des histoires dans le grand lit. Et elle nous emmenait chaque semaine à la bibliothèque, ça compte quand même ?

— Mouais, admit-elle, sceptique.

Joséphine avait toujours trouvé que les gens qui ne lisaient pas étaient fascinants. Ils traversaient leur existence, l'occupant tel un locataire, l'investissant comme une maison témoin. Témoin d'une vie sans vie. Sans souffle. Sans curiosité aussi. Comme une contrefaçon de l'existence, comme les sous-marques qu'ils achetaient au supermarché.

— Je veux des émotions, bordel ! Qu'on fasse vibrer mon cœur.

— Euh… Tu es amoureuse ? Toi ? interrogea-t-il, estomaqué, connaissant sa sœur – véritable cœur de pierre –, qui lâchait des larmes uniquement pour parvenir à ses fins.

Un reptile au sang froid. D'ailleurs, lorsqu'elle était née, c'était flagrant : sur les photos, avec son nez en l'air, pointu, ses grands yeux noirs inexpressifs et sa bouche pincée, sa sœur ressemblait drôlement à une tortue.

— Tu ne comprends rien à rien, Gus-Gus. Je ne te parle pas d'amour, j'en ai rien à carrer ! Je te parle de mon avenir, là ! Et du tien, par la même occasion. J'ai un plan pour nous sortir de ce trou à rats, pour se barrer comme Papa.

Gustave savait qu'il fallait être sur ses gardes : sa sœur avait régulièrement des trouvailles qui avaient le don d'être avantageuses pour elle, rarement pour les autres.

— On ne va pas se mentir, on sait tous les deux qu'après mes études je serai très riche, immensément connue et absolument débordée : je n'aurai pas une minute à moi pour m'occuper de mon manoir. Du coup, j'accepte que tu habites chez moi – gratuitement, je précise –, mais il faudra quand même que tu mettes la main à la pâte.

Joséphine n'avait jamais aimé être privée de sa liberté, ni être entravée par qui que ce soit, alors, de là à accepter de cohabiter avec lui, il était surpris. Il y avait assurément anguille sous roche.

— Comme un majordome ? interrogea Gustave, qui voyait cette cohabitation comme une peine d'incarcération bien supérieure aux 18 ans fermes auxquels il s'était préparés.

— Tout de suite, tu veux une promotion. Tu ne perds pas le nord, toi ! La maison et le terrain risquent d'être démesurés, j'aurai donc besoin d'un intendant qui habitera la cabane au fond de mon jardin et qui m'aidera à tout gérer…

… *qui fera tout à ta place*, traduisit-il pour lui-même.

À entendre sa sœur soliloquer, le garçon toujours trop serviable serait apparemment l'heureux élu : il deviendrait son jardinier, lui ferait ses courses, nettoierait sa piscine – car, oui, Joséphine voulait une immense piscine –, s'occuperait du ménage et de son futur labrador. Bref, une vie de chien !

Si Joséphine avait tout prévu, elle ne savait toutefois pas encore grâce à quel talent elle allait devenir célèbre et fortunée. Telle une formalité, ce détail était loin de la tracasser.

Si elle acceptait de vivre avec lui, c'était bien évidemment par pure générosité. Pour le sauver de la misère. Lui n'avait rien demandé et, d'ailleurs, elle ne lui avait rien demandé non plus. Pas même si cela l'intéressait.

— Tu pourrais me dire merci, quand même, Gus-Gus !

Gustave sourit. À défaut de connaître la prédisposition qui lui ouvrirait les portes du succès, Joséphine avait déjà le talent de lui remonter le moral. Ses grandes citations, Gustave aurait dû toutes les noter : c'est lui qui aurait été très riche.

Au beau milieu de la nuit, Joséphine se leva pour soulager une envie pressante, mais s'arrêta net devant la porte fermée du séjour. Sa mère était en pleine conversation. Au téléphone, Noémie semblait discuter avec sa meilleure amie, qu'elle recontactait de plus en plus souvent désormais. De ce que Joséphine parvenait à discerner, la mère confiait qu'elle était au bout du rouleau, qu'elle avait vraiment essayé, mais qu'elle n'en pouvait plus. Elle était fatiguée de porter tout le monde à bout de bras, épuisée physiquement.

Se rendant compte que la discussion ne la regardait absolument pas, Joséphine, l'oreille vissée contre la porte du salon, épia encore plus attentivement.

Contrairement à d'autres conversations téléphoniques que Joséphine avait surprises, Noémie ne s'épanchait pas sur son mari absent. Parti avec sa « pouffe ». Cette fois, elle pleurait et, cinq fois, dix fois, vingt fois peut-être, elle répéta :

— Mais si j'avais su, *jamais*, tu m'entends, *jamais*, je n'en aurais fait de deuxième.

Joséphine resta pétrifiée. Elle ne parlait définitivement pas du père. Mais de son petit frère. Elle se décolla de la porte, interdite. Elle se retourna et découvrit Gustave, immobile face à elle : il avait tout entendu.

30

Y'a pas de fumée sans feu

Cette nuit-là, Gustave ne parvint pas à se rendormir. Pour une fois que ce n'étaient pas les sanglots de sa mère qui lui déchiraient le cœur, c'étaient ses pensées qui torturaient ses derniers espoirs. Il était un poids pour elle et il ne voulait pas la faire souffrir davantage : il devait s'en aller. Son plan était prêt : le lendemain matin, il se lèverait et partirait comme d'habitude en même temps que Joséphine ; elle entrerait dans son lycée et lui ferait mine d'aller au collège.

À entendre le raffut que faisait Joséphine – qui tournait, virait dans son lit, se rendait aux toilettes en se cognant dans le noir –, il semblait que sa sœur aussi peinait à trouver le sommeil. Joséphine avait souvent du mal à éteindre son cerveau le soir : ses pensées continuaient de rester branchées pendant des heures. Elle aurait adoré avoir un interrupteur pour cesser de réfléchir et s'endormir de fatigue, mais c'était comme si son corps et sa tête n'étaient absolument pas reliés. Alors, comme la magie n'existait pas, elle devait faire avec ses petites nuits de sommeil.

Quand il se leva à son tour, Gustave aperçut un rai de lumière sous la porte de la chambre de sa sœur : Joséphine était sûrement encore en train de lire en cachette. Sa mère le lui interdisait pourtant après 22 heures, mais elle trouvait toujours un stratagème pour tamiser la lueur de sa lampe avec des vêtements et créer une pénombre suffisante. Gustave savait que, de toute façon, sa mère ne se rendrait compte de rien : elle finissait chaque soir par prendre un somnifère.

Alors qu'il venait enfin de sombrer dans un sommeil lourd, il fut réveillé par la voix paniquée de Joséphine. Dans la chambre de sa mère, il discerna à travers la cloison :

— Maman, Maman, réveille-toi, il y a le feu. Vite, viens !

Gustave entendit sa mère marmonner :

— C'est un mauvais rêve. C'est rien. Va te recoucher, Joséphine.

Dans son enfance, sa sœur avait été sujette à de nombreuses terreurs nocturnes, mais là sa voix avait quelque chose de différent, d'alarmant. Elle n'en démordait pas :

— Maman, mais vraiment ! Viiite, il y a le feu dans ma chambre ! J'ai besoin de toi !

Gustave sauta de son lit, ouvrit la porte de la chambre de sa sœur et fut estomaqué : une grande fumée noire sortait du jeans posé sur le lampadaire. Une longue flamme pétarada d'un coup, très proche des rideaux. Aussitôt, Gustave prit la couverture de sa sœur et essaya d'étouffer la lampe bouillante. Cela lui brûla les mains. Puis, il parvint à enrouler le jeans dans la couverture, pour l'isoler, et le tapa de toutes ses forces contre le sol, à côté du roman qu'elle lisait. Il avait mal à la gorge et ses yeux pleuraient, tellement la fumée âcre le piquait. Joséphine accourut, une carafe d'eau à la main. Seule.

Lorsque Gustave se retourna vers elle, il ouvrit la couverture, tout penaud : il n'avait rien pu faire pour sauver le livre de sa sœur. Il était carbonisé.

Dans un réflexe, ils levèrent ensuite tous les deux la tête vers le détecteur de fumée qu'on venait à peine de leur installer dans le couloir, à l'entrée de leurs deux chambres. Il n'avait pas fonctionné.

Alors que Gustave ouvrait la fenêtre pour aérer, Joséphine se laissa tomber sur son lit :

— Moi qui pensais que ce serait les jeunes dans le hall qui foutraient le feu avec leurs cigarettes. J'ai failli faire cramer tout l'immeuble… Juste pour un livre. Merci, Gus-Gus. Heureusement que tu étais là.

Sur la moquette de sa chambre restait une trace de brûlure profonde, en forme de fer à cheval. Fallait-il y voir une chance insolente que les choses se soient finies si positivement ?

Quand Gustave et Joséphine partirent au petit matin, leur mère n'était pas encore levée. Peut-être travaillait-elle plus tard ce jour-là.

Le garçon passa son sac à dos, bien plus gros qu'à l'accoutumée, et fila, comme si de rien n'était. Sans se retourner. Sans un dernier au revoir.

31

Joie d'offrir, plaisir de recevoir

Si l'on est ce que l'on mange, Mlle Bergamote était immanquablement une barquette de lasagnes surgelées froide. Potentiellement bonne dans son temps, mais rabougrie au cœur, et cramée par trop d'oublis.

En salle des profs, pendant la pause déjeuner, Céline Bergamote et sa meilleure amie professeure d'histoire, Magali Houche, s'attelaient à la correction de leurs copies. Avalant un bout de salade grecque au-dessus de son bento, Magali Houche soupira :

— Je n'ai pas commencé par le meilleur. J'ai déjà envie de me pendre avec mon écharpe.

Encore toute retournée par sa discussion avec Gustave, Céline Bergamote radotait :

— Non, mais vraiment, il a un truc, ce gamin. C'est un écorché vif.

— C'est un gosse pour toi, ça. Il s'est confié ?

— Plus ou moins. De toute façon, je ressens ces choses-là.

— La femme qui lisait dans les plantes vertes, les animaux et les élèves… Quand vas-tu arrêter de vouloir sauver tout le monde ? Tu as déjà adopté le chat errant du quartier, qui, si ça se trouve, appartenait à quelqu'un… Et comment va Maurice : ta voisine n'a toujours pas récupéré son lapin ?

— Non, elle a déménagé.

— Il n'y a pas à dire : tu gardes plus facilement les animaux que les mecs, toi…

— Magali, sérieusement ! Je ne plaisante pas pour Gustave…

— Je sais, mais si on ne décompresse pas ici, où le fait-on ?

Son amie avait raison. Céline Bergamote était le genre à ne pas faire de vagues, à ne faire aucun bruit dans la salle des profs. Seule, discrète, chauffant de l'eau pour sa tasse de thé, ne se mêlant pas aux autres enseignants, ni aux commérages. Le type d'enseignante qui venait uniquement pour ses élèves et ses cours, c'était tout. Elle fumait sa cigarette seule et repartait vers sa classe. Elle accomplissait son travail avec cœur, en accord avec ses valeurs, sans jamais chercher à se faire remarquer, encore moins à essayer de se faire mousser en écrivant des notes au recteur. Elle était là pour les élèves. Point.

— Et avec Philippe, comment ça se passe ? demanda la professeure de français.

— Un passionné de compta ? Par définition, ça a ses limites en matière de potentiel érotique… On a tout raté, mais, au moins, on pourra dire que l'on a réussi notre séparation : il m'a invitée au resto pour fêter notre divorce, commenta Magali en faisant défiler sous ses doigts l'amoncellement de copies qu'il lui restait à corriger.

Elle soupira : la pile ne diminuait pas. Elle se leva et se resservit une tasse de café-filtre, qu'elle ingurgitait plus pour la caféine que pour le goût.

— Rappelle-moi pourquoi je fais ce taf déjà ? grimaça-t-elle.

Céline Bergamote n'aurait su dire si c'était à cause de l'amertume du café froid ou si c'était plus grave. Toutes les deux avaient régulièrement des périodes de doutes, mais tenaient bon.

— Pour qui, tu veux dire… Moi, j'ai encore reçu un e-mail qui m'a fait plaisir ce week-end. Une ancienne élève dysorthographique qui me demandait de l'aider à remplir son dossier d'entrée aux Beaux-Arts et à corriger sa lettre de motivation.

— Tu lui as souligné toutes ses fautes ? demanda Magali.

— En plusieurs couleurs même ! Au début, j'avais honte, elle n'a plus 12 ans quand même, et tu sais ce qu'elle m'a répondu ? « Oh, merci, madame ! C'est comme au bon vieux temps. Je savais que je pouvais compter sur vous. »

— Quand on peut faire plaisir… plaisanta Magali en réajustant ses lunettes, prête à attaquer une nouvelle copie, avant de s'arrêter net. Tu as vu, le Grand Schtroumpf est encore arrivé en retard au Conseil de Classe. Il nous fait le coup chaque fois, et là, tu as vu son excuse bidon : il n'essaie même plus ! « *Pardonnez-moi, j'ai rencontré un impondérable.* » La prochaine fois, c'est moi qui lui colle mon impondérable dans la figure.

Céline Bergamote hocha la tête, grattant la partie brûlée de ses lasagnes. La professeure d'histoire continua en prenant une voix de sorcière :

— Et l'autre vipère, sa Schtroumpfette, Morel : un jour, je vais me l'emplafonner, celle-là. À tirer sur l'ambulance en décrétant que tous les fondamentaux dans le public ont régressé, que le niveau des élèves est inacceptable, et à mettre ses enfants dans le privé. Ça me tue !

Céline Bergamote n'enchaîna pas. Non pas qu'elle portât sa consœur dans son cœur, mais il y avait plus urgent pour elle :

— Vraiment, il a un truc, ce gamin, reprit-elle en repensant à Gustave. Il n'a plus aucune confiance en l'adulte, il est dégoûté, cassé, détruit par l'école. Il croit que nous sommes ses ennemis.

— Ça t'étonne qu'il le pense ? T'as vu le traitement de faveur que lui réserve Pinçard ? Celui-là, un jour, je vais lui mettre un bon coup de corne de brume dans les tympans pour qu'il ait une vraie raison de ne jamais nous écouter. Je n'en peux plus de ses réunions qui ne servent à rien, de ses acronymes à la mords-moi-le-nœud qu'il nous invente pour se faire bien voir par le recteur. Au prochain projet, je lui propose le Comité Actif des Camarades Affligés, le C.A.C.A. Je suis sûre qu'il accepte, ce nigaud. Tiens, quand on parle du loup…

D'un pas traînant, le quinquagénaire à la silhouette allongée s'avança vers elles.

— Monsieur le Principal, quel bon vent vous amène en salle des professeurs ? lança Houche.

M. Pinçard se sentait si haut hiérarchiquement qu'il descendait rarement de sa tour d'ivoire. Il n'était pas très apprécié par les professeurs les plus anciens, qui voyaient en lui un petit chef arriviste, ni par les plus jeunes, qui le trouvaient trop lâche. Il était de ces directeurs qui avaient la fâcheuse manie de confondre autorité et autoritarisme. Il faisait ses choix de manière rationnelle, jamais altruiste, encore moins sentimentale. Dans sa carrière, il avait cependant fait une exception. Le choix pour ce collège avait été motivé par un véritable coup de cœur : le logement de fonction.

Sans un regard pour Magali la professeure d'histoire – avec laquelle il avait une relation similaire à celle du chat avec le chien –, il interpella Céline.

— Mademoiselle Bergamote : j'ai besoin de vous voir. Maintenant, dans mon bureau. Si votre agenda vous le permet, bien sûr, lâcha-t-il en dévisageant successivement la lasagne froide et la comparse bouillonnante.

Céline Bergamote suivit son chef, se retournant vers Magali qui grimaçait dans leur dos. Mlle Bergamote espérait qu'il ne l'avait pas aperçue auprès de Gustave. De toute façon, elle avait sûrement autant de choses à lui dire que lui en avait pour elle.

Mlle Bergamote avait décidé de refuser le « non » du Principal à propos du jeune Gustave. S'il ne la laissait pas l'aider, ce serait la goutte d'eau qui ferait déborder le vase. Sa coupe était pleine depuis l'arrivée du gestionnaire Pinçard. Il avait marqué un réel changement dans leurs manières de travailler, creusant davantage l'absence de moyens, de reconnaissance et de considération envers les enseignants. Un jour, alors qu'elle touchait le fond, elle avait même décidé de s'inscrire au concours pour devenir Principale. Elle en était certaine : à sa place, elle saurait faire mieux que lui. Différemment, en tout cas.

Si l'idée de quitter l'enseignement la traversait parfois, elle se raccrochait à l'idée qu'elle n'aurait aucun regret : elle avait tout tenté. Sa démission ne serait pas un échec pour elle, mais un échec du système. Un immense désaveu que de ne pas savoir retenir les professeurs passionnés, qui donnent tout, sans compter. Pour l'heure, elle ne se résolvait pas encore à tout quitter. Elle ne pouvait pas abandonner le navire en pleine tempête, encore moins ses élèves.

Lorsque Mlle Bergamote pénétra dans le bureau de M. Pinçard, elle lui proposa un marché qu'il ne pourrait pas refuser :

— Je veux m'occuper de Gustave Aubert en plus des autres. Je ne demande rien en retour. Laissez-moi jusqu'à la fin de l'année. Trois mois pour le raccrocher, c'est tout. Et si ça marche, je le prendrai en tant que professeure principale l'année prochaine, et pour le reste du collège.

Le Principal leva les yeux vers elle et lui demanda :

— Pourquoi voulez-vous perdre votre temps à l'aider ? Vous ne le connaissez même pas.

— J'ai mes raisons, répondit-elle froidement.

— Il m'en faut plus, mademoiselle Bergamote.

— Je sais détecter les gamins qui veulent encore être sauvés.

M. Pinçard l'arrêta net :

— C'est trop tard, de toute façon. La mère a déjà donné son accord. Un métier manuel sera très bien pour lui.

Mlle Bergamote soupira d'exaspération :

— Mais tous ses profs s'accordent à dire qu'il n'y a pas plus maladroit que lui : c'est son cerveau qui carbure, pas ses mains ! Vous savez bien que plus longtemps il restera dans une voie générale, plus longtemps il gardera ouvertes ses options pour l'avenir.

M. Pinçard souffla longuement. La fumée était à deux doigts de lui sortir par les oreilles et d'épaissir l'atmosphère déjà pesante du bureau :

— Vous m'usez, mademoiselle Bergamote, vous m'usez ! OK pour le jeune Aubert, mais ne venez pas vous plaindre ensuite que vous êtes débordée. Vous avez trois mois, pas plus. Je ne préviens pas la mère et vous non plus. Voyons déjà ce que vous arrivez à tirer de Gustave avant la fin de sa 6e. Et, pour la peine, vous organiserez le spectacle de fin d'année. Je compte sur vous pour trouver un acronyme sympathique pour la vente de charité : ça fait toujours son petit effet auprès des parents.

Voilà qu'elle écopait en plus de la kermesse ! C'était donc cela qu'il avait à lui dire.

Mlle Bergamote s'en fichait : elle allait de ce pas dans la classe de Mme Morel. Elle avait hâte d'annoncer la bonne nouvelle à Gustave.

32

Prendre la poudre d'escampette

Sur les chemins du quartier, on ne peut pas filer droit sans tuteur. En marge de la société, sur le banc de touche, l'école buissonnière bouscule le cours de la vie de certains. Parfois en bien, souvent en mal.

Puisqu'il ne manquait à personne, ni à l'école, ni à sa mère, ni même à son père qui ne les appelait jamais, Gustave était parti. Le désespoir et la honte en bandoulière.

Avec son sac qui lui sciait les épaules, il erra un long moment dans les rues avant de s'écrouler de fatigue. Le poids du cartable n'était qu'un détail : c'était l'école toute entière qui était devenue trop lourde à porter.

Seul et avec nulle part où aller, il se fit accoster par une bande de jeunes qui le reconnurent aussitôt. Des adolescents de sa cité, qui ne traînaient pas là d'habitude et qu'il connaissait depuis la maternelle passée ensemble. Les adolescents semblaient avoir gardé un bon souvenir de lui.

— Gustave ? Ça fait plaisir !

La moitié d'entre eux avait décroché en primaire. À chaque rentrée, ils étaient de moins en moins présents à ses côtés, et leurs sacs de plus en plus légers. Au collège, ils n'avaient pas leur place, mais ils s'en fichaient. Comme si pour les trois quarts d'entre eux, leur destin – scolaire et social – était écrit, sans que cela révolte personne, ni eux, ni leurs parents, ni l'école. Comme dans l'espace, leur système scolaire tournait autour d'une seule chose : l'abandon.

— T'as pas une garro pour oim ? Attends, j'vais en taper une à ce bolosse.

Gustave fit non de la tête, observa son ancien camarade quémander une cigarette et revenir bredouille, puis sortit de son sac un sandwich au pain de mie et Kiri.

— Vous en voulez un bout ? proposa-t-il.

— Grave, on crève la dalle. Cimer, mec.

Ils restèrent de longues minutes assis, ensemble, une fois les miettes partagées. Le garçon les écoutait parler, de tout, de rien, jonglant avec le verlan comme avec les sujets de conversation.

Pour fumer le temps, ils allumaient des clopes. Afin de se donner un genre, Gustave accepta la première taffe de sa vie et manqua de s'étouffer.

Très vite, il comprit et imita ses camarades qui crapotaient.

Gustave passa la journée avec eux. Ils traînèrent d'abord de banc en banc, puis ils prirent plusieurs bus, sans jamais s'affranchir d'un ticket valide, s'affalant sur les cinq places du fond, les pieds sur les dossiers des sièges devant eux.

Discret, Gustave n'était pas celui qui parlait le plus. Le regard perdu, il remarqua une fille, belle comme le jour. Assise à contresens de la marche, la tête contre la vitre, elle dormait. Il pria intérieurement pour qu'elle ouvre les yeux – il était prêt à parier qu'ils étaient noisette –, mais ses camarades le tirèrent de sa rêverie et il dut descendre à la station du centre commercial sans avoir pu voir leur couleur.

Après avoir passé des heures au centre commercial à s'ennuyer comme des pigeons crevés, ils décidèrent de mettre Gustave au défi. Il fallait qu'il prouve qu'il était désormais des leurs. Puisqu'il avait une bonne tête – que personne ne remarquait jamais et dont on ne se méfiait pas non plus –, ils le sommèrent de voler un truc, n'importe quoi. Juste pour s'amuser.

— Vas-y. Montre-nous que t'es pas une baltringue !

Il n'en fallut pas plus au garçon pour relever le challenge. Il déambula longuement dans les rayons, cherchant du regard les vigiles. Il toucha un peu tous les produits pour identifier ceux qui avaient un antivol, puis jeta son dévolu sur un petit objet qu'il glissa sous son pull. Il le cala nonchalamment sous son bras droit. Puis, il flâna encore un peu dans l'hypermarché et ressortit par la sortie sans achat.

Ses nouveaux compères l'attendaient juste derrière, un grand sourire aux lèvres. Fiers de leur nouvelle recrue. Gustave n'eut pas le temps de passer la barrière de sécurité que deux vigiles l'attrapèrent par l'épaule :

— Veuillez nous suivre immédiatement, jeune homme.

Aussitôt ses courageux amis lui tournèrent le dos et se dispersèrent. Gustave se sentit plus seul qu'il ne l'avait jamais été.

Le garçon fut conduit dans une pièce aveugle, au fond d'un long couloir, où il se rendit très vite compte de son énorme bêtise : il y avait des écrans partout. Ils diffusaient en temps réel les vidéos des caméras de surveillance du magasin. Les agents de sécurité avaient dû le voir venir à mille lieues et s'étaient sûrement bien moqués de lui, repérant le bleu, le laissant faire son petit tour et l'attendant tranquillement à la sortie.

Le plus imposant d'entre eux, avec sa carrure d'ancien rugbyman et sa boule à zéro, lui fit écarter les bras – l'objet volé en tomba –, puis il lui demanda sa carte d'identité. Gustave secoua la tête : il ne l'avait pas. Il lui confisqua alors son sac à dos et lui demanda de vider ses poches : plus que des armes ou des pièces, il cherchait le téléphone du garçon.

N'importe quel jeune aurait tout avoué, sans torture, pour récupérer ce bien devenu le plus précieux, mais Gustave n'avait pas de portable, ni la langue très pendue. Il était résolu à ne pas donner son nom. Il était hors de question que les vigiles préviennent sa mère. Ils le menacèrent même d'appeler directement la police. Gustave resta impassible, jusqu'à ce que les agents de sécurité le prennent au dépourvu en attrapant un bout de papier qu'ils avaient trouvé dans sa poche, avec un numéro de portable inscrit dessus. Ils le composèrent, devant les yeux désemparés du garçon.

— Oui, madame, on a un jeune garçon, environ 12 ans, qui vient de voler dans notre magasin. Je crois que vous le connaissez. Tout à fait, lui-même. Il faudrait que vous veniez le récupérer dès que possible. On vous attend.

Lui qui était parti pour éviter les ennuis et les tracas à sa famille aggravait son cas. Il se tapa la tête contre le mur en maudissant sa stupidité.

33

Qui vole un œuf, vole un bœuf

Les vigiles le firent patienter plus de deux heures. À moins que ce ne fût sa mère qui voulût lui donner une leçon, pour la honte monumentale qu'il lui infligeait de l'avoir dérangée dans son travail. Gustave resta seul, sans ses affaires, à attendre d'être traité comme il le méritait. Comme un moins que rien, un voyou.

Quand enfin on vint le chercher dans sa prison de fortune, le chef des agents de sécurité lui rendit son sac et le poussa dans un dédale de couloirs sombres jusqu'à une sortie de secours, qui donnait sur le parking du centre commercial. Lorsqu'elle s'ouvrit, il fut aveuglé par la lumière du jour, puis distingua une silhouette.

Assise sur le capot de sa petite voiture rouge, elle l'attendait, les bras croisés. Visiblement déçue. Celle qu'il n'avait aperçue qu'une fois pourtant. Celle qui lui avait donné son numéro de portable sur un ticket de bus en lui disant « Si tu as besoin, n'hésite pas. » Mlle Bergamote.

— Un livre ? Vraiment, Gustave ? Tu es le seul gamin qui pique un bouquin…

— Ce n'était même pas pour moi : c'était pour ma sœur. Elle a perdu le sien récemment. J'aurais juste voulu lui offrir.

Martin Eden, de Jack London, déchiffra Mlle Bergamote sur la couverture du livre qu'elle avait réglé à la place du garçon.

— Gustave, tu te rends compte de ce que tu viens de faire ? C'est très grave. Tu as de la chance qu'ils te laissent repartir avec un simple avertissement. Voler, c'est vraiment ce que tes parents t'ont transmis comme valeurs ?

— C'est bon, je sais. Fichez-moi la paix, et laissez ma mère en dehors de ça. J'en ai fini avec l'école de toute façon.

Mlle Bergamote reluqua le gros sac qu'il avait sur le dos.

— Je suis passée dans ta classe aujourd'hui et tu n'y étais pas. Je ne suis pas là pour t'embêter : je veux t'aider.

— Ce n'est pas la peine. Ça ne sert à rien, ma vie entière ne sert à rien.

— Et pourtant, tu vas voir que si… On a trois mois. Ensemble, on met les bouchées doubles pour leur prouver que tu as ta place dans ce collège. Je me porte garante pour toi.

— Garante de quoi ? Je ne vous ai rien demandé ! cria Gustave.

— Je ne te laisse pas le choix, reprit-elle calmement en ouvrant la portière passager de sa voiture pour qu'il monte. Considère ça comme des travaux d'intérêt général. Sinon je balance tout à ta mère.

Cette détraquée lui faisait du chantage. Gustave n'avait qu'une envie : l'envoyer paître. Il était prêt à parier que Noémie ne s'était même pas rendu compte qu'il avait disparu, mais il n'en était pas certain. Ces temps-ci, elle n'était pas vraiment là pour eux. Elle avait besoin d'être sauvée et ne voyait pas qu'eux aussi.

— Pourquoi vous vous accrochez comme ça ? demanda-t-il en avançant vers la voiture.

— Je t'aime bien, tant pis pour toi. Alors, on a un pacte ? Je m'y engage et toi aussi.

Elle lui tendit la main : Gustave, ne sachant trop ce qu'elle attendait, tapa dedans. Puis, il s'installa à l'intérieur à ses côtés et demanda :

— Vous avez le droit de trimballer des élèves comme ça dans votre voiture ?

— Honnêtement, je ne pense pas…

— Sincèrement, pourquoi vous faites ça pour moi ?

— Mets ta ceinture…

L'enseignante appuya un peu trop fort sur l'accélérateur, faisant faire un bond à sa voiture avant de caler. Elle ralluma le moteur puis répondit, le regardant droit dans les yeux :

— Si je ne le fais pas, qui le fera ?

34

Les petits ruisseaux font les grandes rivières

Pour sa première journée de travaux d'intérêt général, Mlle Bergamote avait convoqué Gustave mercredi à midi, juste après les cours. Alors qu'il pensait déjeuner avec elle au self, puis écouter d'une oreille distraite son baratin de soutien scolaire tranquillement installé en salle de classe, elle lui avait donné rendez-vous sur le banc près du portail. Quand elle arriva enfin, l'enseignante lui tendit un sandwich et ils montèrent dans sa voiture. Le trajet se déroula dans un silence des plus pesants.

Gustave regarda les tours HLM se succéder à mesure qu'ils s'éloignaient. Il ne connaissait pas du tout ce quartier et, lorsqu'ils se garèrent une dizaine de minutes plus tard, l'enseignante accéléra le pas, laissant Gustave quatre mètres derrière. Il n'y avait pas un chat dans les rues.

Mlle Bergamote zigzagua entre les immeubles, puis finit par s'immobiliser devant l'un d'entre eux et poussa la porte.

Depuis l'extérieur, rien n'aurait pu préparer Gustave au fourmillement qu'il découvrit à l'intérieur. Il y avait une quarantaine de personnes, toutes affairées. Les murs étaient pleins de couleurs, par ici un arc-en-ciel, par là un bonhomme de neige. Gustave chercha en vain la présence d'enfants pour confirmer son hypothèse. Au guichet d'accueil, Mlle Bergamote salua la bénévole, qui semblait la connaître, elles papotèrent de la pluie et du beau temps, mais Gustave n'en apprit pas plus quant à leur venue en ces lieux. Que faisaient-ils là ?

Un homme d'une trentaine d'années vint à leur rencontre, très souriant. À la façon dont il serrait les mains de tout le monde, il avait l'air d'être quelqu'un d'important. Il se présenta, serra également celle de Gustave, avant de lui taper sur l'épaule.

— Alors, c'est toi, Gustave ? On est content de t'avoir parmi nous aujourd'hui. Tu vas voir, tout va bien se passer.

Gustave lança de grands yeux ronds à Mlle Bergamote. Comment le connaissait-il ? Que savait-il de lui ? La professeure avait-elle vendu la mèche de son larcin au centre commercial ? Quel était le rapport entre sa présence ici et le supposé soutien scolaire qu'il était censé suivre ? Et, surtout, qu'attendait-on de lui ?

L'éloignant de l'enseignante, Samy, le responsable du centre, lui fit faire le tour des locaux. Une chose était sûre, c'était plus chaleureux et familial entre ces quatre murs que dans sa propre famille ces temps-ci. Tout le monde souriait, se tutoyait, semblait sincèrement ravi de se croiser dans les couloirs, et tous l'accueillaient comme le Messie. S'il avait su ce qu'il était censé y faire, Gustave aurait sûrement aimé cet endroit.

Samy s'arrêta devant une porte et, avant de l'ouvrir, lui dit, solennel :

— Nous y voilà. Comme tu le sais, on a besoin que tu t'occupes de jeunes enfants pendant que leurs parents suivent un atelier de réinsertion au travail. Allez, champion, à toi de jouer !

Gustave eut envie de poser mille questions – combien de temps, combien d'enfants, parlaient-ils français, quels âges avaient-ils, qu'aimaient-ils ou qu'avaient-ils l'habitude de faire, bref, que faire concrètement avec eux –, mais, quand Samy le fit entrer, Gustave fut lâché devant une vingtaine de paires d'yeux d'enfants entre 3 et 11 ans, et sentit simplement la porte se refermer derrière lui, le laissant seul avec ses interrogations et ces drôles d'élèves.

D'habitude, c'était lui l'enfant dont on avait la charge, pas l'inverse. Il était à peine arrivé qu'on lui donnait des responsabilités. Gustave se fit la remarque qu'il n'était assurément pas en stage d'observation de 3e, comme l'avait été sa sœur l'année précédente et à qui on avait rarement su quoi donner à faire.

Mlle Bergamote resta un long moment à épier les sons qui émanaient de l'intérieur, puis, une fois rassurée, elle fila auprès des parents pour animer l'atelier de Curriculum vitae.

Quand les adultes et elle ressortirent de leur session deux heures plus tard, la nuit était tombée. Délivrant un Gustave exténué et soulagé, Mlle Bergamote lui proposa de le raccompagner chez lui.

Dans la voiture, l'adolescent resta la bouche pincée, les yeux sévères : il lui en voulait. Mlle Bergamote se gara en bas de son immeuble et alors que le moteur tournait, Gustave resta assis un instant, la main sur la portière, avant de briser le silence.

— Pourquoi vous m'avez laissé seul ? osa-t-il enfin. Comme ça, sans rien m'expliquer…

Mlle Bergamote fronça les sourcils puis répondit :

— Avais-tu vraiment besoin de moi ? Aurais-tu sincèrement préféré que je te tienne la main pendant que tu t'occupais des autres ? Je crois, au contraire, que tu as envie de montrer aux adultes que tu n'es plus un bébé, que tu es assez mature pour décider de ton avenir. Alors, je t'aide à te prendre en main et à être vraiment responsable. Pour ta gouverne, je ne suis pas restée les bras croisés à t'attendre : les parents avaient besoin de moi pour la correction de leur lettre de motivation. Et puis, je suis sûre que tu t'en es sorti comme un chef : tu es capable de t'adapter en une seconde, et ça, je l'avais vu tout de suite. Comment les as-tu occupés alors ?

Gustave trouvait l'explication un peu légère et n'avait pas du tout l'intention de lui raconter quoi que ce soit. Elle n'avait qu'à être à ses côtés.

En parcourant des yeux les affiches placardées le long des murs de l'association – exil, violence conjugale, foyers d'accueil, problèmes administratifs, chômage, errance –, Gustave avait senti que ces enfants-ci avaient tout particulièrement besoin d'entendre des récits pleins d'espoir. Il avait donc décidé de leur raconter une histoire qui leur rappellerait que, parfois aussi dans la vraie vie, ça se terminait bien. Gustave s'était plié en quatre : il avait dû mettre la main sur des livres pour enfants, sélectionner le conte plein d'optimisme pour ces bouts de chou et renouveler l'opération près d'une cinquantaine de fois avec ingéniosité pour maintenir leur attention pendant deux heures. Il était plutôt content de lui : il ne s'en était pas trop mal tiré. En tout cas, aucun enfant n'était mort ou ne s'était échappé sous sa surveillance.

— Je ne suis pas sûr que mon rôle aujourd'hui ait été déterminant… continua-t-il toutefois. Je n'aurais pas été là que cela aurait été pareil. Et puis, d'ailleurs, je ne vois absolument pas le rapport entre le soutien scolaire et ma présence à l'association.

Mlle Bergamote coupa soudainement le moteur. Ce qu'elle avait à lui dire allait prendre plus longtemps qu'il ne l'avait anticipé ou voulu. Gustave jeta un coup d'œil au dernier étage de sa tour et vit la lumière dans la chambre de sa sœur. Il aurait mieux fait de se taire. Sa mère était peut-être déjà rentrée et il devrait par conséquent expliquer son retard, voire les raisons de ces séances avec l'enseignante qui avait osé lui faire du chantage à la suite de son larcin. Celle-ci fronça les sourcils et tourna les épaules vers lui, le fixant droit dans les yeux :

— Gustave, je vais tout de suite mettre les points sur les « i ». Entre nous, une règle s'impose : « *Never explain, never complain.* » « Ne jamais se justifier, ne jamais se plaindre. » Ce que je fais, je le fais pour ton bien, et il y a un rapport avec ton soutien scolaire, que tu le voies ou non. Il va falloir que tu me fasses confiance. Finies les jérémiades, tu n'as plus 7 ans.

Gustave accentua encore sa moue. Pour le « *never explain* », il se dit que Mlle Bergamote était effectivement championne, mais il n'était pas d'accord avec le fait que ce soit encore à lui de se taire. Cette journée l'avait chamboulé : il était passé par toutes les émotions et ressortait fatigué, certes, mais également plein d'énergie. On lui aurait demandé de courir un marathon qu'il y aurait réfléchi un instant.

L'enseignante enchaîna d'une voix douce :

— Sache, Gustave, que les enfants que l'on t'a confiés ne sont pas tout à fait comme les autres. La plupart d'entre eux ont connu les pires traumatismes et, aujourd'hui, tu t'es comporté avec eux comme ils le méritent, comme s'ils étaient ordinaires. Mieux encore, tu leur as fait un cadeau extraordinaire : tu les as fait rire. Crois-moi, depuis leur naissance, ça ne leur arrive pas souvent de rire aux éclats comme ils l'ont fait aujourd'hui avec toi. J'espère quand même que ça t'a plu ? On va être amenés à y retourner régulièrement…

La vérité était qu'il avait trouvé grisant de faire rire ainsi : ça faisait du bien aux petits mais à lui surtout. La main sur la poignée de la portière, Gustave garda ses réflexions pour lui : il ne voulait pas admettre trop vite que, mis à part le manque d'informations de son enseignante, l'expérience avec les petits n'avait pas été mauvaise, plutôt très chouette en fait.

Face à l'élève silencieux, Mlle Bergamote ajouta alors :

— Tu sais, Gustave, une vie peut basculer, d'un côté comme de l'autre. Il suffit d'une rencontre. Tu te demandais si ta venue avait été utile ? Tu ne mesures pas combien elle a compté : aujourd'hui, tu as été *la* rencontre qui a chamboulé leur vie.

Sans un mot, Gustave inspira profondément et sortit du véhicule.

Lorsqu'il grimpa les marches des sept étages, il desserra les mâchoires et se redressa peu à peu. En arrivant au dernier palier, il bomba le torse et s'autorisa, enfin, à sourire.

Pour la première fois, il s'était senti à sa place quelque part.

35

Il n'y a pas de roses sans épines

De retour chez elle, Céline Bergamote lança ses chaussures et s'affala dans son canapé. On était seulement mercredi et elle était déjà cuite et recuite. Cela faisait des années que, le week-end, elle rechargeait les batteries et, dès le lundi soir, elles étaient à plat. Céline devait affronter le reste de la semaine sur la réserve.

« Tout, sauf enseignante », telle était la vocation de Céline Bergamote. Enfant, l'école, elle rêvait de la quitter, tout comme les profs, qu'elle considérait la plupart du temps comme des incapables ou des minables. En tout cas, au sort peu enviable. À son époque, elle avait été une très bonne élève de fond de classe et, à la fin du lycée, elle avait décidé de ne pas faire d'études. Cependant, pour gagner quelques sous qui passaient tous dans ses albums des Sex Pistols et de Clash, elle avait été pionne. Puis sur un malentendu, elle avait testé une journée d'enseignement et, comme ça lui avait plu, elle avait tenté le concours, n'imaginant jamais un seul instant le réussir, encore moins devenir réellement enseignante.

En poussant la porte de sa chambre, Céline appela son chat, mais celui-ci ne vint pas la saluer. Elle abandonna ses sacs qui lui sciaient l'épaule avec ses kilos de copies à corriger : il fallait vraiment qu'elle investisse dans un sac à dos avant qu'elle n'aggrave son début de scoliose. Elle vint tapoter la cage de son lapin bélier, Maurice, qui ne bougea pas une oreille. Elle glissa ses pieds dans ses chaussons polaires, fit coulisser la porte vitrée de son petit balcon et se posa un instant sur la chaise de sa terrasse. La vue n'était pas grandiose, principalement des tours grises se dessinaient, mais elle avait l'impression de prendre de la hauteur, de regarder sa vie de haut, d'enfin respirer aussi, ce qui n'était pas le cas de ses plantes desséchées.

Mlle Bergamote aimait le yoga, les animaux, la musique pop anglaise, le thé vert et les gilets longs. Ainsi que son écharpe grise, qu'elle gardait hiver comme été. Plus ou moins régulièrement, elle s'attelait à des séances de relaxation : il fallait faire bonne figure, pour les élèves. La banalité de son existence ne devait pas impacter son enthousiasme auprès d'eux.

Tous les matins, elle les accueillait sur le pas de la porte, avec son sourire le plus chaleureux, saluant chacun par son prénom. Elle aimait faire l'appel, longuement, non pas pour pointer les absents mais interagir avec les présents, pour montrer qu'ils comptaient pour elle : elle était consciente, pour une poignée d'entre eux, d'être la première personne de la journée à les considérer. La réciproque était tout aussi vraie.

Dans sa vie, n'avait-elle pas que ses élèves ? Et un répondeur, saturé par les messages de sa mère qui l'appelait quotidiennement et disait toujours à peu près la même chose :

« T'es pas là ? Bon, bah, c'est encore moi, ça m'aurait fait plaisir de te parler. *Soupirs*. Tu dois être vraiment débordée pour oublier d'appeler tes parents… Sûrement encore en vadrouille, à courir à droite, à gauche, pour les autres, mais quand il s'agit de répondre à ta famille, il n'y a plus personne… Tu manques de temps, très bien, mais tu nous manques tout court, Céline… Enfin, bref. *Longs soupirs.* On espère te voir à tes prochaines vacances scolaires. Ça, au moins, tu n'en manques pas. »

Toujours des reproches. Ils vieillissaient, et elle aussi d'ailleurs. Cette année, entre les problèmes avec l'administration, les absentéismes répétés des professeurs et de M. Pinçard, elle avait l'impression d'avoir pris dix ans d'un coup.

Où étaient passés ses 36 ans ? Sa légèreté, ses rires, ses envies d'avenir ?

Depuis un an, Mlle Bergamote n'aimait plus son emploi d'enseignante. Ou plutôt les conditions dans lesquelles elle devait l'exercer. Elle était jeune, mais se sentait déjà rassie de l'intérieur. Asséchée. Non pas par les élèves, mais par les moyens dont elle disposait, par les collègues pleurnichards qui déteignaient sur elle, par le nouveau Directeur qui disait non à toutes ses propositions. Éteint, le feu qui l'animait, oubliée, son envie profonde de transmettre.

Céline Bergamote commençait à perdre la foi. Elle devenait aigrie. Ça lui pendait au nez, et elle le savait, elle n'aurait simplement pas pensé que cela lui arriverait si tôt, si vite, si jeune.

Comme Mme Morel, elle se transformait en vieille prof accrochée à son sac, qui a peur pour les pneus de sa voiture et qui a hâte de retrouver son chat. À défaut d'avoir eu le temps de trouver un autre compagnon de vie avec cette mutation qu'elle n'avait pas choisie. Il y avait huit ans, déjà.

Pour ne pas faire de mal à ses élèves, elle pensait de plus en plus sérieusement à démissionner. La reconversion n'était cependant pas facile, deux alternatives s'opposaient : rester dans le public et devenir Principale ou CPE ; ou se rapprocher géographiquement de ses parents, dans le Sud, et espérer trouver un emploi d'enseignante dans le privé. Il ne fallait pas rêver, elle n'avait pas assez de points pour choisir sa mutation dans le public.

L'énergie lui manquait, le souffle aussi, le courage de tout plaquer, surtout. Elle ne parvenait pas à se résigner à abandonner ses élèves. Elle continuait, tant bien que mal, à se battre, avec les miettes d'enthousiasme qu'il lui restait au fond de son cœur, elle s'acharnait à recouvrer la rage de ses débuts, celle de ses 25 ans, l'envie d'aller à l'inverse de tout ce que l'on entend à longueur de journée. Elle voulait parler au gamin au fond de la classe, dire à celui qui ne compte pas – parce que c'était celui-là qui l'intéressait –, qu'auparavant elle avait été comme lui.

Elle voulait rappeler à ses élèves que même quand on n'a rien, on a la chance de vivre dans un pays où on peut aller chaque matin à l'école, qu'on ne s'y rend pas pour cocher une case ou pour faire plaisir à ses proches, mais pour se faire un cadeau à soi : ressortir de là avec un bagage de connaissances nouvelles, quelques diplômes en guise de passeport et, surtout, une soif inextinguible de découvrir le monde.

Mlle Bergamote ne croyait plus en grand-chose, mais elle croyait au bonheur de la vie quotidienne ; elle croyait encore aux matins ensoleillés, annonciateurs d'une bonne journée ;

aux histoires d'amour toujours extraordinaires même si on s'y égratigne le cœur ; à la vie qui vaut le coup d'être vécue malgré la tristesse de perdre quelqu'un de cher ; à la beauté en toute chose – une fleur dans le béton, un oiseau qui chante par-dessus le bruit du marteau piqueur, un bourgeon vert qui pousse sur un arbre condamné –, il faut savoir la déceler, parfois détourner les yeux aussi. Elle croyait dur comme fer à la bonté en chacun et au talent de tous, surtout. À ces gens heureux, qui ont trouvé leur place et un sens à leur vie, grâce à une main tendue, celle qu'on ne lui avait pas donnée, à elle, quand elle en avait eu besoin.

Et pourtant, il y avait des jours où l'espoir s'envolait, comme ce soir-là. Cela faisait à peine plus de dix ans qu'elle enseignait, et pour la première fois, elle remarquait que dans « enseigne », il y avait « saigne ». Était-ce fait exprès ? Comme un avertissement subtil, un effet secondaire indésirable sur une notice dont elle n'aurait pas lu les caractères inscrits en minuscule. L'école n'était pas seulement un lieu où l'on apprenait, mais où, parfois aussi, l'on souffrait. Elle ignorait si l'on parlait du sang des parents ou de celui des professeurs ?

À moins que ce ne soit celui des élèves.

36

On a toujours besoin d'un plus petit que soi

Le premier mois de « raccrochage scolaire » se déroula avec rigueur. Tous les mercredis, après la matinée de cours, Gustave et Mlle Bergamote se retrouvaient, déjeunaient et travaillaient ensemble. Il y avait les semaines A, comme Abominables, lors desquelles, au sein du collège, elle lui prodiguait du soutien scolaire dans toutes les matières, ce qui ne le passionnait pas ; et il y avait les semaines B, comme Bonheur, où ils se rendaient sur le terrain, et ça, le garçon adorait. En somme, quelle que fût la semaine, Gustave devait faire sa B.A.

Lors d'une semaine A, Mlle Bergamote poussa le vice jusqu'à lui faire rencontrer l'équipe pédagogique qui l'accompagnait dans son rôle de référent au décrochage scolaire : l'infirmière de l'établissement, une nouvelle orthophoniste et la psychologue de l'école, qui le fit jouer avec des cubes, des puzzles et autres casse-têtes pendant plus d'une heure. Cela agaça au plus haut point le jeune garçon. Il avait l'impression qu'on appelait la cavalerie pour sauver le soldat Gustave, alors qu'il n'avait rien demandé. Au fond de lui, surtout, il avait peur d'échouer encore et de décevoir, à nouveau, des adultes qui avaient cru en lui.

Un jour où il se rendait à l'association caritative, une semaine B donc, Gustave délaissa les livres, qu'il ne trouvait finalement pas assez interactifs et proposa un jeu aux enfants :

— Chacun d'entre vous va me donner un mot – ça peut être un animal, un aliment, tout ce que vous voulez –, puis vous allez chercher dans cette grande malle un objet que je vais devoir utiliser. Je vais inventer une histoire – rien que pour vous –, avec tous vos mots et votre accessoire.

Gustave, qui ne connaissait rien à l'improvisation, vit la difficulté s'ajouter quand une petite fille avec de grands yeux pétillants demanda :

— Je peux être votre assistante ?

— Tout à fait, viens sur scène avec moi, Aya.

Lorsque les enfants lui lancèrent « salopette », « rhinocéros », « arc-en-ciel », « casserole », plus d'autres mots dont l'association s'annonçait aussi improbable que divertissante, il vit Mlle Bergamote s'introduire et rester à ses côtés, comme il le lui avait demandé. Lorsqu'elle souffla à son tour « blanquette de veau », Gustave se fit la remarque que, finalement, il aurait préféré qu'elle n'assiste pas à la galère dans laquelle il s'était embarqué tout seul.

Pris de panique, Gustave sentit ses yeux se brouiller, sa gorge s'assécher. Évitant le regard de Mlle Bergamote, il s'éclaircit la voix et improvisa :

— Alors... c'est l'histoire d'une femelle. Enfin, d'un pachyderme. Mais qui est aussi une femelle. Elle aimait bien manger de la blanquette. Du coup, elle devait porter des salopettes... Mais un jour, pour faire plaisir à une casserole, enfin non, à un rhinocéros, mâle, qui lui préférait les arcs-en-ciel...

Des gouttes de sueur commençaient à perler sur son front, devant le regard interrogatif de ses petits élèves. Gustave partait dans le décor, Aya, lisant sans doute la détresse dans son regard, ouvrit le coffre aux merveilles et en sortit une longue-vue qu'elle lui tendit. Gustave sourit : il venait de se souvenir que l'on a toujours besoin d'un plus petit que soi.

Aidé par l'indice de la fillette, il finit par retomber sur ses pattes en imaginant la suite de son conte dans l'espace. Aya et lui, par un jeu d'ombre et de lumière, faisaient apparaître dans un ciel étoilé de nombreuses constellations aux noms toujours plus surprenants et drôles

– ratatouille, bouillabaisse, bachibouzouk, saperlipopette, salopette – et aux formes évocatrices – rhinocéros, arc, flèches et tipis. Les idées lui venaient par milliers, et de manière bien moins décousue. Avec sa lampe torche, il avait plus l'impression de raconter les coulisses des peintures rupestres de Lascaux que de toucher du doigt certaines vérités d'astronomie, mais son public hilare semblait s'en contreficher.

Alors que l'après-midi était passé à la vitesse de la lumière, Mlle Bergamote dut l'interrompre en plein conte des mille et une nuitées, et le raccompagna en voiture à son domicile :

— Je ne te demande pas si cela t'a plu. Cette fois, tu ne pourras pas me le cacher, conclut-elle en plantant ses yeux dans le regard encore pétillant du garçon. En tout cas, eux, ils sont ressortis avec le sourire jusqu'aux oreilles.

— Tous les enfants aiment les histoires… dit Gustave qui n'avait pas non plus l'impression d'avoir accompli un miracle.

— Ne minimise pas ton rôle ! Tout le monde ne serait pas capable de faire ce que tu as fait. Dis-moi si je me trompe, mais j'ai l'impression que tu aimes faire les choses différemment chaque fois, sortir du cadre, réinventer, pour toujours capter l'attention de ces petits ?

— Oui. Quand on invente, tout devient possible… Et c'est moins ennuyeux.

— Pour toi ou pour eux ?

Le jeune adolescent réfléchit un instant :

— Pour les deux, je crois.

— À la semaine prochaine, Gustave.

— À demain, peut-être. Et merci, susurra Gustave, en sortant du véhicule.

Le soir même, il se coucha épuisé, mais content : c'était de la bonne fatigue, celle qui redonne de l'énergie et le sourire. Il s'endormit avec l'envie d'en faire encore plus la fois suivante, mais il ignorait que Mlle Bergamote avait d'autres projets pour lui.

Le jeudi soir, alors qu'ils n'étaient pas supposés se voir, elle l'attendit après les cours. Avec sa petite voiture rouge, elle l'emmena, cette fois-ci, dans un autre quartier, encore plus défavorisé que le sien. Gustave se demanda si ce n'était pas celui de Sekou.

Elle le fit entrer dans un local social alloué par la ville : à l'intérieur, des gamins âgés de 6 et 10 ans. Mlle Bergamote, comme à son habitude, donna les consignes à Gustave puis disparut, le laissant se débrouiller. Le garçon se demanda un instant s'il n'avait pas rêvé : elle venait de lui demander, à lui, de faire du soutien scolaire ? Gustave fit une moue sceptique : il y avait probablement meilleur cadeau à faire à ces élèves qui étaient déjà en souffrance scolaire.

Assis près des enfants, lisant et relisant les énoncés, qu'il tentait d'expliquer le plus clairement possible ensuite, Gustave essaya tant qu'il put. Chaque fois qu'il ouvrait la bouche, le sentiment de l'imposteur le tiraillait. Lui, le cancre, qui n'avait jamais rien compris à l'école, pour qui se prenait-il à expliquer des règles de grammaire ou des bases de mathématiques à des gamins certainement plus futés que lui ? Après dix minutes de torture, il s'échappa dehors : il détestait cette expérience.

Alors qu'il avait déserté les lieux depuis cinq minutes, Mlle Bergamote vint le rechercher par le col.

— C'est n'importe quoi, madame ! l'invectiva-t-il tout de suite.

— Gustave, tu te souviens : « *Never explain, never complain* »... Pourquoi crois-tu que je te demande de le faire ?

Le jeune garçon leva les yeux au ciel.

— Parce que vous m'en pensez capable, rabâcha-t-il avec une voix de robot, l'une des phrases que la professeure lui sortait à tout bout de champ lors de leurs séances. Mais vous vous trompez, je n'y arrive pas. Je ne suis pas fait pour l'école, encore moins pour enseigner.

— Et si c'était à l'école d'être faite pour toi ? D'être faite pour eux aussi...

Gustave eut un choc. On ne lui avait jamais présenté les choses comme ça. Et si c'était vrai ? Et si c'était à l'école de s'adapter à lui, et pas seulement l'inverse ?

Il regarda longuement la porte du local, désemparé. Qu'avait-il à leur transmettre ? Lui ?

— Je ne peux pas y retourner : je ne suis pas prof.

Mlle Bergamote reprit d'une voix très confiante :

— À ton avis, qui est le mieux placé pour savoir comment expliquer une règle difficile à un gamin qui galère ? Une première de la classe, à qui tout semble évident – Gustave repensa à sa sœur et à son manque criant de pédagogie –, ou un élève travailleur, qui connaît mieux que personne tous les pièges qu'il a dû débusquer et contourner depuis tant d'années ?

Elle avait mis dans le mille. Gustave esquissa un sourire. Il avait compris.

— Mais, vous ne leur avez pas dit que j'étais nul, quand même ? interrogea-t-il, soucieux, alors qu'il avait la main sur la poignée, prêt à retourner dans la salle d'aide aux devoirs, et convaincu, cette fois, qu'il avait quelque chose à leur transmettre de ses années de galères, de difficultés et d'incompréhensions.

Après une heure et demie de soutien scolaire, Mlle Bergamote proposa à Gustave de le raccompagner chez lui. Étonné, Gustave lui lança un regard circonspect : il serait bien resté plus longtemps.

Habituellement silencieux, Gustave se montra volubile sur tout le trajet du retour.

— Je ne sais pas quoi penser de ces élèves, commença-t-il. Certains ne comprennent pas ce qu'on leur demande en maths, d'autres sortent directement leur calculette sans essayer de tête… Ils ne savent pas faire ou ils ont peur de rater ?

Au feu rouge, l'enseignante expliqua :

— Tu sais, ils viennent en soutien scolaire volontairement, personne ne les y oblige. Je suis soulagée chaque fois de les voir passer la porte du local. Semaine après semaine, ils progressent, ils persévèrent et, parfois, tentent de se confronter à de nouvelles difficultés. J'ai remarqué aussi que la division leur pose problème et, pour la plupart d'entre eux, ils s'en sortent par la multiplication. Ils se débrouillent comme ils peuvent. Le principal, à ce stade, c'est qu'ils s'accrochent et qu'on leur redonne confiance en eux.

— Mais que font leurs profs en classe ?

— De leur mieux, sûrement. Peut-être qu'ils n'ont même pas remarqué leurs faiblesses. Ces enfants ne font pas de bruit, ne posent pas de questions, se débattent tout seuls avec leurs difficultés et finissent par être des élèves fantômes, plus vraiment là, ni physiquement, ni mentalement. Des « invisibles », en quelque sorte.

Gustave repensa à Sekou. Il aurait pu être là, dans ce local. Peut-être que les choses marchaient pour lui et qu'il n'avait pas besoin d'une telle aide. Ou alors, il avait baissé les bras et était devenu invisible ? Gustave se demanda, alors, si jusqu'à présent, au collège, lui aussi, n'avait pas été « un invisible ». Un sans espoir, sans avenir, sans aide. Jusqu'à ce que quelqu'un fasse en sorte que l'école soit faite pour lui.

Au moment de descendre de la voiture, Gustave observa son professeur et bredouilla :

— Je peux vous poser une question personnelle ?

— Tente toujours. Je n'ai pas grand-chose à cacher, répondit Céline Bergamote.

— Pourquoi vous vous habillez toujours en noir ?

Celle-là, elle ne l'avait pas vue venir.

Mlle Bergamote portait effectivement chaque jour un jeans noir, tellement délavé qu'il tirait sur le gris, un pull anthracite informe col en V et des bottines à talons carrés assez plates et sombres. Ses vêtements étaient près du corps mais assez flous pour ne pas révéler ses formes. Sur sa chaise de bureau en classe, elle laissait toujours un grand gilet noir droit, aux poches profondes, souvent pleines de craie, qui la réconfortait l'hiver, tout comme son écharpe grise qui avait l'air toute douce et qu'elle ne quittait jamais.

L'enseignante fut déstabilisée par cette question. Elle ne se l'était jamais posée, d'ailleurs.

— Je m'habillais comme ça au lycée et comme je n'ai jamais vraiment quitté l'école… C'est mon uniforme : tu as le tien, j'ai le mien. Et puis, ça me permet de capter votre attention avec ce que je dis, pas sur ce que je porte.

— Mais ce n'est pas très gai, lâcha-t-il en ouvrant la portière. Ça ne vous ressemble pas vraiment, je trouve…

Connaissant mieux son enseignante, Gustave découvrait volontiers sa part solaire et volontaire, mais connaissait moins sa personnalité rebelle et pleine de doutes.

— À demain, mademoiselle Bergamote, et encore merci pour aujourd'hui.

— De rien, Gustave. C'est normal.

Puis, une fois la porte refermée, elle chuchota :

— Je vous aime, chers élèves. Tant pis pour vous.

37

Monter sur ses grands chevaux

Mlle Bergamote avait judicieusement établi son plan de soutien scolaire auprès de Gustave : plus que de consolider ses connaissances, elle voulait qu'il répare sa confiance en lui, ce qu'il était en train de faire, pas à pas, avec ses interventions auprès des enfants. Il se rendait compte qu'il n'était pas un incapable, mais au contraire qu'il se débrouillait mieux que d'autres et pouvait se montrer utile.

Tous les quinze jours, il était impatient de retrouver les petits de l'association caritative, parfois il s'agissait des mêmes enfants, quelquefois de nouveaux, et Gustave espérait toujours que leurs parents soient occupés des heures pour en profiter longtemps. La lecture était de plus en plus enjouée, animée, vivante. D'autres fois même, Gustave improvisait ou racontait de mémoire. Personne ne s'en serait plaint : il faisait le show – il mimait, chantait, se roulait par terre, récitait des poésies en prenant des voix différentes, très graves ou très aiguës. Il donnait tout pour ces gamins, il n'y avait plus de limites, plus de pudeur, ni de honte. Gustave adorait ces après-midi de bénévolat : ces enfants posaient sur lui un regard sans jugement – il se sentait à l'aise, il osait tout. Sans peur de se tromper.

Que ce soit au local de soutien scolaire ou à l'association caritative, Gustave fréquentait des professeurs, des cadres, et quelquefois des élèves bien habillés qui parlaient avec des mots que lui n'aurait côtoyés que dans un dictionnaire. Face à eux, Gustave parvenait à donner le change, il se trouvait même meilleur dans certains domaines : il était plus futé, avait plus de sens pratique – merci, Maman –, il était plus débrouillard – il n'appelait jamais à l'aide pour rien –, et souvent il réussissait seul sa mission. Les bénévoles ne faisaient pas de différence entre lui et ces adolescents des beaux quartiers. Alors, un jour, Gustave en vint à se demander : « Si eux réussissent à l'école, pourquoi pas moi ? »

Cependant, les semaines de soutien scolaire étaient toujours extrêmement laborieuses : Gustave se repliait immanquablement sur lui-même, doutant de sa capacité à pouvoir faire les exercices.

Mlle Bergamote voulut lui faire prendre conscience de son potentiel et le convoqua un mercredi après-midi.

Lorsque Gustave arriva dans la salle de classe de Mlle Bergamote, elle n'était pas seule comme à leur habitude. Sur sa chaise en équilibre sur deux pieds, les bras croisés derrière son bureau, Gustave dut faire face à quatre adultes alignés en rang d'oignons, qui lui souriaient benoîtement.

Mlle Bergamote prit la parole :

— Nous avons souhaité te faire part du résultat du bilan que nous, l'équipe pédagogique du collège, avons rédigé à ton sujet. Tu nous as tous rencontrés individuellement et nous sommes tous d'accord à ton propos. Gustave, tu es loin d'être un « bon à rien » comme je t'ai déjà entendu dire, au contraire, tu es très intelligent. Tu as certes quelques difficultés d'orthographe, de coordination ou de calcul, mais tu as une très grande créativité, une soif d'avancer, de toujours faire mieux, d'apprendre, une capacité de travail énorme et une persévérance rare.

Lui qui se considérait comme timide, à ne jamais ouvrir la bouche, fut tout d'abord surpris par ces compliments.

— Nous avons constaté aussi que tu as un amour de l'histoire et des histoires, et une véritable capacité à jouer avec les mots et les images : je le vois chaque semaine auprès des jeunes dont tu t'occupes. Tu as un véritable talent à l'oral, et tu peux vraiment être bluffant. En résumé, Gustave, tu as énormément de capacités et on va t'aider à les exploiter. Je te laisse le soin de lire tranquillement ce compte rendu chez toi et de revenir vers nous si tu as des questions.

Soudain, Gustave sentit monter en lui une bouffée de chaleur, accompagnée d'une exaspération qu'il ne put contrôler. On essayait de le brosser dans le sens du poil mais, il le savait, ce serait pour mieux le poignarder dans le dos, pour le faire espérer puis l'abandonner comme un malpropre.

Il se leva d'un bond et lâcha :

— Ce n'est pas parce que vous me faites jouer avec des cubes pendant deux minutes que vous allez changer la perception que j'ai de moi depuis des années ! Je ne suis qu'un raté, et ça ne changera jamais.

Il sortit en claquant la porte.

38

Prendre son courage à deux mains

Le mercredi suivant, Céline Bergamote trépignait dans sa salle de classe. Gustave était en retard. Lorsqu'elle eut siroté sa deuxième tasse de thé, une heure plus tard, elle dut se résigner : il ne viendrait pas. Elle rentra chez elle, dépitée.

Jusqu'à présent, Mlle Bergamote pensait que Gustave faisait partie de ces gamins sur le bord du chemin à qui l'on tendait la main et qui la saisissaient, sans jamais vouloir la lâcher. De toute évidence, elle s'était trompée.

Elle ne dormit pas bien cette semaine-là, repensant à Gustave qui s'était refermé comme une huître, l'évitant chaque fois qu'elle l'approchait dans la cour.

Ses élèves étaient son obsession, son mur des merveilles, ceux à qui elle pensait tout le temps. Rentrer chez elle et les laisser sur le pas de la porte, elle avait déjà essayé mais elle en était incapable. Elle se levait avec Sarah, prenait son café avec Sacha, partageait sa première cigarette avec Maëva et la dernière avec Jessica, se lavait les dents avec Justin, ruminait ses insomnies avec Gustave. Mais le seul qui réussissait, le matin, à la tirer de son lit, exténuée par ses ressassements nocturnes, alors qu'elle avait encore la trace de l'oreiller imprimée sur la joue et la bave de la nuit au coin des lèvres, c'était Rimbaud. Son chat. Pas par amour, par faim.

Le mercredi suivant, après avoir versé la pâtée de Rimbaud dans sa gamelle, Céline Bergamote mit la radio, fila sous la douche et chantonna une chanson de pop britannique du groupe Oasis, qui passait et qu'elle adorait : « *You're gonna be the one that saves me* ». Elle lui donnait l'énergie et l'espoir dont elle avait besoin ce matin-là. Puis, elle glissa dans son uniforme sombre – jeans noir délavé, pull anthracite informe, écharpe grise –, but son thé qui avait eu le temps de refroidir et repartit, éteignant la radio et rallumant un poids – cette tension dans le dos qui la courbait autant qu'elle la fatiguait –, cherchant un peu partout, sur le chemin du collège, sa joie de vivre naturelle qui avait fui depuis longtemps.

Pour ne plus lui laisser d'échappatoire, Mlle Bergamote vint chercher Gustave en classe avant la fin des cours. Il ne s'était pas présenté à elle la semaine précédente et il était hors de question qu'il loupe une nouvelle fois son engagement. Il avait un pacte à respecter.

Elle ne lui imposa aucune remarque sur son absence et lui donna des exercices d'anglais, des démonstrations en mathématiques et de la biologie, mais, d'un seul coup, sur un simple exercice de français, il se braqua. Cette matière éveillait chaque fois chez lui un traumatisme violent. Une peur viscérale d'échouer et de se tromper. Tremblant, il refusa net d'essayer.

Mlle Bergamote tenta d'une voix douce :

— Si je te le donne, c'est que je sais que tu vas y arriver, fais-moi confiance, Gustave.

— Non, je suis nul, je n'y arrive pas. Je suis juste bon à vous faire perdre votre temps. Je n'ai pas ma place ici.

Mlle Bergamote n'essaya même pas d'argumenter. Elle l'attrapa par la manche, le trimballa dans les couloirs du collège, puis le poussa dans les toilettes des professeurs. Gustave paniqua : cette enseignante devenait folle.

Elle le saisit par les épaules et le plaça face au miroir.

— Je ne veux plus *jamais* t'entendre dire ça. OK ? Je veux que tu répètes après moi : « J'ai ma place ici et je vais y arriver. » À toi, le disputa-t-elle, comme un enfant.

Il la regarda, incrédule, puis se rendant compte qu'elle était très sérieuse, baragouina les quelques mots attendus avant de lâcher :

— C'est bon, on peut y aller ? J'ai compris.

— Non, je crois, au contraire, que tu n'as rien compris du tout à l'exercice. Je n'ai rien entendu. Vas-y, le poussa-t-elle.

Elle était visiblement très énervée. Gustave évita son regard dans le miroir, puis marmonna :

— « J'ai ma place ici. » Voilà, vous êtes contente ? Là, vous avez entendu ?

— Rien du tout et tu as oublié la moitié de la phrase. Plus fort, Gustave ! continua-t-elle en lui attrapant le menton. Et regarde-toi dans les yeux. Regarde comme tu es beau, regarde comme tu peux être fort. Redresse-toi.

La tête haute, il se fixa dans le miroir. C'était bien la première fois que quelqu'un, à part sa mère, lui disait qu'il n'était pas laid. Même à la maternité, alors que l'on a tendance à dire de tous les bébés qu'ils sont beaux, cela n'avait pas été son cas. Il le savait, son père lui avait assez répété cette anecdote familiale.

Le jour où Gustave avait décidé de pointer le bout de son nez, ce dernier était de travers tant il avait regardé le ciel toute la grossesse – ses grands-parents s'étaient penchés sur son berceau et, voyant son nez tordu, avaient dit : « Oh, qu'il est moche ! C'est pas grave, c'est un garçon. »

Dans les toilettes des professeurs, Gustave planta ses pupilles dans son reflet et laissa sa rage sortir. Il cria :

— J'ai ma place ici et je vais y arriver.

— Plus fort ! Et regarde-toi *vraiment* dans les yeux, insista Mlle Bergamote.

Gustave hurla :

— J'ai ma place ici et je vais y arriver !

— Encore plus fort ! ordonna-t-elle.

— J'ai ma place ici et je vais y arriver ! !

— Encore.

— J'AI MA PLACE ICI ET JE VAIS Y ARRIVER ! ! !

Alertée par ces cris, Mme Morel débarqua dans les toilettes, affolée. Surprise de les voir aussi calmes et souriants, elle chuchota à l'intention de sa collègue :

— Tout va bien, Céline ?

Mlle Bergamote hocha la tête, ne quittant pas son élève des yeux, qui sortait de la salle d'eau.

Pour la première fois au sein d'un établissement scolaire, Gustave se sentait plus léger. Il n'avait même plus la crampe au ventre, qui, depuis des années, le pliait en deux.

Mlle Bergamote le fixa : il ne s'agissait de presque rien, mais quelque chose avait changé chez le jeune garçon. Dans son regard et sa posture, surtout. Tout était plus droit, plus assuré.

Alors que Gustave se rasseyait en classe, elle lui annonça :

— On arrête la séance. Ça suffit pour aujourd'hui.

Gustave la regarda surpris : il aurait bien réessayé l'exercice, mais, sans demander son reste, il rangea ses affaires et rentra à la maison.

Quand il passa la porte de chez lui, tout sourire, sa sœur le dévisagea d'un œil inquiet :

— Ça va, Gustave ? Tu as l'air tout bizarre.

Même Joséphine avait décelé une différence. Comme la chrysalide qui se transforme en papillon, Gustave s'était métamorphosé. Pas en vermine, à la Kafka, mais en meilleure version de lui-même.

Le jeune garçon, qui ne s'était pas rendu compte de grand-chose, ne répondit rien à sa sœur et sourit encore plus largement. Il venait de remporter sa première victoire, celle qu'il attendait depuis des années : c'était la première fois que Joséphine l'appelait Gustave.

39

Pas folle, la guêpe !

Lorsqu'un jour Gustave rentra du collège, enjoué, après avoir passé l'après-midi en cours d'histoire, il emprunta son passage secret entre les voitures sur le parking extérieur et se dirigea vers l'accès aux caves. Sauf que, devant la porte coupe-feu, une chose étrange retint son attention. Il se rapprocha, s'accroupit et découvrit au sol un petit moineau inerte.

Soucieux, il n'osa pas le toucher. Le volatile était mal en point, si mal qu'il était même probablement mort. Gustave hésita à le laisser là et à monter chez lui comme si de rien n'était, mais lorsqu'il entendit le miaulement du chat de la concierge au rez-de-chaussée, toujours là à guetter, il ne tergiversa plus. Il sortit ses gants d'hiver de la poche de son manteau – ils n'avaient pas servi depuis des mois – et entreprit de ramasser l'oiseau pour aller l'enterrer plus loin, à l'abri des prédateurs. Ce fut à ce moment qu'il sentit le passereau bouger. C'était quasiment imperceptible, mais il en était certain. L'oiseau n'était donc pas mort, juste sonné. Il avait dû s'écraser contre une vitre, cela arrivait parfois.

Gustave le réchauffa entre ses mains, de longues minutes, souffla de son haleine chaude, mais le petit animal n'était décidément pas en forme. Il remua une patte, frissonna de l'aile, mais ne s'envola pas. Le jeune garçon le serra contre lui pour lui donner encore plus de chaleur et ne fut pas long à prendre sa décision.

Lorsqu'il poussa la porte de leur appartement, tout encombré de sa trouvaille, Joséphine, comme un chat, vint miauler entre ses pattes : de toute évidence, elle avait encore quelque chose à lui demander. Le voyant se dérober, ce qui était inhabituel vu qu'elle obtenait toujours ce qu'elle voulait de tout le monde, elle dut le poursuivre jusque sur le balcon, sans remarquer le petit animal blotti au creux de ses mains.

— Gustave, j'ai besoin de toi. Je suis en train de préparer mon dossier pour l'après-bac… Mais, qu'est-ce que tu fabriques au juste ? constata-t-elle enfin, alors que Gustave lui ordonnait de rentrer le nichoir à l'intérieur de l'appartement.

Après avoir installé le petit moineau au chaud sur du papier journal, son frère enchaîna une succession d'allers-retours entre la cuisine et sa chambre pour rapporter tantôt des miettes, tantôt un ramequin d'eau.

— Tu ne vas pas garder ce truc chez nous ? Si ça se trouve, il est plein de cochonneries et on va tomber malades… La grippe aviaire, ça te dit quelque chose ? La grippe espagnole, 100 millions de morts, plus que la peste. Tu ne veux vraiment pas l'emmener chez un véto ?

— Je suis prêt à prendre le risque ! Et puis, je l'ai déjà fait chez nos grands-parents. Je sais ce que je fais. Donne-moi un coup de main, plutôt.

Mouchée, Joséphine hésita un instant puis reprit sa tirade :

— Gustave, il faut que tu m'aides pour mon dossier d'inscription pour Paris. Il faut que j'écrive une lettre de motivation, dans laquelle je dois me présenter sous mon meilleur jour. J'aurai mon dossier avec mes notes excellentes – ça, c'est bon, et le bac je l'obtiendrai avec mention « Très bien », pas d'inquiétude non plus de ce côté-là –, mais tous les élèves qui postulent auront pareil. Du coup, ce qui démarque les élèves entre eux, c'est une vie extrascolaire riche, et moi, ma vie en dehors de l'école, c'est juste le néant ! Je ne fais que lire et bosser !

— Tu n'as qu'à t'inscrire à une association du quartier.

— Mais, figure-toi que j'ai essayé… Dans les associations de quartier, ils ne comprennent pas du tout mon projet ! Je ne cadre pas avec l'élève « bas de plafond » qu'ils ont l'habitude de voir. Je me suis d'abord tournée vers le théâtre – j'ai toujours adoré l'idée d'avoir un public qui m'admire –, ils ne proposent rien du tout. Les sorties culturelles, idem. Il n'y a que les parents des bons élèves de ma classe qui organisent des sorties à Paris : je me suis greffée à eux pour sept représentations à l'Opéra cette année, mais ça me fait une belle jambe pour mon engagement extrascolaire ! J'ai ensuite pensé au sport – ça sert toujours les vestiaires pour développer son réseau –, et tiens-toi bien, le tennis, le cheval ou le golf, on n'y a pas le droit ici. Pourquoi ne le propose-t-on pas dans notre ville ? Je te le demande, Gustave ?

Son frère écarquilla les yeux d'incrédulité. Sa sœur avait tout dans la cervelle et rien dans les biscotos : depuis quand voulait-elle sérieusement se salir les mains avec un club de golf ou marcher dans la gadoue d'une écurie ?

Joséphine poursuivit, imperturbable :

— C'est réservé aux autres ? C'est ça ? Il faut être bien né ? Finalement, j'ai opté pour la musique, mais tu veux savoir la réponse qu'on m'a faite : « Dans la cité ? C'est pas pour nous. » Ils n'ont même pas de piano, tu m'étonnes que ce ne soit pas facile d'apprendre à en jouer. Alors, je suis allée au conservatoire de la ville d'à côté et ils m'ont dit que, pour moi, apprendre à lire la musique à 16 ans, c'était trop tard ! Tu te rends compte, Gustave ? Pour nous, adolescents, c'est déjà trop tard ! Alors, je vais apprendre par moi-même. Je suis condamnée à toujours me débrouiller toute seule. Je suis écœurée.

Gustave ne savait pas vraiment quoi répondre. Il tenta de caresser sa sœur dans le sens du poil :

— Dans ton dossier, tu n'as qu'à leur dire que tu es hautement surdouée ?

— Ça, j'avais bien évidemment prévu de le faire – subtilement quand même, en leur glissant mon résultat de test de QI –, mais il se trouve que ma conseillère de désorientation n'est pas, non plus, une lumière en maths.

— Tu as passé le test, pour de vrai ?

— Plus ou moins : j'ai demandé à la psy du lycée de me le faire passer, même si ce n'est pas officiellement homologué, pour savoir une bonne fois pour toutes. Bref, il va falloir que je le refasse : cette abrutie n'a pas dû bien compter les points. Quand je m'attendais à dépasser largement 145 de QI, elle m'a annoncé que « Oui, j'avais bien une intelligence supérieure, mima-t-elle, agacée, mais que je n'étais pas à proprement parler surdouée. » Tu te rends compte,

Gustave ? Si moi, je ne le suis pas… Mais qui, sur cette planète, l'est ?

— Elle a osé te dire ça ? se moqua gentiment Gustave.

— Oui, je suis contente que toi aussi tu sois choqué. D'après l'experte en désorientation, « un score de 124 serait inférieur à son seuil de 130 ».

Même Gustave, qui n'était pas une lumière en mathématiques, savait que 124 était plus petit que 130. Joséphine lui mit son compte rendu sous les yeux : Gustave l'observa attentivement pendant de longues secondes, on y voyait une courbe – de Gauss –, et, oui, sa sœur se positionnait très nettement sur la partie droite, mais pas à l'ultime extrémité.

— Mais, qu'est-ce que ça change dans le fond ? Je veux dire : que tu fasses partie des 3 % les plus intelligents de la population ou des 4 % ? lut-il naïvement, le doigt pointé sur le graphique, avant de se reprendre en voyant une veine bleue surgir sur le front de Joséphine. C'est kif-kif, non ?

— Pas du tout, mais revenons-en à mes moutons : il faut que je raconte à quel point j'ai une vie caritative hyper riche et engagée, à quel point je suis tournée vers les autres. C'est le seul truc qui puisse me sauver face aux parents des petits génies de Paris qui, depuis que leurs gosses ont 6 ans, « stratégisent » pour leur préparer un dossier béton : « et que je l'inscris au solfège, au tennis, au théâtre, au piano… » Ce n'est pas Papa et Maman qui auraient pensé à ça pour nous.

— Et, donc, tu vas faire quoi ? Tu vas mentir dans ta lettre de motivation ?

— Pas du tout, je vais juste extrapoler. Ta vie, c'est un peu la mienne. J'ai juste besoin que tu m'expliques *exactement* comment ça se passe dans ton association caritative.

Gustave la regarda, interloqué :

— Bah, viens avec moi la prochaine fois : tu verras par toi-même, et tu pourras dire que tu y es vraiment allée.

Joséphine leva les yeux au ciel et soupira profondément :

— Mon pauvre Gustave… Mais tu crois vraiment que j'ai le temps pour tout ça ? La mention « Très bien », elle ne va pas tomber toute seule au bac. J'ai des facilités, mais quand même.

— En fait, c'est toi la cause perdue, Joséphine !

40

La messe est dite

La fin de l'année de 6e s'achevait. Ses notes de français ne s'amélioraient pas aussi nettement que Gustave l'aurait espéré, vu tous les efforts qu'il fournissait, notamment auprès de Mlle Bergamote. Alors, un matin, Mme Morel exigea le carnet de correspondance de Gustave et y inscrivit une demande de rendez-vous avec sa mère.

L'échec lui collait à la peau, comme du mazout sur les ailes d'un goéland. Heureusement, tous les oiseaux n'étaient pas condamnés comme lui.

En effet, quelques jours plus tôt, Gustave avait constaté des progrès chez son convalescent. Si, au début, le moineau lui avait semblé blessé, finalement le jeune garçon s'était rendu compte que ses ailes, comme ses pattes, allaient bien.

Au quatrième jour, alors qu'il était rentré de l'école, Gustave avait jeté son sac à dos dans l'entrée et foncé vers le nichoir, qu'il avait replacé sur le balcon. Avec horreur, il avait découvert qu'il était vide. Dévalant les marches de son immeuble, il redoutait le pire, mais, en bas des sept étages, il n'y avait aucune trace du petit volatile : contre toute vraisemblance, il ne s'était pas écrasé.

Quelque peu rassuré, même s'il n'était pas certain du sort exact de son rescapé, Gustave avait alors tendu l'oreille : le printemps était revenu et les chants d'oiseaux se répondaient les uns les autres. Il n'avait pas su distinguer celui de son protégé, mais il avait eu envie d'y croire.

En remontant chez lui, le cœur lourd d'être privé de son animal de compagnie, Gustave avait souri : c'était dans l'ordre des choses. L'oiseau avait pris son envol et recouvré sa liberté. Il avait suffi de peu : de l'attention, une main tendue et un peu d'amour. Parfois, dans la vie, on a besoin de trois fois rien pour être sauvé.

Honteux du mot dans son carnet de liaison, Gustave le garda planqué dans la cachette de son bureau pendant des semaines. Noémie, qui n'avait pas encore reçu le dernier bulletin tant redouté, car assorti de la sentence de réorientation, guettait avec anxiété sa boîte aux lettres, quand, un matin de juin, son portable sonna. Ce n'était pas Mme Morel, le professeur principal de son fils, mais directement la CPE qui la convoquait pour « parler de Gustave ».

Les mots ont un pouvoir : ils soignent autant qu'ils blessent. Noémie s'effondra : cela ne finirait donc jamais ?

Quelques jours plus tard, elle pénétra dans la salle de classe sous le regard acerbe de Mme Morel ; cette fois-ci, il y avait encore plus de monde. Seul le Principal manquait à l'appel. Il fallait croire qu'il lui avait déjà tout dit la fois précédente et déléguait désormais le sale boulot aux autres. Une enseignante, qu'elle n'avait jamais vue, dirigeait la séance à sa place, sûrement l'adjointe du Principal.

Noémie avait expressément demandé à venir sans Gustave, resté à la maison. Elle préférait épargner à son fils ce que ses professeurs avaient à lui dire et pourrait ainsi poser les questions qui la taraudaient, sans sentir sur elle le regard blessé de son enfant.

Lorsque l'enseignante mentionna que Gustave faisait partie des élèves qui avaient décroché scolairement, Noémie déglutit et se ratatina un peu plus sur sa chaise. Elle avait l'impression qu'une enclume s'était logée dans sa poitrine, et elle attendait désormais qu'un marteau s'apprête à réduire son cœur en mille morceaux. Elle sentit ses yeux s'embuer, sans pouvoir rien retenir : elle connaissait tout cela par cœur, on lui avait déjà dit mille fois que, pour son fils, c'était sans espoir.

La professeure poursuivait, parlait d'avenir, de trouver sa voie, de ce qu'il allait faire après la classe de 6e, si la mère donnait son approbation. Noémie attendait que l'on prononce le mot « réorientation », mais ne l'entendit pas : tout se bousculait dans sa tête, l'enseignante continuait de déverser un flux d'informations éparses. Elle ajoutait que, depuis trois mois, elle lui offrait du soutien scolaire et traquait les progrès de son fils chaque semaine.

Noémie fronça les sourcils : Gustave n'avait jamais rien mentionné de tel. La mère de famille avait dû rater une information, c'est vrai que ces temps-ci elle était souvent rentrée tard. Gustave ne lui avait pourtant jamais rien caché : la situation était-elle donc pire que ce qu'elle avait pu imaginer ?

— Pardon ? Vous pouvez répéter ? bredouilla-t-elle.

L'enseignante reprit posément :

— En tant que référent du décrochage scolaire, j'en ai vu des élèves cassés par l'école et c'est souvent très difficile de passer derrière, de leur redonner confiance et espoir. Madame Aubert, votre fils a des capacités hors du commun. Il est très intelligent et très travailleur, bien plus que la majorité de nos élèves. Avec votre accord, on veut l'aider à aller jusqu'au brevet, voire plus loin, s'il en a envie. Nous, on y croit.

Le cœur de la mère faillit lâcher : l'ascenseur émotionnel n'était, lui, pas en panne.

Mlle Bergamote continua à lui raconter qu'elle avait travaillé avec Gustave sur différentes matières, qu'elle l'avait aidé sur des devoirs compliqués, qu'avec l'accord du Principal il avait vu l'orthophoniste, la psychologue, la CPE et l'infirmière de l'école, et qu'ensemble, ils seraient là pour lui.

— On va y arriver, madame Aubert. *Il* va y arriver !

Noémie resta silencieuse, clouée sur place, le poids des mots sur ses épaules. Puis, lentement, elle se leva, se retenant d'une main au bureau, les jambes flageolantes, avant de se jeter dans les bras de Mlle Bergamote. En pleurs, la mère lui bafouilla à l'oreille :

— C'est la première fois… La première fois qu'on me dit quelque chose de positif sur mon fils. Merci, madame. Du fond du cœur, merci ! Je le savais qu'il n'était pas bête, mon fils. Je le savais.

41

On n'apprend pas au vieux singe à faire la grimace

La chaleur de l'été et le roulement des vagues avaient apaisé la tristesse familiale. Au cours des grandes vacances, Noémie avait repris du poil de la bête, et Joséphine n'attendait plus aucun cadeau de son père. Plus le temps passait et moins il en passait avec eux. La rentrée sonnait cette année comme un nouveau départ.

En ce début de classe de 5e, Mlle Bergamote, désormais professeure principale et enseignante de français de Gustave, arriva un matin et annonça le pire :

— Aujourd'hui, dictée !

La classe se braqua immédiatement, hurlant de tous les côtés. Des tragédiens n'auraient pas été plus convaincants :

— Vous nous gâtez, madame… répondit Louise, moqueuse.

— Je vous aime, tant pis pour vous, ajouta l'enseignante avec un grand sourire.

— Oh, non, madame ! C'est pas juste... reprirent en canon les autres élèves, qui venaient seulement de comprendre qu'elle était sérieuse.

Très calme, Mlle Bergamote, les bras croisés, les fesses appuyées contre son bureau, attendait le calme. Gustave, installé au premier rang, tremblait autant pour la dictée que pour sa prof, se demandant comment elle allait reprendre le contrôle.

— Eh, vous êtes bien merveilleuse, aujourd'hui, avec ce petit gilet bien saillant... lança un élève depuis le fond de la salle, pour l'amadouer.

— Bien tenté, Théo, mais mon cœur n'est plus à prendre, mentit-elle. Et puis, pour ta gouverne, pour un vêtement, on dit « seyant », pas « saillant ».

— C'est sa connerie, qu'est saillante, commenta Sacha. Hein, madame ?

— Sacha, ton langage ! Allez concentrons-nous.

— Madame, non vraiment, j'avoue, essaya à son tour Louise, la meilleure élève de la classe. C'est pas cool, une dictée.

Gustave la regarda attentivement : Louise était trop jolie et trop intelligente pour croire en la moindre justice. Lorsqu'elle se tourna vers lui, ses yeux verts, tels deux cactus, lui piquèrent le cœur. À ce stade, la dictée, il s'en contrefichait, il aurait pu continuer à se noyer dans ce regard pour l'éternité, mais Mlle Bergamote réclama leur attention :

— Dois-je vous rappeler que vous n'avez pas le choix : c'est au programme du brevet. Mais, si vous écoutez attentivement, murmura-t-elle, forçant les élèves à être encore plus attentifs, cette année, j'ai prévu un petit changement…

La curiosité des collégiens n'avait jamais été aussi titillée.

— Voici ce que je vous propose. C'est à vous d'inventer une dictée « peau de vache » que vous allez écrire pour vos camarades. Allez-y franco, avec des pièges et tutti quanti ! La dictée la plus ardue sera proposée la semaine prochaine à toute la classe.

Les gamins échangèrent des regards de défi, visiblement amusés.

— Trop bien, tu vas morfler, lança Théo à Gustave.

Mlle Bergamote continua :

— Vous êtes prêts ? Je vous rappelle les consignes : vous vous appliquez et vous me la rédigez sans fautes, bien évidemment, sinon, l'exercice a moins d'intérêt. À votre créativité, prêts, partez !

Gustave resta un moment abasourdi, admiratif. Mlle Bergamote était une sorte de Mère Teresa de la dictée.

Par son système de notation, que Gustave ignorait encore, ses élèves ne pouvaient pas avoir zéro. De toute façon, comme le répétait l'enseignante d'une année sur l'autre, c'était impossible d'avoir faux à tous les mots de chaque phrase.

Gustave observa la classe en quête d'inspiration. La panne de la page blanche. Malheureusement, la salle de classe de Mlle Bergamote était peu décorée. Il y avait juste un croquis au mur, que Gustave avait d'abord eu du mal à décoder. On y voyait un arbre sur la gauche, un professeur derrière son pupitre sur la droite, et devant lui, alignés en rang d'oignons, ses élèves animaux, du singe au poisson, en passant par l'éléphant, l'oiseau et le phoque. Le professeur leur expliquait les règles du système éducatif : « Pour une juste sélection, tout le monde doit passer le même examen : vous allez devoir grimper à cet arbre. »

Les premiers jours, Gustave n'avait rien compris à ce dessin, qu'il trouvait nul et enfantin, mais ce matin-là, il déchiffra un petit texte sous l'image, une citation d'un certain Albert :

« Tout le monde est un génie. Mais si vous jugez un poisson à sa capacité à grimper aux arbres, il passera sa vie entière persuadé qu'il est totalement stupide. » Einstein savait de quoi il parlait.

Gustave pensa alors à son parcours à l'école, et à celui de sa sœur, parcourant les mêmes classes, elle en apesanteur quand lui ramait à contre-courant. Alors, l'inspiration lui vint d'un seul coup. Il allait rédiger un texte scientifique à cheval entre l'Histoire et l'Ornithologie, ses deux passions, comme s'il était destiné à sa sœur qui n'y connaissait rien. Lui maîtrisait tout un tas de mots ardus, qu'elle n'aurait pas su orthographier correctement, donc ses camarades encore moins. Gustave attrapa son stylo quatre couleurs et fut prolifique comme jamais.

À voir chaque élève affairé, concentré, et le sourire au coin des lèvres, Mlle Bergamote n'avait plus de doutes : dans ces moments-là, elle savait pourquoi elle se levait chaque matin. Pour qui, surtout.

Dans sa classe, elle avait plusieurs élèves atypiques, qu'elle avait repêchés comme Gustave. Avec eux, elle avait décidé de changer de stratégie et de consacrer toute son énergie à les « accrocher » en amont. Prévenir plutôt que de guérir. Longtemps, elle avait demandé son aval à M. Pinçard pour mettre en place des adaptations, puis un jour Mlle Bergamote en avait eu marre d'attendre un feu vert de sa hiérarchie qui ne viendrait jamais, et avait commencé à construire ses cours comme elle le voulait.

Avec les années, sa conviction avait changé : la mission principale de l'école n'était plus seulement, selon elle, d'inculquer un socle de savoirs minimums à tous, mais aussi de leur transmettre la curiosité nécessaire pour chercher les informations par eux-mêmes. Afin que chaque élève puisse donner le meilleur et réussisse à s'épanouir.

Ses expérimentations n'étaient pas une science exacte, cependant voir ses élèves ressortir de cours avec le sourire et l'envie d'apprendre était une véritable victoire. Même si elle se sentait souvent seule dans sa démarche, au moins cela en valait la peine. Elle faisait sa part, tel un colibri de l'Éducation nationale.

La semaine suivante, comme annoncé, elle avait sélectionné pour eux la composition la plus difficile qu'ils avaient inventée. Gustave n'avait pas gagné, mais il s'en fichait : il était curieux d'entendre le texte, apparemment si drôle, d'un de ses camarades, le jeune Werber. « L'histoire d'une puce, née d'une mère pucelle et d'un père puceau… »

Sans prêter attention à l'adulte qui était attablé dans un coin, les élèves sortirent leurs trousses de leurs cartables et Mlle Bergamote leur lança :

— Aujourd'hui, comme promis : dictée.

Aussitôt, tous les élèves s'exclamèrent :

— Ouais, trop bien !!!

Du fond de la classe, les jambes coupées et les yeux écarquillés, l'inspecteur d'académie se fit la remarque que, en trente ans de carrière, il n'avait jamais vu cela.

42

En avant, Guingamp !

Gustave avait toujours secrètement rêvé d'être délégué de classe pour défendre ses camarades et entendre ce qui se disait sur son compte lors des Conseils de Classe. Alors, quand un matin d'octobre, Mlle Bergamote annonça le moment tant attendu des élections, un frisson d'excitation parcourut la classe.

— Nous arrivons à un moment clé de la vie de cette classe : le choix des délégués.

Un « Houuuuu » d'enthousiasme retentit dans la salle.

— Enfin, madame ! On attendait ce jour comme Lionel Messi.

L'enseignante fronça les sourcils, cherchant à savoir si son élève tentait un trait d'humour, puis, dans le doute, rectifia :

— Heu, Théo… On dit « comme le Messie ». Bref, j'aimerais qu'à la fin du cours, sur ce tableau pour le moment vierge, vous veniez inscrire le nom de ceux qui souhaitent se présenter au vote de la semaine prochaine. Y a-t-il parmi vous des premiers volontaires ?

— Mais, madame, l'interrompit à nouveau l'adolescent, je suis sûr qu'il s'appelle Lionel…

La classe s'esclaffa, les uns ne sachant pas vraiment pourquoi les autres pouffaient. Gustave, lui, resta silencieux.

Après n'avoir pas osé se présenter en 6e, Gustave vit son bras se lever sans pouvoir le retenir, comme téléguidé par une force obscure ou tout simplement poussé par le regard encourageant de Mlle Bergamote, qui nota son nom au tableau. Aucun de ses camarades ne le regarda bizarrement : à croire que sa candidature n'était pas plus déraisonnable que celle des autres, Louise et Sacha, les deux délégués de l'année dernière, ou encore celles de Théo et Sonia. Restait encore, pour Gustave, à préparer un programme dont il était capable de tenir les promesses et à être élu…

En rentrant chez lui ce soir-là, il interrogea Joséphine, ce qui ne l'aida pas. Sa sœur n'en avait jamais rien eu à faire de la vie des autres en général. Alors, de là à les représenter… il y avait un monde. Gustave, lui, avait la ferme intention de s'attaquer à tous les problèmes récurrents auxquels les collégiens devaient faire face depuis des années : manque de places dans les classes et au réfectoire, fuite d'eau au plafond et l'hebdomadaire « Plat Mystère » de la cantine, avec son bout de quelque chose – probablement de la viande ou du poisson –, qui baignait dans une sauce presque solide et quasiment froide.

Sur une feuille A3 – enfin, plus précisément, deux feuilles A4 qu'il avait scotchées ensemble –, il recopia au propre son programme inspiré d'une affiche sur les droits internationaux des enfants, qu'il avait vue accrochée lors de ses après-midi caritatifs. Gustave savait qu'il devrait être efficace lorsqu'il le défendrait devant toute la classe la semaine suivante.

C'est donc armé de quatre mots clés – Justice, Éducation, Alimentation, Sécurité –, qu'il se présenta, le mardi suivant, debout sur l'estrade face à ses camarades. Gustave était stressé, entre ses mains sa feuille tremblait, sa voix aussi.

— Concernant notre droit légitime à la Justice, je promets de m'engager à ce que nous, collégiens, soyons traités avec égalité et équité, refusant les sobriquets désobligeants dans la cour. Je promets de m'engager à ce que nous, collégiens, soyons traités, en cours comme en Conseil de Classe, avec respect par les profs, les pions, la CPE et le Principal du Collège.

Personne ne l'écoutait. Il sentait qu'il aurait pu y mettre plus de cœur plutôt que de réciter comme un robot.

— Si je suis élu, je promets de m'engager à ce que nous soyons respectés équitablement quels que soient notre prénom, notre couleur de peau ou de cheveux, notre âge ou notre poids.

— C'est chiant, madame… lança un de ses camarades.

— Sacha, ton langage, le rabroua aussitôt Mlle Bergamote. Je vous ai demandé d'être respectueux les uns envers les autres. Surtout entre candidats.

Gustave serra les dents. Qu'est-ce qu'il lui était passé par la tête de se présenter ? Pour qui se prenait-il ? Il inspira profondément, ferma les yeux et poursuivit. Son programme s'échappa soudainement d'entre ses mains et vint se glisser sous le bureau de l'enseignante. Il se retrouva contraint d'improviser :

— Article premier. Nous avons le droit à une Éducation. Je dis « non » à l'absentéisme injustifié de certains profs, notamment les samedis matin et lors des cours le lundi à 8 heures.

— Ouais, c'est clair, acquiesça Nelson, endormi sur son bras. Autant rester chez soi à pioncer que de devoir rester deux heures en permanence.

Gustave continua :

— Article II. Alimentation : parlons du grand sujet de la cantine ! Non aux plats en sauce dégueus et non reconnaissables. Et stop aux pesticides : nous voulons savoir ce qui est dans notre assiette. Si je suis élu, je m'engage à réclamer au Principal du bio et du bon, et pas seulement une fois par semaine ou sur un seul aliment du menu.

— J'avoue… T'as trop raison, Gustave. Ras-le-bol de la malbouffe. Nous on veut des saucisses frites bios tous les jours ! approuva Jessica, aussitôt acclamée par l'ensemble de la classe, sous le regard sévère du candidat Sacha, qui venait de passer et n'avait pas évoqué la cantine.

— Article III. Éducation gratuite et Activités récréatives, je tiens à attirer votre attention – je ne parle pas de l'usage récréatif du cannabis, précisa Gustave, faisant rire ses camarades et son enseignante –, mais bien de notre usage des ordinateurs en libre accès. Si je suis élu, je dis oui à l'ouverture du CDI, même le mercredi après-midi, ainsi qu'au maintien des ateliers du midi, où je demanderai des cours de code informatique et de jeux vidéo.

Les garçons aux cernes bleus, témoins de nuits passées sur leur console, s'excitèrent sur leur chaise, lâchant des « Trop vrai, ça ».

— Article IV, et j'ai fini, je vous rassure. Sécurité. Nous avons le droit et le devoir d'étudier dans des conditions de sécurité maximale. Si je suis élu, je m'engage à demander à ce qu'interviennent immédiatement des techniciens qualifiés pour mettre un terme à l'insalubrité des locaux, notamment avec cette pluie qui goutte directement sur le compteur électrique, désigna-t-il du doigt.

La classe frissonna.

Gustave, qui ne faisait jamais les choses à moitié, accéléra encore, attrapa une craie et inscrivit les quatre mots clés de son programme les uns en dessous des autres.

Il conclut son discours sur l'égalité des chances en reprenant les mots si connus de Martin Luther King, qu'il répéta à l'envi, sous les yeux ravis de Mlle Bergamote, fière de voir qu'il utilisait l'anaphore, figure de style qu'elle leur avait expliquée la semaine précédente.

— Pour résumer, j'ai fait un rêve. J'ai fait un rêve dans lequel nous avions droit à plus de SÉCURITÉ. J'ai fait un rêve dans lequel nous aurions droit à une meilleure ALIMENTATION. J'ai fait un rêve dans lequel tous, nous aurions droit à la même JUSTICE. Et enfin, tout simplement, j'ai fait un rêve dans lequel nous aurions l'ÉDUCATION que nous méritons, chacun d'entre nous, quelles que soient nos difficultés à l'école.

La classe fut tellement impressionnée par la conviction qui se dégageait de sa voix, qu'il fut le premier candidat applaudi, debout, scandant « *Gustave, le SAGE* ». Le garçon ne comprit d'abord pas, puis, se retournant vers le tableau, il remarqua que les premières lettres des mots de son programme formaient l'acrostiche « S.A.J.E. ». Il rougit jusqu'aux oreilles. C'était la première fois de sa vie qu'on le félicitait ainsi.

Lors du dépouillement, et à sa grande surprise, son nom arriva en tête, ainsi que celui de Louise, qui ne parut pas aussi émue ou étonnée que lui d'être à nouveau élue.

Restèrent sur le carreau Sonia, toujours absente, Théo, qui avait oublié de préparer son discours, trop concentré sur le match de foot qu'il avait regardé la veille, et Sacha qui, habitué à être délégué de classe chaque année, avait ressorti son vieux programme. Gustave n'était pas mécontent que ce dernier ne soit pas réélu, car l'an passé il n'avait tenu aucune promesse. Il remercia ses camarades, leur promit qu'il ferait de son mieux pour tenir ses engagements et retourna s'asseoir.

À peine fut-il à sa place que Gustave se prit une énorme boulette de papier dans la tête. Il se retourna, mais personne ne revendiqua l'envoi : il déplia alors la feuille et reconnut les promesses de campagne de Sacha. Au dos, un mot lui était adressé :

« Je vais te le faire regretter, minable… »

Son mandat commençait bien.

43

La fête à la maison

Après les échauffourées des jours précédents lors des élections des délégués de classe, Mlle Bergamote, qui avait bien senti une tension, essaya de calmer les esprits et décida de leur faire étudier un texte engagé de Victor Hugo – « Bêtise de la guerre » –, qui dénonçait l'inutilité des combats.

Elle créa des binômes d'élèves, non pas par ordre alphabétique, mais par complémentarité des compétences : quand un élève était évalué sur sa capacité à lire à voix haute, son partenaire était évalué sur la compréhension du texte et la bonne réponse à la question. Gustave était en binôme avec Louise, l'autre déléguée. Pour rien au monde, il aurait échangé sa place.

Dans ses cours, Mlle Bergamote continuait d'innover pour affiner l'orthographe de ses élèves. Après la dictée « peau de vache » dont la surprise pour Gustave fut sa note supérieure à 5, elle en prépara une à trous, que les élèves durent compléter avec une orthographe parfaite. Elle aborda également des textes du programme, comme *L'Iliade*. Elle truffait de fautes un texte d'Homère et leur demandait, comme dans une enquête policière, de repérer et de mettre en prison les mots mal orthographiés. Gustave s'amusa à pointer chaque intrus et finit même avant Louise. La semaine suivante, Mlle Bergamote rendit les copies et s'arrêta devant le garçon.

— Désolée, Gustave, ça ne mérite pas plus, dit-elle en posant son devoir devant lui.

Un frisson d'effroi le parcourut. Il lança deux yeux désespérés à son enseignante. L'avait-il déçue ? Elle n'avait jamais été aussi dure avec lui. Il retourna la feuille, fronça les sourcils, vérifia et revérifia, avant de planter son regard éberlué dans celui de Mlle Bergamote.

— 20 sur 20 ?

Pour la première fois de sa vie, Gustave avait eu tout bon. Pas une rature ou trace de stylo rouge sur sa copie. Des « TB » ponctuaient la feuille de bout en bout du devoir. Il sentit ses yeux près de déborder d'émotion.

— Bravo, Gustave. C'est amplement mérité. Tu vois que tu pouvais y arriver, ajouta-t-elle, profondément fière.

Porté par ses progrès considérables en français, Gustave, plus motivé que jamais, travailla d'arrache-pied dans toutes les autres matières, et dès le mois d'octobre de sa 5e, ses notes commencèrent à passer en positif. Même en maths ! En 6e, sur chacune de ses copies, alors qu'il avait toujours le résultat juste, l'enseignant inscrivait « Démontrez », ce qui lui faisait une belle jambe car il ne comprenait pas plus ce qu'on attendait de lui. Jusqu'au jour où Mlle Bergamote lui expliqua que son professeur souhaitait qu'il recopie chaque fois « le même raisonnement normé ». Il s'agissait de rabâcher une formule, une méthode, sans jamais rien inventer. Ce qui le barbait, lui qui aimait chaque fois réinventer la roue. Les évaluations orales en langues sauvèrent l'écrit, et l'histoire continua de le tirer vers le haut, même si Mme Houche n'était plus son enseignante.

Alors que le Conseil de Classe se profilait, Gustave envisageait l'avenir avec optimisme. Mais il avait tellement été échaudé, qu'il n'osa pas se réjouir à l'avance et resta sur ses gardes.

Quand le grand jour arriva, Gustave pénétra dans la salle du Conseil de Classe tout stressé : il découvrait, de l'intérieur, le tribunal qui avait toujours réclamé sa tête.

Il était prêt à en découdre, toutes ces années lui avaient appris à faire face à l'adversité. Cette fois, il pourrait se défendre seul, il n'avait pas besoin d'avocat commis d'office.

Les enseignants commencèrent par un bilan général de la classe, puis la revue des résultats de chaque élève, les uns après les autres, fut annoncée et son tour arriva aussitôt. Gustave déglutit bruyamment. Il aurait aimé disparaître.

Mlle Bergamote appela son nom et le jeune garçon, dans un réflexe, répondit « Présent ». Les professeurs s'en amusèrent. Le Principal, lui, resta impassible.

Se rendant compte de sa bourde, Gustave glissa un peu plus sur sa chaise : si l'invisibilité n'existait pas, il était bien décidé à se faire tout petit. Son courage, comme sa salive, semblait s'être envolé.

Les enseignants débattirent de son cas, sans grands emportements, et sans tenir compte de sa présence dans la salle. Certains remarquaient bien des progrès, mais d'autres les trouvaient encore trop timides.

Gustave avait l'impression d'être un malade plongé dans un coma profond, autour duquel les médecins discutent, se demandant s'il faut le débrancher ou non, lui prélever le rein gauche ou le droit, ou finalement s'il n'est pas plutôt l'heure de déjeuner. L'échange lui paraissait tiède, quand il avait l'impression que se jouait toute sa vie. Le point positif, c'est qu'aucun ne semblait vouloir le condamner tout de suite, encore moins passer sur le corps de Mlle Bergamote qui avait sorti ses yeux revolver. Même le Principal se contenta de hocher la tête lorsqu'ils finirent par se mettre d'accord.

Déclarant que « les débuts de 5e étaient prometteurs mais qu'ils voulaient en voir plus et sur la durée », ils lui attribuèrent « les encouragements ». Gustave, surpris et heureux, eut bien du mal à y croire, mais quand il vit Mlle Bergamote l'inscrire définitivement sur son bulletin, il souffla et resta silencieux jusqu'à la fin du Conseil de Classe. Il avait trop peur que l'on revienne en arrière et change d'avis à son sujet.

Quelques jours plus tard, lorsque le bulletin arriva dans la boîte aux lettres, Gustave laissa le soin à sa mère de relever le courrier.

Abonnée aux notes salées comme d'autres le sont au gaz ou à l'électricité, Noémie laissa la lettre longtemps sur la table du salon, entre celles des APL et des remboursements de Sécurité sociale, non ouverte. Elle l'avait posée dans un coin et y jetait un coup d'œil pour vérifier qu'elle était toujours là, n'osant plus la regarder. Puis, un matin de vaillance, la mère décacheta l'enveloppe comme on retire un pansement : vite et sans rien en attendre.

Gustave fut réveillé par un cri de joie. Encore ensommeillé, il s'assit dans son lit, essayant de comprendre la raison de cette excitation soudaine. Noémie déboula dans sa chambre et l'enlaça de toutes ses forces. Pour une fois qu'il ne l'avait pas attristée, ni déçue, Gustave profita de ce long moment. Il huma son cou et retrouva l'odeur réconfortante de sa Maman : pas celle d'un parfum onéreux, juste celle de la crème qu'elle étalait consciencieusement chaque jour et qui rendait sa peau si douce.

Il eut l'impression de recevoir d'un coup tout l'amour qu'elle avait gardé en elle ces derniers mois. Depuis le départ de son père, il ne l'avait pas vue heureuse.

La fête revint progressivement à la maison. Tout d'abord Gustave, qui grandissait toujours trop vite, eut droit à un nouveau pantalon blanc pour ses bons résultats scolaires. Puis la musique réinvestit les murs de l'appartement. Noémie conserva sa fidélité pour le disco mais, cette fois, Gloria Gaynor avait renversé ABBA : désormais, « *I will survive* » résonnait chez eux comme une certitude.

44

Incroyable mais vrai !

Un jour du second trimestre, Mlle Bergamote, qui voyait avec enthousiasme les progrès réguliers de Gustave, arriva avec une nouvelle idée farfelue. Afin de les inciter à se projeter dans l'avenir, elle distribua un petit carnet à chacun, sur la couverture duquel elle leur demanda de noter leur nom et le titre suivant : « Cahier de rêves ».

— Premier exercice dans ce cahier, réfléchissez à la question suivante : Où vous voyez-vous dans dix ans ? Il s'agit d'un travail personnel, personne d'autre que vous et moi n'allons le lire, et il ne sera pas noté. Par contre, je vous préviens, ce n'est pas pour ça qu'il faut écrire n'importe comment : le langage « SMS » décomplexé et assumé, ce n'est pas autorisé dans ma classe. On respecte l'orthographe, la grammaire et la ponctuation. Entendu ?

— Ah, il faut écrire comme au bon vieux temps, madame ? Avec toutes les lettres, et tout ? vérifia Théo.

— Exactement, pas avec une plume et un encrier, mais comme dans le dictionnaire. Exprimez-vous librement. Sans limites. Il n'y a pas de mauvaises réponses. C'est un rêve, donc rien n'est impossible.

— Oh la misère ! Mais, ça sert à rien, madame, vu que ça va jamais se réaliser, renchérit Samuel, affalé sur sa table.

— Si, ça sert, et vous allez comprendre pourquoi. Connaissez-vous la méthode Coué ?

— Ouais, c'est une émission de radio, c'est ça ? lança un des collégiens.

— Non, Émile Coué a mis en place une méthode d'autosuggestion qui s'appuie sur la force de la pensée positive.

— J'ai rien pigé, madame ! interpella un autre.

— C'est autoprophétique, c'est ça, madame ? tenta Sonia.

— Exactement, la prophétie autoréalisatrice. Le fait que la prédiction soit énoncée et que des personnes y croient entraîne une modification des comportements.

— J'ai compris, madame, je peux expliquer à la classe ? se proposa Louise en se retournant de son bureau au premier rang vers le reste de la salle. En gros, si on te dit toute ta vie que tu es nul, alors tu vas le croire et tu vas finir par *vraiment* être nul. Alors que si on passe son temps à te dire que tu es intelligent, tu vas y croire aussi, et tu vas redoubler d'efforts pour prouver que tu mérites cet adjectif. Et tu seras intelligent.

— C'est à peu près ça. Merci, Louise. Cela a effectivement un rapport avec l'estime de soi. L'idée, dans cet exercice du cahier de rêves, c'est que vous puissiez vous projeter dans un métier, que vous commenciez à dessiner le contour de ce que vous avez envie de faire plus tard.

— Mais, madame, on sait déjà tous ce qu'on veut faire plus tard, fit remarquer Sacha.

— Ah oui ? s'arrêta-t-elle, interloquée : ce n'était pas ce qu'elle avait lu dans les fiches de renseignements du début de l'année.

Elle redouta alors le fameux « footballeur », que trois garçons sur quatre lui sortaient habituellement, sans jamais se préoccuper d'avoir touché un ballon de leur vie.

— De la thune, madame ! poursuivit Sacha. Et moi, quand je serai grand, j'aurai une Porsche et une énorme maison, j'aurai une piscine avec un jacuzzi, et j'aurai une Rolex et un yacht…

Mlle Bergamote leva les yeux au ciel avant de soupirer :

— OK, je comprends bien, mais tu n'utilises que le verbe avoir. Dans la vie, le plus important, ce n'est pas de posséder, mais d'être. Qui veux-tu *être* plus tard ?

Sacha réfléchit longuement. S'il fallait raisonner en termes de verbes, les choses se corsaient pour lui. Il n'avait jamais eu à réfléchir ainsi. Il resta pensif quelques secondes puis décréta :

— Alors, moi, quand je serai grand, je veux *être*... millionnaire !

Mlle Bergamote s'affala aussitôt sur sa chaise et se prit la tête entre les mains, hésitant entre une envie irrépressible de tout plaquer ou juste d'exploser de rire. La sonnerie retentit, la libérant de ce choix cornélien.

Quelques semaines plus tard, alors qu'elle prenait un café en salle des professeurs avec Magali Houche, Mlle Bergamote ruminait son idée du cahier de rêves et se refaisait un nœud au cerveau :

— Je ne comprends pas ! Je suis sûre que c'est une bonne idée, Magali. Mais ils sèchent, ils ne racontent rien. Ils écrivent deux lignes et c'est tout. C'est triste. On dirait qu'ils n'ont pas d'ambition, ces gamins. Ils n'arrivent absolument pas à se projeter plus loin que demain. Et c'est le cas pour tous mes élèves, à une ou deux exceptions près.

Son amie lui demanda :

— Tu as essayé de leur donner des exemples de personnalités qu'ils admirent et qui ont également galéré ?

Le Principal, M. Pinçard, qui se servait un biscuit sec dans la boîte rapportée par Magali, déclara :

— Vous perdez votre temps, Bergamote. Ces petits veulent faire de l'argent facile, voire sale. C'est tout. Le seul modèle qu'ils ont, ce sont leurs parents chômeurs et le dealer du coin, alors ne leur demandez pas de rêver… Ils vont tomber de haut : ça fait plus mal qu'autre chose d'espérer.

Puis M. Pinçard sortit de la salle des professeurs : comme chaque fois, sa présence avait duré moins d'une minute trente secondes, top chrono. Il essayait sans doute de battre un record régional.

Mlle Bergamote fulmina. Elle n'était absolument pas d'accord :

— Je vais lui montrer, moi, qu'impossible n'est pas Bergamote. Et ils vont rêver, ces gamins, j'te le dis, Magali !

45

Viser la Lune

Grâce à son amie et collègue, Mlle Bergamote avait enfin trouvé *la* bonne idée pour aider ses élèves à remplir intelligemment leur cahier de rêves. Fière de sa trouvaille, elle avait prévu de leur laisser toutes les vacances de Noël pour finaliser leur travail.

L'idée du siècle, qui l'avait tenue éveillée trois nuits entières, était simple : réaliser un exposé sur des personnalités qui avaient révolutionné le monde par leur créativité et leur obstination pionnière, et qui avaient surmonté l'adversité, devenant des références dans leur domaine à travers les âges.

Un matin, elle dévoila au tableau un titre bien mystérieux :

« *On leur avait dit que c'était IMPOSSIBLE, et, pourtant, ils l'ont fait.* »

Depuis son poste d'observation près du radiateur dans le fond de la classe, Nelson se redressa :

— Ah ouais, trop bien, comme Messi, quoi ? On lui a dit qu'il ne pourrait jamais faire du foot car il était trop petit et il a fini meilleur joueur du monde ?

— Exactement ! Mais – car, vous le savez, avec moi il y a toujours un « mais » –, je vous arrête tout de suite. Je vous vois venir, les garçons. J'ai donc déjà préparé l'exposé sur Lionel Messi, que je vous laisse en exemple. J'ai présélectionné les célébrités sur lesquelles j'aimerais que vous planchiez. Aucune n'appartient au monde du sport…

— Oh non ! répondirent-ils, déçus.

Mlle Bergamote n'en démordit pas.

— Voici donc 40 personnalités, parmi lesquelles, j'en suis sûre, vous trouverez votre bonheur, continua-t-elle en ouvrant le pan gauche du tableau : Steve Jobs, Albert Einstein, Léonard De Vinci, Lewis Carroll, Pierre Curie, Jack Horner, Mika, Jamie Oliver, Pablo Picasso, Jules Verne, John Lennon, Steven Spielberg, Walt Disney, Winston Churchill, Richard Branson, Will Smith…

Sonia leva aussitôt le doigt pour intervenir :

— Hey, madame, mais on peut quand même prendre des filles pour faire des Hommes célèbres, ou pas ?

Toute la classe s'esclaffa.

— Non, mais je suis sérieuse, là, madame ! continua l'élève. Il n'y a pas une meuf connue ou quoi ?

Mlle Bergamote leva les yeux au ciel.

— Laisse-moi le temps d'ouvrir le tableau, Sonia. Que vous êtes impatients ! Toujours à mettre la charrue avant les bœufs, poursuivit l'enseignante en dévoilant le panneau droit.

Vinrent s'ajouter à la longue liste des personnalités une vingtaine de femmes célèbres.

— L'idée, c'est de préparer votre exposé sur une affiche A3, en reprenant la trame suivante : « On lui avait dit que c'était impossible parce que *blablabla*, mais cette personnalité, à force de *blablabla* – créativité, courage, abnégation, acharnement, travail, exemples que vous allez préciser –, a réussi à faire *blablabla* ce que personne n'avait jamais accompli auparavant. C'est compris ? On les collera sur les murs de la salle et vous les présenterez à l'ensemble de la classe, qui sera libre de vous poser toutes les questions. Moi, je n'en poserai aucune : c'est l'élève qui présente qui gère la classe.

— C'est vrai, ça ? s'emballèrent-ils tous en pensant aux bêtises à venir.

— Ne rêvez pas, je n'abandonne pas le navire. Je resterai bien évidemment la gardienne du temps, de la langue française et de la courtoisie. Allez, venez piocher votre célébrité.

Tous les élèves se précipitèrent pour faire partie des premiers à choisir untel plutôt qu'un autre, Gustave resta tranquillement à sa place. Il faisait confiance à son enseignante : quoi qu'il lui reste, ce serait passionnant. Il hérita finalement de Jack Horner et il se réjouit : il ne connaissait pas cet homme, cela lui ferait une bonne occasion d'apprendre quelque chose de nouveau.

De retour à la maison, lorsqu'il découvrit sur Internet que Jack Horner avait été paléontologue, il eut une pensée émue pour Sekou. Leurs deux passions étaient réunies : les dinosaures et leurs descendants, les oiseaux. Les astres étaient de son côté.

Pendant les vacances de Noël, Noémie ne reconnut pas son fils. Il monopolisait l'ordinateur familial, écrivait, retourna deux fois dans la semaine à la médiathèque pour emprunter de nouveaux livres sur la préhistoire. Il n'avait jamais autant bûché de sa vie sur un exposé.

Le jour de la rentrée, Mlle Bergamote leur rappela qu'il y aurait deux après-midi dédiés à ce travail et les prévint, la veille des présentations orales :

— Je m'adresse à ceux qui passent demain : détail *très* important ! Je compte sur vous pour être *bien* habillés. Vous êtes en représentation :

votre allure et votre confiance en vous comptent autant que votre travail écrit. Je serai stricte. Quant à ceux qui ne présentent pas leur exposé demain, mais la semaine prochaine, je tiens à vous rappeler que votre participation et votre calme compteront également dans la note finale de votre devoir.

Le lendemain, lorsque ses élèves passèrent la porte un à un, Mlle Bergamote eut les larmes aux yeux :

— Que vous êtes beaux !

Elle en eut des frissons. Parfois, elle avait l'impression qu'il suffisait de demander et d'expliquer les raisons à ses élèves pour qu'ils lui rapportent la lune.

— Je vous remercie d'avoir joué le jeu, sincèrement. Allez, on attaque. Les timings sont serrés. Accrochez vos exposés sur les murs tout autour de la salle. Vous avez du scotch sur mon bureau. Nous avons dix minutes par élève : cinq pour la présentation de la personnalité et cinq pour les questions.

Lorsque ce fut au tour de Gustave, son visage s'empourpra. Il essuya ses mains sur son jeans et s'approcha de sa réalisation. Tous se regroupèrent autour de son affiche, avant de reculer d'un coup : Gustave, habillé d'une blouse blanche et d'un pinceau, avait déplié une tête effrayante d'un T-Rex en 3D.

Reconnaissant une image extraite du film *Jurassic Park*, ses camarades furent aussitôt extrêmement intéressés. Gustave commença à raconter, à la lumière d'une fausse bougie et à mi-voix, le parcours de ce paléontologue qui avait découvert son premier fossile à l'âge de 7 ans. Puis, il enchaîna avec ses difficultés à l'école – notamment dues à sa dyslexie et le désespoir de ses parents quant à son avenir –, ses découvertes remarquables sur différentes espèces, insistant avec abnégation contre les paléontologues de l'époque pour établir la vérité scientifique, et conclut par sa contribution cruciale au film de Steven Spielberg. Intarissable, la classe posa des dizaines de questions sur ce qu'il avait découvert en particulier sur le T-Rex ou le tricératops, auxquelles Gustave répondit avec aisance, connaissances et mise en scène. Lorsqu'il sortit de la poche de sa blouse une énorme dent de T-Rex, tous les élèves sifflèrent d'admiration. Gustave s'abstint de leur dire qu'il s'agissait d'une fausse réalisée avec de la résine, mais elle fit son petit effet : le minuteur annonça la fin de l'exposé, et les élèves lâchèrent un « oh » de déception, puis l'applaudirent longuement. Le sourire en coin, Gustave se redressa. Définitivement, que ce soit à l'association ou en classe, il prenait goût à ce qu'on le félicite ainsi en public.

Deux semaines plus tard, tous les élèves avaient présenté leur personnalité et Mlle Bergamote annonça les notes. Fière d'eux, elle les félicita pour le travail fourni, puis leur demanda de voter pour leurs trois exposés préférés, qui se virent attribuer un point supplémentaire : le paléontologue Jack Horner arriva troisième.

À l'issue du vote de ses camarades, Gustave obtint 17 sur 20. Il faillit tomber de sa chaise. C'était la première fois de sa vie qu'il obtenait une telle note à l'oral, encore plus en français.

Quand la sonnerie retentit, Mlle Bergamote demanda à Gustave et aux autres élèves qu'elle suivait en tant que référent du décrochage scolaire de rester. Elle tenait à leur faire prendre conscience d'une chose importante.

— Avez-vous remarqué le point commun entre toutes ses personnalités ?

Les élèves secouèrent la tête : des points communs, il y en avait plein, en choisir un seul était ardu.

— On voudrait tous être comme eux ? Des gens qui ont réussi leur vie ? tentèrent-ils, timides.

Mlle Bergamote sourit :

— Toutes ces personnalités, sans exception, étaient dyslexiques. Avant de réussir leur vie et d'être des modèles pour beaucoup, ils ont tous été en décrochage scolaire. Ils n'étaient pas faits pour l'école et on leur a promis un futur sans issue… À cause de l'invisibilité de leur handicap, ils ont passé des années à essayer de s'adapter aux autres. Alors que par nature, ils voyaient, pensaient et réfléchissaient différemment. En règle générale, on n'aime pas trop les gens qui sortent du rang, alors que, au contraire, le monde a besoin de toutes les intelligences, surtout des plus créatives, celles qui naturellement trouvent les voies de traverse, qui restent inexplorées et qui, au final, apportent les plus grandes révolutions. Ils avaient tous un don – artistique ou scientifique –, que les autres ont préféré ignorer, et pourtant, ces pionniers ont persévéré, travaillé, suivi leur conviction et ils ont eu raison. Ça a payé.

Les élèves restèrent silencieux, les yeux brillants. Mlle Bergamote continua :

— Cela donne de quoi réfléchir, non ? Alors, qu'est-ce que tout cela nous apprend ?

Plus convaincu cette fois, Gustave tenta :

— Il faut faire de sa différence une force ? Ce que l'on nous reproche, il faut le cultiver, même si on a l'air un peu à contre-courant ?

Leur enseignante conclut pour eux :

— Quel que soit votre rêve, visez encore plus haut !

46

Aux grands maux, les grands remèdes !

Gustave était tout chamboulé par les mots de Mlle Bergamote. Depuis toujours, il s'était senti différent, à devoir constamment s'adapter aux autres, à leurs règles, qui étaient tout sauf intuitives pour lui. D'avoir entendu de la bouche d'un professeur, donc de l'institution elle-même, que l'on avait besoin de toutes les intelligences – surtout des plus différentes – était une révélation, un soulagement même. Peut-être y avait-il, en fin de compte, dans le bilan positif que la psychologue, l'orthophoniste, l'infirmière et Mlle Bergamote avaient rédigé à son sujet, un fond de vérité ?

Au second semestre de 5e, Gustave avait fait des progrès considérables dans toutes les matières, comme si la première bonne note avait débloqué toutes les autres. La persévérance avait fini par payer et la confiance en lui était revenue.

Le soir, une fois les devoirs faits, il continuait de travailler sur les matières qu'il aimait, parfois il prenait de l'avance aussi. On ne l'arrêtait plus, notamment quand il s'agissait de plancher sur les nouveaux devoirs de français.

Après avoir évalué ses élèves sur leur aisance orale, Mlle Bergamote avait décidé de juger leur qualité rédactionnelle sur le plan orthographique, certes, mais aussi sur celui des idées. Un matin, elle leur donna deux semaines pour écrire un discours s'inspirant de celui qu'avait prononcé Victor Hugo devant des députés de l'Assemblée nationale sur le thème de la misère. Elle leur expliqua le contexte historique, les répercussions d'un tel plaidoyer et leur demanda de choisir un sujet qui les révoltait. Parmi la pauvreté, la maladie, le harcèlement et les autres thèmes qu'elle proposa, Gustave opta pour l'injustice à l'école. Il avait de quoi dire…

Un soir, Joséphine entra dans la chambre de son frère sans frapper :

— Encore sur tes devoirs ?

— Oui, mais là c'est passionnant, donc c'est pas vraiment du travail…

— Depuis quand tu aimes le français ?

Ce n'était pas faux. Mlle Bergamote avait réussi l'exploit de faire de cette matière redoutée et haïe un terrain d'expression où il sentait qu'il pouvait donner le meilleur.

Sa sœur lut par-dessus son épaule, siffla d'admiration avant de le réprimander :

— Arrête de rayer : tu écris des phrases magnifiques et tu ne t'en rends même pas compte.

— Ah bon ? C'est bien, ça ? C'est mon brouillon, demanda-t-il, étonné.

— Si je te le dis ! Et puis, merci pour le poème que j'ai écrit grâce à toi : « *Sur mon cœur, il pleut des orages et des éclairs* », récita-t-elle avec verve, comme si cette trouvaille venait d'elle. Je n'aime pas trop l'idée de faire tes poubelles, mais ça en valait la peine, j'ai quand même eu 18 sur 20, se vanta-t-elle. On fait un bon duo : toi, tu inventes n'importe quoi et, moi, je sélectionne, recadre et en tire le meilleur. D'ailleurs, j'aurais besoin de ton aide pour un devoir de philo. J'hésite entre deux angles, et j'aurais voulu avoir ton point de vue.

— Attends, je te connais, Joséphine : si c'est pour que je te dise A et que tu choisisses B…

Joséphine rougit et enchaîna avec aplomb :

— Reconnais quand même que c'est une technique qui a fait ses preuves. On joue aux échecs ? Je m'ennuie…

— D'accord, mais seulement si tu promets de ne pas essayer de tricher quand tu commences à perdre, précisa-t-il en rangeant son stylo quatre couleurs dans sa trousse. Et une seule partie, après j'ai une petite surprise à préparer pour demain.

Joséphine soupira :

— Tu ne te reposes jamais ? L'école, ce n'est pas censé monopoliser toute ta vie. Bref, j'ai suivi ton conseil, au fait… annonça-t-elle en plaçant les pièces blanches sur l'échiquier.

— Moi, j'ai osé te donner un conseil ? répondit-il, positionnant les siennes.

— Oui, je suis allée voir le médecin avec Maman pour mon ventre.

Gustave retint sa respiration.

— Tu avais raison : j'ai bien quelque chose d'anormal.

— Joséphine, tu m'inquiètes… s'alarma Gustave en faisant tomber sa reine.

— Moi qui n'aime pas faire comme tout le monde, il se trouve que, comme une fille sur dix, j'ai de l'endométriose, soupira-t-elle.

— Ça va aller ? demanda timidement Gustave, qui ne savait pas du tout de quoi il retournait.

— Ai-je le choix ? abdiqua sa sœur. Je t'avais dit que le destin des femmes était de souffrir. Mais, c'est mieux de le savoir tôt, donc j'ai de la chance dans mon malheur.

— Ma pauvre… compatit Gustave. Si je peux faire quoi que ce soit…

Joséphine lui lança deux éclairs avec les yeux.

— Commence par arrêter de t'apitoyer sur mon sort ! le coupa-t-elle sèchement.

— Oups, pardon. Un moment d'égarement.

— C'est rien. J't'aime bien quand même, Gus-Gus…

47

Avoir le cœur sur la main

L'approche des vacances de Pâques annonçait également le second Conseil de Classe. Même si le premier s'était bien passé – avec les encouragements de l'ensemble de ses professeurs –, Gustave n'abordait jamais ce rendez-vous trimestriel avec sérénité.

Sous l'impulsion de certains, la classe de 5e avait prévu un moment de détente pendant leur cours de français. Alors qu'ils avaient fini de plancher sur les *Nouvelles fantastiques* d'Edgar Allan Poe, Gustave, à l'initiative de l'idée, prit la parole :

— Madame, on a une revendication pour vous.

— À la manière de Victor Hugo à l'Assemblée nationale ? s'inquiéta Mlle Bergamote.

— Pire, répondit-il.

Deux élèves de la classe, d'habitude lymphatiques, se levèrent, allumèrent une enceinte qu'ils avaient apportée et le rythme d'un instrumental de hip-hop débuta.

Scandant le tempo, le duo se mit à rapper, déchiffrant un texte, qu'ils avaient choisi tout particulièrement pour elle.

« *Ouvrière sans yeux, Pénélope imbécile,*
Berceuse du chaos, où le néant oscille… »

Les uns après les autres, deux par deux, les élèves se levèrent chacun leur tour et chantèrent une strophe. Leur *flow* était précis et on voyait qu'ils prenaient du plaisir à ponctuer du mieux possible ce texte qui parlait de combats, d'injustices, de violences. L'enseignante n'avait jamais vu autant de volontaires pour prendre la parole ainsi, debout, devant toute la classe.

Elle dut s'asseoir au bout de quelques secondes. Saisie par l'émotion, elle ne pouvait rien retenir : ni sa fierté, ni sa joie, ni ses larmes. Ce texte, elle l'aurait reconnu entre mille : celui d'un artiste né à Besançon et fameux en son temps, qu'elle avait donc finalement réussi à leur faire aimer, au moins un peu. Un quasi-contemporain qui, en 1872, avait écrit « Bêtise de la guerre », qu'elle leur avait fait découvrir quelques semaines plus tôt. Victor Hugo. Pour éveiller leur conscience et leur redonner le pouvoir.

À la fin de leur performance, alors qu'ils récitaient le dernier vers en chœur, « *Si tu ne sais, dans l'ombre où ton hasard se vautre / Défaire un empereur que pour en faire un autre* », tous étaient débout. Ils s'étaient approprié le texte, l'avaient interprété avec cœur et conviction. L'enseignante avait la poitrine serrée, elle savait pour quelle raison ils avaient fait cela. Pour lui faire plaisir, en ce jour si particulier pour elle, alors que son téléphone n'avait pas encore sonné.

Quand la musique joua la dernière note, ils s'écrièrent :

— Joyeux anniversaire, madame !

Mlle Bergamote se leva, chancelante, regardant chacun de ses élèves, un à un, dans les yeux. La lueur qu'elle y décela était communicative. Elle avait envie de les prendre tous dans ses bras. Elle bredouilla :

— Je ne sais comment…

— Et on n'a pas fini, madame, reprit Théo.

Chaque année, Mlle Bergamote était la seule enseignante du collège à recevoir ce genre de surprises de la part de ses élèves. Et, chanceuse, elle finissait toujours par avoir un cadeau emballé, plus ou moins habilement. Quand ce n'était pas un stylo pour remplacer celui qu'elle avait perdu, c'était…

— Voici aussi un petit album photos de notre classe. Pour que vous gardiez un souvenir de nous…

Céline Bergamote fronça les sourcils, puis explosa de rire.

— Je vois qu'elles sont à mon avantage, dites-moi ? se rendant compte qu'elles avaient été prises à la sauvage, comme en témoignaient les têtes toutes plus improbables les unes que les autres.

— Et on a un dernier petit quelque chose, plus personnel, annonça Louise.

Mlle Bergamote ne put s'empêcher de rougir en découvrant le contenu du modeste paquet :

— Une écharpe ?

— On a cru comprendre que vous adoriez la vôtre, toute grise et miteuse, mais on s'est dit que mettre un peu de couleur dans votre vie, ça ne vous ferait pas de mal.

— Bleu-gris, c'est très joli. Merci beaucoup. Vous êtes fous, vraiment !

Au moment de prendre la parole, sa gorge se serra. Elle chercha du regard l'un des instigateurs, Gustave, et grimaça à son adresse. Puis, très émue, elle souffla :

— Je ne sais pas quoi dire… Je suis sans voix. Pour une prof de français, perdre les mots, ce n'est pas du meilleur effet ! Alors, je dirai tout simplement, merci, mes chers élèves, que j'aime tant.

— Merci à vous, madame, du fond du cœur. Pour tout ce que vous avez fait pour nous, lança Sonia, une de ses protégées.

— Non, vraiment, il ne fallait pas, insista Mlle Bergamote en chuchotant. Les autres profs vont encore être jaloux !

Toute la classe explosa de rire. Avant que quelqu'un ne souhaite bon anniversaire à Mme Morel ou au Principal, les poules auraient le temps de se faire pousser de très longues dents !

La regardant droit dans les yeux, avec un sourire dont il ne parvenait pas à se défaire, Gustave conclut :

— On vous aime, tant pis pour vous !

48

Tu pousses le bouchon un peu trop loin, Maurice !

Pour son second Conseil de Classe en tant que délégué, Gustave s'était fait beau. Il l'avait appris avec Mlle Bergamote : quand on était en représentation, l'apparence comptait aussi. Du coup, il avait mis son nouveau pantalon blanc offert par sa mère, avait recueilli les doléances de ses camarades et s'installa, le cœur battant, aux côtés de ses professeurs dans la salle des accusés.

L'introduction générale sur la classe fut expédiée et arriva le moment de discuter des élèves, les uns après les autres. Le tour de Gustave surgit, comme toujours, en premier. Le professeur principal, Mlle Bergamote, annonça son nom : « Gustave Aubert, ici présent dans la salle », empêchant le garçon de réitérer sa bourde du premier conseil.

Gustave s'essuya les mains sur son pantalon et releva timidement les yeux. Il était prêt : il avait ressassé des nuits entières les progrès notables qu'il estimait avoir accomplis. Et la liste était longue…

Tout à ses pensées, les dents serrées, il se rendit compte que ses professeurs le fixaient et attendaient de sa part une réaction. Un commentaire peut-être ? Il s'en voulut d'avoir encore été dans les nuages et d'avoir loupé ce qu'ils avaient dit à son sujet. Comment pourrait-il argumenter s'il ignorait ce qu'on lui reprochait ? Les regards se détournèrent de lui et, lorsqu'il entendit « *Tableau d'honneur* », Gustave sut qu'ils étaient déjà passés à l'élève suivant.

Cependant, quand Mlle Bergamote récapitula tout en notant dans le bulletin « *Donc, Gustave Aubert, Tableau d'honneur, bravo, jeune homme !* », il sentit sa mâchoire se décrocher. « *Tableau d'honneur* » ? Vraiment ?

À tous ceux qui le félicitaient, déclarant que c'était amplement mérité, Gustave ne sut quoi répondre et se contenta de rougir, baissant les yeux de plaisir. Il faisait un bien piètre délégué à ne pas pouvoir s'exprimer, à ne pas se montrer reconnaissant, lui qui avait attendu ce moment toute sa vie. La deuxième représentante de la classe, Louise, le fixa longtemps de ses yeux verts pétillants, puis murmura « bien joué », avant de baisser le regard. Même elle était fière de lui. Le garçon devint encore plus rouge.

Le Conseil de Classe continua pendant de longues minutes avant que Gustave puisse s'intéresser au sort de ses camarades, et non à son bonheur qui le déconcentrait complètement.

Assez rapidement, il se fit la remarque que les élèves étaient évalués bien trop rapidement et durement à son goût, parfois même sous les quolibets déplacés du Principal riant des appréciations douteuses de quelques professeurs. Gustave lança des coups d'œil d'incompréhension à Mlle Bergamote, qui laissait dire.

Bouillonnant, il déversa sa colère sur la feuille restée vierge devant lui. Il s'était engagé auprès de ses camarades à les représenter au mieux et surtout à les défendre en leur absence, notamment lors du conseil, et il avait l'impression d'échouer lamentablement.

Alors que tous les élèves avaient été passés en revue et que les professeurs rangeaient leurs affaires, le Principal demanda aux deux délégués s'ils avaient quelque chose à ajouter. Louise déclina, de manière très polie. Gustave, n'y tenant plus, se leva, attrapa son brouillon et lut :

— Si, monsieur le Directeur, j'ai quelque chose à ajouter. Des questions, plutôt, que je vous adresse humblement, car il me semble que nous sommes tous rassemblés ici dans ce but.

Les enseignants se dévisagèrent, déconcertés. Gustave, sur sa lancée, tenta de joindre le geste à la parole et manqua de se prendre les pieds dans son cartable.

— Est-il normal qu'un responsable de cantine refuse de servir un élève, alors qu'il a été retenu par un professeur, et se retrouve en conséquence injustement privé de déjeuner ?

Gustave se demandait si le démarrage de sa tirade n'était pas un peu grandiloquent pour la situation. Surtout, il n'était pas certain de pouvoir tenir sur un langage aussi soutenu bien longtemps. Il inspira profondément, pour se donner du courage.

— Est-il normal que l'école prenne l'eau de partout, et qu'aucuns travaux ne soient engagés alors que Mehdi s'est pris une décharge et a fini à l'infirmerie ?

Il sentit la main de Louise se poser sur la sienne en signe d'apaisement. Prenant ce geste pour un témoignage d'amour et d'encouragement, le garçon poursuivit avec encore plus d'ardeur sa déclamation :

— Est-il normal de rire du sort de certains élèves pendant le Conseil de Classe, alors qu'ils font tout ce qu'ils peuvent pour avoir de meilleures notes ? Est-il normal que…

Le Principal se redressa. Fou de rage, il attrapa le brouillon de Gustave :

— Arrêtez, immédiatement ! Qui a rédigé ces sottises ?

Gustave ne comprit pas.

— Je pense que si quelqu'un d'autre avait écrit ce texte, il aurait fait nettement moins de fautes que moi, répondit-il le plus honnêtement du monde.

Sous le regard effaré des adultes et de Louise, M. Pinçard l'attrapa par le bras et l'emmena jusqu'au banc devant son bureau, lui intimant l'ordre d'attendre son retour afin qu'ils s'expliquent. Le fameux banc des accusés.

Pour la première fois de sa vie, Gustave avait donc le privilège d'être convoqué à l'intérieur de l'antre du Principal. Était-ce, cependant, vraiment une aubaine ?

49

Courage, fuyons !

Alors que Gustave attendait devant le bureau du Principal, Mlle Bergamote vint patienter avec lui. Ils eurent tous les deux le souvenir de leur première rencontre, exactement à cet endroit, quelques mois auparavant. Gustave se rendit compte qu'il en avait fait du chemin depuis, surtout en termes de confiance en lui et de résultats scolaires, mais c'était à désespérer car il se retrouvait inéluctablement convoqué chez ceux qui décidaient de son destin.

Contre toute attente, Mlle Bergamote ne se montra pas aussi douce et compréhensive que le garçon l'eût espéré :

— Tu n'aurais pas dû, Gustave. Tu vas t'attirer les foudres et prendre pour les autres. Tu aurais dû m'en parler avant. Les délégués n'ont pas le droit de sortir du cadre comme ça. Le Conseil de Classe est tout sauf un règlement de comptes. Je pensais que tu étais assez mature pour le comprendre. M. Pinçard va te chercher des poux, et je ne sais pas si je vais pouvoir encore te protéger.

Le Principal remonta le couloir en faisant claquer ses talonnettes. Il fit entrer Gustave sans un mot et ferma brutalement la porte derrière eux en jetant un regard noir à Mlle Bergamote, qu'il laissa dehors.

Persuadé que l'enseignante était derrière tout ça, M. Pinçard s'adressa au garçon d'une voix mielleuse. Alors que Gustave s'attendait à se prendre des postillons de haine, il sentit ses poils se hérisser : ce n'était pas bon signe du tout.

Cherchant à frapper précisément pour le blesser, M. Pinçard chuchota calmement :

— Je ne vous comprends pas, Gustave. On est gentils avec vous, on vous accorde le Tableau d'honneur – que je trouvais, pour ma part, un peu prématuré – et c'est comme ça que vous nous remerciez ? Mais qu'est-ce que vous cherchez à la fin ? À être exclu définitivement, quitter l'école par la grande porte, faire du mal à ceux qui vous donnent tout ? À moi ? Pensez à votre mère, un peu, que va-t-elle dire de tout ça ?

Gustave paniqua. Il n'avait rien anticipé et avait encore moins prévu de décevoir sa mère. Elle allait vraiment mieux ces derniers temps, comme s'il y avait une corrélation magique entre ses résultats scolaires et la bonne humeur de Noémie.

— Vous savez qu'il y aura des conséquences à vos actions, rien ne reste jamais impuni. Par contre, peut-être que je peux me montrer conciliant si vous avouez que vous n'avez pas agi tout seul aujourd'hui. De toute façon, personne ne croira jamais qu'un gamin de 13 ans s'attaque, et avec une telle verve, à l'Éducation nationale.

Gustave se demanda un instant de qui il parlait, puis il bredouilla :

— Je vous jure, monsieur le Directeur, c'est sorti tout seul, je n'avais rien planifié. Je trouvais simplement injuste le mépris avec lequel certains élèves étaient traités.

— L'injustice, elle a bon dos. Pensez au chagrin que vous allez causer à votre Maman si vous êtes exclu de ce collège. Où irez-vous ? Qui voudra de vous ?

Gustave serra les dents. Il avait envie d'envoyer valser tout le contenu du bureau, mais se retint. Mlle Bergamote aurait dit que cela ne faisait qu'aggraver son cas. Il fallait se montrer adulte, responsable et coopératif.

— Je ne sais pas ce que vous attendez de moi, bégaya-t-il, les yeux pleins de larmes.

M. Pinçard sourit, vint s'asseoir à côté de lui et posa une main sur son épaule :

— N'essayez pas de la protéger. Pourquoi croyez-vous que Mlle Bergamote se soit occupée de vous ? Pour vos beaux yeux ?

Gustave n'y avait jamais pensé. Il ne comprenait ni la question ni l'acharnement contre son enseignante. Il lui lança un regard interrogateur.

— Vous l'ignorez ? Je vais vous le dire : elle a demandé à être référent « *décrochage scolaire* », car chaque référent touche de l'argent pour ça. Elle n'a jamais pris soin de vous par pure bonté. Mlle Bergamote est une femme intéressée. Vos difficultés arrondissent ses fins de mois. Elle ne fait rien bénévolement.

Restant silencieux, Gustave cacha sa déception.

— Vous pensiez peut-être que vous étiez spécial ? Qu'elle le faisait pour vous, personnellement ? Gustave, vous êtes un enfant parmi tant d'autres, ni le premier, ni le dernier. Il faut que vous en preniez conscience.

Gustave déglutit péniblement et accusa le coup. Pour une fois qu'on lui disait qu'il n'était pas dernier, il aurait préféré le contraire. Après de longues minutes encore, où M. Pinçard cracha son venin, lui rappelant que lui seul, le Principal, pouvait faire la pluie et le beau temps à son égard, Gustave ressortit en titubant, écopant d'une punition exemplaire : un mois de colle et la révocation immédiate de son mandat de délégué.

Mlle Bergamote ne l'attendait plus sur le banc. Il était seul, désormais, sans alliés à ses côtés.

50

Ni vu, ni connu, je t'embrouille

Gustave rentra chez lui, traînant la patte. Il avait déjà oublié l'attribution inespérée de son premier Tableau d'honneur. D'ailleurs, le Principal allait-il finalement lui accorder, après sa rébellion en Conseil de Classe ? Même s'il n'avait pas volé ces résultats scolaires en hausse, le garçon en doutait.

La peur de faire de la peine à sa mère ne le quittait pas, mais il saurait faire face, il en avait l'habitude. Ce qu'il ressassait, ce qui s'était logé en lui et qui ne le quittait plus était la déception qu'il éprouvait désormais envers Mlle Bergamote. Il ne comprenait pas. M. Pinçard avait-il dit vrai ? Les questions qu'il avait posées à Mlle Bergamote étaient toujours restées sans réponse : pourquoi faisait-elle tout ça pour lui ? Elle avait peut-être honte de ce qu'elle cachait…

En approchant de sa cité, Gustave bifurqua afin d'éviter les jeunes du quartier puis continua son chemin par le parking extérieur. Il était presque arrivé à son immeuble, remontant entre deux voitures proches de la porte d'accès aux caves, lorsqu'il entendit courir derrière lui. Il n'y fit d'abord pas attention, mais quand il sentit une matière gluante couler sur ses jambes, il comprit que quelque chose n'allait pas.

Gustave toucha son pantalon : de l'essence. Il s'arrêta et vit au loin une silhouette qui l'avait dépassé en courant. Il ne reconnut aucun gamin du quartier, mais n'aurait pu se méprendre sur l'identité de l'agresseur. Il l'aurait identifié entre mille : Sacha, le caïd de sa classe, celui qui n'avait pas apprécié d'être privé de son mandat de délégué de classe. S'il avait su…

Pas un instant, Gustave ne pensa à ce qui aurait pu arriver si quelqu'un s'était approché avec une flamme. Pas un instant non plus, alors qu'il remontait, tremblant et la tête basse, par les caves puis l'escalier et ses sept étages, il ne pensa à ces agressions qui survenaient dans ces endroits isolés et obscurs.

Gustave se fichait bien de l'agression ou d'être, encore une fois, une victime. Ce qui le touchait au plus profond de son être était le fait qu'on s'en était pris, sans le savoir, au pantalon tout neuf que sa mère venait de lui offrir. Seul cadeau depuis longtemps qu'elle avait pu se permettre pour le récompenser de ses bons résultats scolaires. Une fois chez lui, ses jambes le lâchèrent et il se mit à pleurer.

Lorsqu'elle rentra du lycée ce soir-là, Joséphine découvrit Gustave, accroupi devant la baignoire, en train de frotter son pantalon maculé. Quand il se tourna vers elle, les yeux rougis – mi-honteux, mi-triste –, elle entra dans une colère noire :

— C'est qui ? Qui t'a fait ça ? Dis-moi, je vais lui faire la peau.

Gustave astiquait de toutes ses forces, essuyant du bras les larmes qu'il n'arrivait pas à contenir.

— Aide-moi plutôt à nettoyer avant que Maman n'arrive. Elle ne doit rien savoir.

Joséphine, enlevant du mieux qu'elle pouvait le cambouis, comme jamais Gustave ne l'avait vue se salir les mains, demandait sans relâche :

— Gustave, c'est qui ? Dis-moi ! Gustave !

Gardant les lèvres pincées, il haussa les épaules :

— De toute façon, qu'est-ce qu'on peut y faire ? Je ne vais pas me battre avec plus fort que moi, et toi, tu ne vas pas risquer de perdre le dossier parfait sur lequel tu bosses depuis des années pour rien…

Joséphine se releva, soupira puis se lava les mains :

— Tu as raison Gustave. Ce serait vraiment stupide de tout gâcher à quelques mois de ma sélection. Désolée, je ne peux rien faire pour toi.

51

Tant va la cruche à l'eau qu'à la fin elle se casse

Le lendemain matin, après avoir passé une nuit blanche comme elle en avait rarement connue, Joséphine eut beaucoup de difficultés à suivre le cours de philosophie : elle bâillait, les yeux perdus au-dehors à observer paresseusement le va-et-vient des collégiens qui regagnaient l'établissement en face du sien.

Tout à coup, elle tiqua sur la démarche prétentieuse du seul élève qui dépassait tout le monde de vingt centimètres, et instantanément elle sut. Elle se leva d'un bond, sous le regard interrogateur de son professeur, qui la laissa sortir de classe sans poser la moindre question.

Joséphine dévala les marches quatre à quatre, poussa le portail de son lycée et avança d'un pas déterminé vers les grilles du collège. Sans réfléchir, elle bouscula les autres collégiens rassemblés autour de l'adolescent au survêtement blanc et fonça droit sur lui, la mâchoire serrée. Le cercle autour du grand gaillard se dispersa aussitôt, et, de sa tête qu'elle avait bien pleine, Joséphine le cogna de toutes ses forces, comme si sa vie en dépendait. Avec ce geste, ce n'était pas seulement un cri d'amour pour son frère, mais le déversement de toute la rage qu'elle contenait depuis trop longtemps en elle : l'abandon de son père, la résignation de sa mère, le dédain de la conseillère d'orientation, la peur de ne pas parvenir à échapper à son destin tracé.

Sous le choc, Sacha tomba raide au sol, créant autour de lui un attroupement de curieux. Aussitôt, la jeune fille déguerpit vers son lycée, dans l'espoir que personne n'ait eu le temps de l'identifier.

Malgré la rapidité de la scène, il ne fallut qu'une poignée d'heures pour que le Proviseur de son lycée la convoque. La sentence s'annonça implacable : elle fut renvoyée trois jours, avec la circonstance aggravante qu'elle était plus âgée. Sacha, lui, fut également exclu puisqu'il n'en était pas à son premier acte de violence.

Le plus grave pour Joséphine fut de voir son comportement violent inscrit dans son dossier de candidature pour l'école de renom qu'elle visait après le baccalauréat. Elle qui trimait depuis des années pour obtenir les meilleurs résultats, qui voulait réussir à tout prix et mettre toutes les chances de son côté, venait de dire adieu à ses rêves, à son plan de carrière parfait, à celui qui cochait toutes les cases et qui la sortirait, enfin, de son milieu.

Le soir même, Gustave, rongé de culpabilité, la rejoignit dans sa chambre. Timide et désolé, il s'assit en silence à côté d'elle, avant de lui demander soudainement :

— Mais, au fait, cette école que tu voulais tant, elle préparait à quoi ?

— À faire partie du gratin…

Devant la mine interdite de son frère, elle précisa :

— De l'élite. De la crème de la crème des sciences politiques.

Gustave fronça les sourcils.

— Attends, tu as fait tout ça alors que tu détestes la politique, et encore plus ceux qui la font ?

— Je ne suis plus à une contradiction près, admit-elle. Tu sais, Gustave, à une époque, je voulais être la première femme présidente de la République, mais je me suis rendu compte que tu ne devais gérer que des emmerdements et des cons.

Joséphine resta pensive un long moment.

— C'est sûr, ça faisait chic sur un CV, mais c'est peut-être un mal pour un bien. Ce ne serait peut-être pas « complètement » stupide de choisir quelque chose qui me plaise vraiment… Mais quoi ?

Joséphine sortit sur le balcon et vint ouvrir le toit du nichoir. Pas de réponse à sa question, pas non plus d'oisillon. Elle scruta l'horizon, les tours grises d'un côté, les piscines de l'autre, et lâcha :

— Je suis complètement paumée, Gustave ! Qu'est-ce que tu ferais, à ma place ?

Il se retint de lui demander si elle comptait vraiment suivre son avis ou l'ignorer à nouveau : les yeux de sa sœur ne pouvaient trahir le fait qu'elle était sincèrement perdue. Il réfléchit longuement avant de déclarer :

— Il faut que tu fasses de tes différences une force. Toi, tu as de la repartie, de l'instinct, et tu ne lâches jamais rien. Je t'imagine bien… journaliste d'investigation.

Joséphine leva les sourcils et fit une moue que Gustave ne lui connaissait pas.

— Tiens… c'est pas bête. En plus, on peut avoir une réduction d'impôts, je crois, ajouta-t-elle, soudain très intéressée. Mais il faudra que je refuse la Légion d'honneur car, moi, on ne m'achète pas…

— Encore faut-il qu'on te la donne… répliqua-t-il, avant de remarquer le regard sévère de sa sœur, qui avait retrouvé tout son aplomb.

— Tu me feras toujours rire, Gustave. Tu sais, toutes les filles du lycée m'envient et je les comprends, en un sens : si je n'étais pas moi, je serais jalouse aussi… J'obtiens toujours ce que je veux. Quand on veut, on peut.

— Sinon, avocate ? Avec ton petit côté pit-bull, tu serais terriblement efficace.

Joséphine semblait peser le pour et le contre, pas entièrement convaincue :

— Même quand on est égoïste et que l'on n'a rien à cirer des injustices ou des autres ?

— Bon point, rectifia Gustave, tout en pensant que, au plus profond d'elle-même, elle avait, derrière sa carapace, un cœur bien plus gros qu'elle ne voulait le montrer.

Après tout, Joséphine venait de gâcher tous ses beaux projets sur un coup de tête. Pour son petit frère.

52

La fin des haricots

Gustave n'aurait jamais pu penser que Joséphine puisse être renvoyée avant lui. Renvoyée tout court, d'ailleurs. Quant à Noémie, elle ne comprenait pas le refus de sa fille de s'expliquer, elle qui d'ordinaire avait réponse à tout.

Après sa bévue lors du Conseil de Classe et à la suite de son agression, Gustave ne revint pas à l'école. Alertée par cette absence, Mlle Bergamote se rendit chez lui un après-midi. C'était bien la première fois qu'elle allait chez un élève.

Alors qu'elle sonnait à l'interphone, elle vit un œuf s'écraser au sol à deux pas d'elle. Elle s'abrita un peu mieux et profita de la sortie d'un habitant de l'immeuble pour s'engouffrer à son tour.

Avec la sensation d'être une intruse que l'on n'a pas tout à fait invitée, elle jeta un œil sur les boîtes aux lettres, y lut l'étage et appela l'ascenseur. Elle attendit une dizaine de minutes avant de s'apercevoir que l'ascenseur ne fonctionnait pas et s'engagea dans ce qui ressemblait à l'ascension du Mont-Blanc. Sept étages à pied.

Céline Bergamote était à bout de souffle, lorsque la lumière s'éteignit tout à coup ; elle n'était pas encore arrivée au 4e étage. Elle dut finir les trois étages à tâtons, se demandant sincèrement ce qu'elle fichait là.

Essoufflée et rouge comme une tomate, elle s'arrêta un long moment devant la porte des Aubert pour reprendre sa respiration, puis sonna.

Quand Joséphine lui ouvrit, Mlle Bergamote fut surprise. En pleine journée, elle s'attendait à trouver Gustave seul, sans sa mère au travail et sans sa sœur. Elle avait oublié que l'adolescente avait été exclue de son lycée à la demande de M. Pinçard, qui avait appelé le Proviseur afin de faire respecter l'équité, entre le caïd qui avait aspergé Gustave et la lycéenne qui avait jugé bon de rendre justice à sa façon.

Joséphine la conduisit jusqu'à la chambre de Gustave, où Mlle Bergamote toqua avant d'entrer.

Dès qu'il la vit, Gustave fut pris d'un sentiment étrange. Il était certes touché par cette visite – c'était qu'il comptait quand même un peu pour elle –, mais il était également blessé. Comme un oiseau tombé du nid au moment de s'envoler.

— Vous pouvez repartir. Je n'ai rien à vous dire, siffla-t-il.

— Je crois qu'il faut au contraire qu'on discute. J'ai appris ce qui t'était arrivé, et je veux juste savoir comment tu vas.

— Vous m'avez menti. Je vous ai demandé plusieurs fois pourquoi vous faisiez tout ça pour moi et vous m'avez caché que c'était pour l'argent. Je ne vous fais plus confiance.

Estomaquée, Mlle Bergamote resta sans voix. Elle ne s'attendait pas du tout à ça. Oui, chaque mission de référent était rétribuée, mais on ne lui avait pas mis de pistolet sur la tempe pour en faire autant pour lui. Jamais, auparavant, elle ne s'était démenée avec autant d'implication.

Gustave se leva brusquement et lui demanda de partir. Mlle Bergamote insista pour rester et apaiser la situation, elle souhaitait clarifier les choses, mais elle était déjà repoussée sur le seuil de leur appartement. Avant de lui claquer la porte au nez, il lâcha, plein de hargne :

— Je ne veux plus vous voir. Je ne reviendrai pas en 5e, ni dans ce collège. Je vais chercher un autre bahut. Je me sens trahi : je ne peux plus vous croire.

S'adossant à la porte, Gustave laissa couler des larmes de colère, de tristesse et de désillusion. Il en voulait à la Terre entière. C'était la fin d'un cycle. Il se sentait plus malheureux que jamais. Tout remontait : la peine de sa mère à la suite du départ de son père, les mots terribles qu'elle avait susurrés un soir, avouant qu'elle aurait préféré ne pas avoir de second enfant… Gustave se sentait profondément blessé.

Joséphine vint sur la pointe des pieds jusqu'à lui et le prit fort dans ses bras. Cela leur fit bizarre à tous les deux : elle n'avait jamais tenu personne d'aussi près, aussi intimement, mais ils restèrent tout de même ainsi. Elle sentait bon : elle avait piqué le parfum de sa mère, un de ceux qu'elle critiquait autrefois, lui reprochant de vouloir faire jeune.

Lorsqu'ils desserrèrent leur étreinte, elle lui fit un grand sourire :

— Je dois te remercier.

— De quoi, encore ? se vanta-t-il gentiment.

— C'était génial ! lâcha-t-elle en lui tendant le livre qu'il avait dérobé pour elle, afin de remplacer celui qui avait brûlé et qu'elle n'avait jamais pu finir.

Elle avait mis à profit ses trois jours d'exclusion pour dévorer *Martin Eden*, de Jack London.

— Ça m'a beaucoup plu. Ça me parle, les efforts de ce gars qui veut sortir de son milieu social à tout prix, qui n'a pas eu la chance d'être né du bon côté, mais qui est ambitieux – dans le bon sens du terme. Il ne cesse jamais de croire en lui, il travaille tout le temps même quand les autres se reposent.

— Je suis ravi que tu aies aimé.

— Comment ne pas adorer cette histoire et ce personnage ? Ce Martin Eden, il a très bon fond, il est touchant, émouvant, il n'est jamais envieux, il ne se rend pas compte que les autres sont parfois mauvais autour de lui. Il se dit juste : « Pourquoi pas moi ? » Et il se retrousse les manches, quelle que soit l'adversité.

— Tu ne peux pas savoir les ennuis qui me sont arrivés pour te le dégoter. Je suis content que tu t'identifies au personnage.

Joséphine tiqua.

— Je t'arrête tout de suite, Gustave. Ce livre ne parle pas du tout de moi, il parle de toi.

53

C'est la poêle qui se fout du poêlon

En revenant de chez Gustave, Céline Bergamote fonça en salle des professeurs, pour y retrouver sa meilleure amie. Mlle Bergamote était remontée comme une pendule. Un peu contre elle-même et surtout contre le Principal qui avait retourné le cerveau de Gustave.

Elle qui, ces derniers mois, avait retrouvé du sens à ce dur métier auquel elle sacrifiait sa vie privée, venait de perdre définitivement foi dans son travail et en son supérieur. Magali Houche essayait de lui remonter le moral, mais aucune des deux n'y croyait plus.

Écœurée, Mlle Bergamote, qui s'était inscrite des mois plus tôt au concours pour devenir Principale, allait mettre les bouchées doubles et quitter cet établissement au plus vite. Elle chercherait un collège près de chez ses parents pour s'occuper d'eux. Et d'elle-même aussi. Peut-être même ferait-elle un enfant ? Toute seule, s'il le fallait. À défaut d'être une bonne prof, elle avait la conviction qu'elle serait une bonne mère.

Lorsque le Principal les interrompit et convoqua la professeure de français dans son bureau, elles savaient toutes les deux qu'elles avaient atteint un point de non-retour.

M. Pinçard n'y alla pas par quatre chemins :

— Mademoiselle Bergamote, cela fait des années que je vous protège, mais c'est fini. Nous avons eu trop de plaintes. Je vous avais prévenue : vos méthodes ne m'ont jamais plu. Vous avez voulu n'en faire qu'à votre tête, avec votre idée de tester de nouvelles pédagogies sans mon autorisation…

— Ce n'est pas comme si je ne vous avais pas demandé votre accord à plusieurs reprises, corrigea-t-elle.

— N'essayez pas de jouer à la plus maligne avec moi. Cette fois, les bonnes inspections ne vous protégeront pas. J'ai déjà informé le recteur et il va revenir vers vous concernant une prochaine affectation pour l'année qui arrive. J'espère que ce ne sera pas trop loin de chez vous…

Mlle Bergamote savait qu'elle n'avait jamais été dénoncée par aucun parent, encore moins par un élève, pas même Gustave qui, dans son plaidoyer à charge en Conseil de Classe, n'avait jamais rien eu à reprocher à cette enseignante dévouée. M. Pinçard avait œuvré seul dans son intérêt à lui, comme chaque fois.

Ne baissant pas les yeux, le Principal ajouta :

— Je crois que nous n'avons plus rien à nous dire.

Mlle Bergamote le fixa longtemps, la mâchoire crispée. Tant de choses se bousculaient dans sa tête et qu'elle aurait voulu lui dire mais, comme toujours, les bonnes piques lui venaient deux heures trop tard.

Elle soupira, puis se leva. C'était une injustice de plus, ni la première, ni la dernière, dont il serait responsable. Quand on fait bien son travail, on s'attire toujours les foudres des jaloux. Sur le pas de la porte, elle dit simplement :

— Je vous souhaite de récolter ce que vous avez semé.

Dans le couloir, Magali l'attendait. Céline Bergamote fit une moue désolée : sa réplique était nulle, mais elle n'avait pas trouvé mieux. N'y tenant plus, et jugeant son amie bien trop sage, Magali Houche se faufila dans le bureau, armée de sa corne de brume, et souffla de toutes ses forces dans le tympan droit du Principal.

La main plaquée sur l'oreille, M. Pinçard hurla de douleur et lança des noms d'oiseaux à l'attention de la professeure d'histoire. S'arrêtant sur le pas de la porte, une dernière fois, Magali demanda :

— Je n'entends pas bien… Vous vouliez me dire quelque chose, peut-être ?

Eugène Pinçard hurla :

— Vous allez dégager, vite fait bien fait, ça, je vous le promets ! Pour qui vous prenez-vous ? N'oubliez pas que je suis votre supérieur hiérarchique !

L'enseignante haussa les épaules.

— Ce n'est pas vous qui me virez, c'est moi qui pars, vieux schnock ! Et, si j'étais vous, je m'inquiéterais bien plus pour mes fesses que pour mes oreilles.

En effet, Magali Houche avait prévu de lui laisser un cadeau empoisonné, dont il ne se remettrait jamais.

54

Tout vient à point à qui sait attendre

Quinze ans plus tard

Alors qu'elle remontait ses courses, un samedi matin d'avril, Noémie dut s'arrêter à chaque étage de l'ascenseur car, un par un, les voisins tenaient à la saluer :

— Oui, mon fils vient déjeuner, aujourd'hui. Si on nous avait dit qu'un jour…

Joséphine sonna à la porte avec un énorme bouquet de fleurs pour sa mère, Noémie l'en débarrassa aussitôt et lui fit une bise que sa fille jugea un peu rapide. Joséphine aurait espéré un accueil plus chaleureux. Elle aurait bien refermé la porte et sonné à nouveau pour refaire la scène, mais comme c'était l'anniversaire de sa mère, elle n'allait pas tirer la couverture à elle.

— Tiens, mets la main à la pâte, Joséphine, ça te changera pour une fois, commença Noémie en lui refourguant la préparation pour les gâteaux apéro à étaler au rouleau. Ton frère, au moins, il a eu du mérite. C'était un bosseur, rien ne lui est jamais tombé tout cuit dans le bec !

Joséphine leva les yeux au ciel. Alors qu'elle s'apprêtait à complimenter sa mère sur son nouveau parfum, elle se retint : est-ce que pour le restant de ses jours désormais on allait la comparer à son frère ? Plus gentil, plus travailleur… L'avenir promettait d'être long. Gustave n'avait eu à entendre des louanges sur sa sœur que pendant quinze ans.

Tel Martin Eden, Joséphine n'avait pas failli à son ambition. Elle n'avait certes pas fait l'école qui lui avait semblé être le seul sésame à l'époque pour s'extirper de son quartier, mais elle avait choisi de suivre des études de journalisme. Sa carte de presse en poche, elle était devenue une reporter redoutée par les grands de ce monde : elle savait débusquer, mieux que personne, les imposteurs. Elle côtoyait le gratin, qu'elle ne portait pas dans son cœur, lui reprochait les discussions politiques de bas étage, sa quête de pouvoir insensée.

Après avoir parcouru le monde, elle avait été débauchée pour animer une émission quotidienne en matinale sur la radio la plus écoutée de France, en plus de laquelle elle signait quelques articles pour un grand quotidien et avait un programme mensuel à la télévision en prime time.

Comme elle ne s'arrêtait jamais à la moitié de ses rêves, Joséphine vivait à Paris dans une petite maison avec, dans cet ordre : un jardin – mais sans piscine –, un labrador – dénommé Spoon, même si elle ne l'avait pas adopté l'année des « s » – et un mari, patron d'une agence de publicité dont les conversations intelligentes rivalisaient avec son physique avantageux. Elle aurait bien proposé d'héberger son frère dans la cabane au fond du jardinet mais il l'avait devancée, et elle avait poliment décliné. C'était de bonne guerre.

Reconnue dans son domaine, et connue tout court, elle avait tout ce dont elle avait toujours eu envie. Quant à savoir si elle était heureuse, elle ne se posait pas la question : elle n'en avait ni le temps ni le besoin. De toute façon, tout le monde aurait rêvé d'une vie comme la sienne. Tout le monde sauf, peut-être, sa mère, qui ne s'extasiait pas sur son parcours, sa maison ou ses relations, mais se réjouissait simplement des réussites de sa fille.

Noémie n'avait jamais aimé Paris. Trop grand, trop de choix, trop de monde : un peu comme ce qu'elle reprochait aux supermarchés. Et aujourd'hui, cette ville lui avait enlevé ses deux enfants. Gustave et Joséphine lui avaient bien proposé de déménager pour les y rejoindre, mais elle avait refusé. Elle aimait son quartier, elle y avait ses repères, elle s'y sentait bien. Chez elle.

Joséphine s'installa sur le balcon de la cuisine. Le quartier avait un peu changé. On avait passé un coup de peinture sur les immeubles. Fini le gris, les habitants avaient eu droit à du rose saumon. Elle détestait cette couleur papier-toilette, mais c'était tout de même un progrès notable par rapport aux murs couleur « fiente de pigeon » qui précédaient.

Le bouquet de fleurs mis dans un grand vase, Noémie reprit le rouleau, que Joséphine avait abandonné, et étala consciencieusement la pâte. Sa fille était toujours à la fenêtre lorsqu'elle s'étonna :

— Tiens, il est déjà là ?

Noémie accourut. Comme deux commères, elles épièrent celui dont elles attendaient le retour pour le déjeuner.

— Il est en avance ! 10 h 45 ! Je ne suis pas du tout prête, s'inquiéta la mère, se rappelant ses cheveux non peignés.

Alors qu'il remontait la rue, Gustave, les mains dans les poches, rêvassait. Il était loin le temps où il redoutait ce chemin, où il le contournait par le parking et la cave. Il se sentait à la fois étranger à tous ces gamins dont il ne connaissait pas le visage, mais définitivement chez lui, sur la terre de son enfance.

Il venait de temps en temps rendre visite à sa mère, mais ce jour-là, tout lui semblait un peu moins grand que dans ses souvenirs, les arbres, les bancs. Les couleurs rendaient les choses moins hostiles aussi, comme si l'espoir et l'optimisme pouvaient se décider à coups de pinceau.

Une fleur poussait dans le béton. Y en avait-il toujours eu, ou alors Gustave n'avait-il jamais pris le temps de les admirer ?

Là où il avait grandi – à la périphérie des grandes villes et des « grands » hommes –, il y avait des travailleurs fiers de leurs mains calleuses d'avoir besogné toute leur vie, des femmes courageuses d'avoir tenu la barque contre vents et marées. Tous avaient la tête haute, à rougir de rien, et Gustave était fier lui aussi de venir d'un quartier où rien n'est donné facilement. Le travail, la persévérance et le courage rendaient plus riche en leçons de vie que la bonne naissance, les grandes maisons ou les belles illusions. Sa sœur lui avait toujours dit que pour devenir célèbre, il fallait souffrir : Gustave avait pris des coups, avait connu des expériences difficiles, mais il ne regrettait rien. Venir d'un milieu populaire était une chance. Même s'il y avait eu des jours compliqués, il n'avait jamais manqué d'amour.

Aujourd'hui, il se savait devenu un privilégié, mais il gardait son naturel, son aisance, sa simplicité, discutant aussi facilement avec des personnes modestes qu'avec des notables.

Sur le chemin, il aperçut un petit oiseau dans l'herbe qui extirpait avec persévérance un long ver de terre. C'était le chant du moineau qui avait attiré l'attention de Gustave. Il sourit, se demandant si ce passereau était un descendant de celui dont il avait pris soin, plusieurs années auparavant.

Gustave avançait entre les tours de son quartier d'un pas assuré, constatant qu'on avait replanté quelques arbres, lorsqu'il entendit une voix derrière lui. Quand il se retourna, il eut le choc de sa vie :

— Hey, je rêve ! Gus, c'est bien toi ?

Un mastodonte de plus de cent kilos au sourire doux le rattrapa. Celui qu'il n'avait jamais revu depuis l'école primaire et qui était souvent dans ses pensées. Son ami d'enfance, Sekou.

— Ça alors, je n'en reviens pas ! répétait son ami.

Gustave le prit dans ses bras. L'accolade dura une éternité, mais il fallait bien ça.

— Je ne te demande pas ce que tu deviens… Qu'est-ce que tu fais par ici, Gus ? Tu viens voir ta famille ?

L'esprit bonhomme, Sekou avait gardé ses yeux rieurs, mais perdu son cheveu sur la langue.

— Ouais ! Et toi, qu'est-ce que tu fais maintenant ? demanda Gustave, d'un débit de parole qui s'accélérait comme pour rattraper le temps perdu.

— Je suis agent de sécurité. Au black. Mes employeurs ne sont pas très regardants sur mon passé, et ça m'arrange. Une embrouille avec un gars du quartier et j'ai fini au trou quelque temps. Mais c'est de l'histoire ancienne…

— Ça me fait plaisir de te revoir, répondit Gustave en lui mettant une tape fraternelle sur l'épaule.

— Je suis sincèrement content de tout ce qui t'arrive de bien, Gus. On est tous hyper fiers de toi, ici. Tu es un modèle. Tu le mérites, tu as toujours tellement bossé. Il fallait y croire, je ne sais pas comment tu as fait, mais tu as réussi…

Un silence pudique s'invita dans la conversation. Gustave aurait voulu lui rendre la pareille, trouver les bons mots, lui dire combien Sekou avait compté… mais l'émotion prit le dessus. Gustave lui-même ne savait pas très bien comment il avait fait, comment tout était arrivé, comment on pouvait retomber sur ses pattes en partant si mal dans la vie.

Puis Sekou reprit la parole, accompagnant Gustave dans la direction de son immeuble comme s'ils rentraient de l'école.

— Et ta mère ? Elle va bien, je crois… lâcha-t-il. Tu sais qu'elle s'occupe de ma grand-mère à la maison de retraite.

— Je vais la voir, là. C'est son anniversaire, dit Gustave en regardant sa montre. Je vais retrouver ma sœur aussi. Je te laisse mon portable : il faut absolument qu'on se revoie. Tu m'as manqué, tu sais !

Gustave inscrivit son numéro sur le ticket du RER, celui qui l'avait conduit ici depuis Paris, puis étreignit longuement son copain d'enfance, avant de repartir, léger.

Lorsque Gustave pénétra dans l'immeuble qui l'avait vu grandir, ça sentait le propre – une odeur de coton, comme un parfum nouveau de liberté. Au moment où il appuya sur le bouton de l'ascenseur, il fut heureux de constater qu'il fonctionnait.

Alors que les portes s'ouvraient devant lui, il remarqua que la trappe était ouverte. Au-dessus, une affichette indiquait qu'un habitant courtois l'utiliserait bientôt plus que de raison. Le message ne disait pas s'il s'agissait d'un emménagement ou d'un déménagement, mais Gustave fut soulagé : dans les deux cas, c'était une bonne nouvelle, la vie continuait ici pour le mieux.

Le jeune homme croisa son regard dans le miroir. Une réminiscence de la première fois où il ne s'était pas déplu lui revint, cette fameuse fois où il avait cessé de considérer son reflet comme son ennemi.

Il se souvenait. On lui avait dit un jour qu'il était beau et il avait fini par y croire. On lui avait dit qu'il était intelligent et il avait également fini par le penser. Comme une prophétie autoréalisatrice.

Il repensa à Sekou sur le même banc d'école que lui et à leurs trajectoires de vie pourtant diamétralement opposées. Une phrase lui revint comme un boomerang : « La vie peut basculer d'un côté ou de l'autre, il suffit d'une rencontre. »

Comme un flashback, une sensation confuse de déjà vu, il repensa au ticket de RATP qu'il avait laissé à Sekou. Soudainement, du fond de son ventre qui lui avait fait mal toute son enfance, un souvenir diffus, puis de plus en plus net, refit surface. Il se sentit envahi par une vague d'émotion qui venait de très loin.

Gustave empêcha les portes de l'ascenseur de se refermer et fit brusquement demi-tour.

55

Au petit bonheur la chance

Gustave courut jusqu'au portail de son ancien collège. Il jeta un œil à sa montre : pas encore midi, un samedi, il avait une chance. Derrière lui se dressait le lycée : finalement, il n'y aurait jamais mis les pieds, encore moins retrouvé Sekou.

Il sonna à l'interphone de son ancien établissement, on lui ouvrit aussitôt. Il se dirigea vers le bureau de la CPE – une nouvelle qu'il ne connaissait pas – et donna le nom de la personne qu'il venait voir, un peu tard, peut-être. La CPE fit une drôle de tête en reconnaissant l'individu qui débarquait – ce visage était en effet sur tous les arrêts de bus et panneaux d'affichage de la ville –, elle prit sa voix la plus aimable :

— Ah non, je suis désolée, il n'y a plus de mademoiselle Bergamote ici.

L'enthousiasme de Gustave retomba d'un coup. Bien sûr. Elle lui avait dit un jour son rêve de partir, de rejoindre ses parents dans le Sud, eux qui vieillissaient et qui avaient besoin d'elle. Qu'il était bête d'y avoir cru, d'avoir espéré, d'avoir pu penser que…

— Excusez-moi… *Petit*, continua à marmonner la CPE en fouillant dans un calepin.

Gustave sourit. Cela faisait longtemps qu'on ne l'avait pas appelé « petit », lui qui mesurait près d'un 1,90 mètre.

— Suivez-moi, annonça-t-elle, sans plus d'explications.

Le collège n'avait pas tellement changé, hormis le fait qu'on avait retiré les seaux qui paraient aux fuites d'eau dans les couloirs – à croire qu'il y avait eu des rénovations. La CPE s'arrêta devant une porte et Gustave passa une tête derrière le hublot de la salle de cours : son cœur fit un bond hors de sa poitrine.

Il resta un long moment à observer la professeure faire son cours, devant des élèves qui semblaient si petits, si fragiles, pleins d'espoir et d'innocence. La vie était devant eux. Encore à écrire.

Lorsque l'enseignante tourna la tête et découvrit le visage familier qui la fixait depuis le couloir, un large sourire illumina son visage :

Mlle Bergamote avait toujours aimé les surprises…

La professeure de français, les yeux brillants – autant d'admiration que d'émotion –, s'arrêta net pour faire entrer son ancien élève. Un bruissement de chuchotis l'avait accueilli en passant le pas de la porte.

La légende disait qu'il avait été scolarisé dans ce collège, mais personne ne leur avait dit qu'il avait occupé leur siège, ni qu'il avait eu la même enseignante qu'eux, Mlle Bergamote, enfin celle qu'ils appelaient désormais Mme Petit.

— Chers élèves, nous avons la chance de recevoir un invité spécial aujourd'hui. Particulièrement spécial pour moi. Gustave, tu as carte blanche.

Le jeune homme fut soudain timide. Lui qui, depuis des années, n'avait plus craint de prendre la parole en public, fut impressionné par le regard de ces quarante élèves, et particulièrement les deux enfants du premier rang qui le dévisageaient comme s'il était le Messie. Ils lui rappelaient Sekou et lui, quelques années auparavant. Peut-être des enfants en rattrapage scolaire aussi.

Son enseignante lui souffla :

— Ta mission à mes côtés n'est pas encore tout à fait finie… Je t'en prie, Gustave, raconte-leur ton histoire.

Cherchant l'inspiration dans les murs de cette salle de classe qui l'avait vu grandir, il remarqua que de grandes feuilles A3 y étaient placardées. Parmi les célébrités mémorables, respectables, inspirantes qu'il avait étudiées à son époque, il aperçut une vieille photo de lui sur l'un des devoirs. Cela lui fit tout drôle. Il replongea quinze années en arrière, se souvenant de son propre exposé sur une personnalité qui avait réussi malgré l'adversité, se rappela également son cahier de rêves, qu'il avait rempli honnêtement et gardé secret. Résonnait à ses oreilles la prophétie de Mlle Bergamote : « Quel que soit votre rêve, visez plus haut ! » Elle avait eu raison.

Gustave commença alors à remonter le temps. À narrer toute son histoire. Celle d'un gamin pas fait pour l'école, celle d'un enfant perdu, qui doute, qui persévère et qui tombe encore. Puis l'histoire d'une rencontre, d'une prise de conscience, d'une renaissance ; l'histoire d'une revanche sur la vie, d'une réussite enfin, sur un chemin semé d'embûches. Une histoire simple, finalement, comme il en existe tant d'autres. Gustave leur raconta enfin l'histoire qu'il leur souhaitait, à eux aussi, du plus profond de son cœur.

Les deux petits du premier rang, la bouche grande ouverte, l'écoutaient religieusement.

Lorsque la sonnerie retentit, annonçant le week-end, aucun élève ne bougea. Ils voulaient prolonger ce moment unique et privilégié. Gustave non plus ne voulait pas s'arrêter.

— J'aurais un dernier conseil à vous donner : respectez vos professeurs, quels qu'ils soient. Je ne serais pas arrivé là aujourd'hui sans des enseignants extraordinaires – il lança un long regard à Mlle Bergamote qui le fixait tendrement – même si parfois vous rencontrez également des professeurs qui vous semblent difficiles ou injustes. Car à ceux-là aussi, j'ai envie de dire « merci ». Ils m'ont donné la rage, la persévérance et une certaine estime de moi. Je voulais leur prouver qu'ils avaient tort, qu'ils se trompaient sur mon compte. Je devais passer par toute cette souffrance, toute cette galère, pour que je comprenne vraiment que c'était à moi d'agir pour m'en sortir. Alors, ne laissez jamais personne vous dire que c'est impossible, qu'il ne faut pas rêver, ni espérer, ni viser trop haut, que vous ne valez rien, ou que ce n'est pas pour vous. Vous avez votre place, sur les bancs de l'école et dans la société. Gardez votre curiosité, votre soif d'apprendre, c'est essentiel toute la vie. Et surtout – je me rends compte que ça fait bien plus d'un seul conseil, tout ça –, restez vous-mêmes. Faites de votre différence une force. Moi, on me reprochait d'être rêveur ; aujourd'hui, j'en ai fait mon métier. Voilà ce que j'aurais aimé qu'on me dise à votre âge. On a tous un talent, et on peut tous devenir extraordinaires. Acceptez les mains tendues. Seuls, vous irez vite. Ensemble, vous irez loin. N'oubliez jamais d'où vous venez : votre origine populaire, c'est votre richesse, votre force, votre chance. Et, un jour peut-être, ce sera vous ici, sur cette estrade, parce que vous aurez envie de rendre, au centuple, ce que l'on vous a donné.

Dans les regards des élèves, on pouvait déceler qu'il était l'un des leurs. Leur héros. Gustave était un homme passerelle, un pont entre ici et ailleurs, entre la possibilité d'un rêve et le rêve lui-même.

Après tout, Gustave n'était que le petit gamin de la voisine du 7e. Celui qui était fâché avec les devoirs. Celui pour qui l'école n'avait jamais été un jeu d'enfant.

S'il l'avait fait, d'autres pourraient suivre son exemple. Ils n'avaient qu'à ramasser les petits cailloux qu'il avait semés.

56

Croire en sa bonne étoile

En sortant de la classe et sans se concerter, Gustave et Mlle Bergamote s'installèrent sur leur banc. Celui du mercredi après-midi, celui des semaines B où il l'attendait et où elle le rejoignait, lui tendant un sandwich avant de filer vers le centre associatif. Émus, timides, ils ne savaient par où commencer.

Gustave l'observa discrètement. L'enseignante avait autour des yeux ces petites rides d'expression que sa mère arborait aussi : celles qui prouvent que l'on a passé une bonne partie de sa vie à sourire. En quinze ans, elle n'avait pas beaucoup changé, seul un détail le fit tiquer.

— Tiens, vous avez mis de la couleur aujourd'hui ? Ça vous va bien, ce gilet bleu, il fait ressortir vos yeux.

— Oui, c'est assez récent, avoua-t-elle.

Depuis quelque temps, Céline Bergamote avait cessé de revêtir son uniforme austère. Elle savait désormais qu'il n'était pas nécessaire de se rendre invisible pour que ses cours soient écoutés. De toute façon, on ne se soustrait jamais au regard des élèves. Le jugement, l'attention, l'impact positif qu'elle avait sur eux, elle le lisait directement dans leurs yeux. Dès lors, il y avait eu des jours bleus, des matins beiges, des semaines vertes parfois aussi.

À son tour, elle le dévisagea :

— Ça me fait bizarre de te voir grandi comme ça. Tu es un homme, maintenant, souffla-t-elle, avant de rester quelques secondes silencieuse. Tu sais, j'ai suivi ton parcours. Tu ne peux pas savoir à quel point je suis fière de toi. Ta mère aussi, j'imagine.

— Vous n'avez pas idée ! explosa-t-il de rire, se remémorant sa mère qui, partout où on lui demandait son nom de famille, déclarait : « *Aubert. Comme la star.* »

Noémie débordait de fierté. Mais que ces années de scolarité avaient été dures pour eux deux ! Le pire pour elle avait été le jour où Gustave l'avait suppliée de le laisser partir en internat. Pour le rendre heureux, elle était prête à tout, même au chagrin. Elle avait pleuré toutes les larmes de son corps, mais avait fini par céder, devant le désespoir de son fils. La pension alimentaire du père avait aidé à payer l'école.

Pour Gustave, l'internat avait été comme un déclic, un nouvel électrochoc : loin des siens, il y avait réalisé qu'il avait toujours travaillé pour les autres. Pour ses parents, pour l'école, pour Mlle Bergamote, mais jamais pour lui.

En arrivant là-bas, il avait arpenté les rayons de la petite bibliothèque du pensionnat, bien décidé à prendre son avenir en main. Avec une boulimie nouvelle, il avait découvert tout un pan de la littérature qui avait résonné chez ce grand rêveur. *Le Seigneur des anneaux* de Tolkien ou *La Compagnie noire* de Glen Cook l'avaient immédiatement fasciné avec ces histoires dont le héros ne se taisait jamais et bravait tous les obstacles pour réussir.

Et puis, un livre en amenant un autre, il était tombé sur Camus. Comme un grand frère qui le connaissait, comme un ami, cet étranger lui avait alors ouvert le champ des possibles. Gustave avait eu un coup de foudre artistique pour celui qui avait grandi à Belcourt, dans une cité similaire à la sienne, dans un milieu où il n'y avait pas nécessairement la culture. Comme pour lui, un enseignant l'avait remarqué, avait fait des pieds et des mains auprès du Directeur, des autres professeurs et de sa mère, pour contrer le cours de son destin. Comme Albert Camus le disait lui-même, « la culture l'avait arraché de la misère ». Pour Gustave, plus que la culture ou l'école, c'était une enseignante qui l'avait sauvé.

Bien qu'il restât silencieux, Mlle Bergamote lisait dans ses yeux. Elle retrouvait l'enfant qu'elle avait connu, animé par une éternelle gentillesse.

— J'ai vu que tu continuais ton engagement caritatif, poursuivit-elle.

— Oui, je crois que je ne pourrais pas faire autrement. J'ai été à bonne école avec vous, lâcha-t-il, avant de sourire, comprenant le double sens de cette expression. Je me sens à ma place quand je rencontre tous ces gosses.

À toujours squatter la bibliothèque de son pensionnat, Gustave s'était forgé auprès de ses professeurs et de ses camarades la réputation d'un intellectuel. C'était bien la première fois qu'on parlait de lui en ces termes. Ses enseignants avaient constamment salué son travail acharné, sa créativité, son humour et sa maturité. À l'internat, plus que l'élève, les professeurs avaient décelé la personnalité entière et riche de l'adolescent. Là-bas, il n'eut plus jamais autre chose que le Tableau d'honneur. Là-bas, personne ne douta jamais ni de son travail, ni de ses capacités, encore moins de son avenir.

La séparation avait été bénéfique à Gustave et à sa mère : cette distance les avait rapprochés.

Les devoirs n'étaient plus entre eux, la comparaison avec Joséphine ne planait pas dans cet établissement. Livré à lui-même, le jeune homme avait gagné en discernement et en débrouillardise, il s'était rendu compte qu'il était capable d'apprendre seul, de donner le change, y compris avec ceux dont le bagage culturel était au départ plus étoffé que le sien.

Détaillant le nouveau préau de son ancien collège, le bâtiment à peine rénové et la cour de béton enfin dépourvue de ses préfabriqués, Gustave se dit, tout de même, qu'il avait bien fait de partir. C'était étonnant que Mlle Bergamote n'ait pas fait pareil.

— Finalement, vous êtes restée ?

— Oui, je suis l'une des rares. Il y a eu beaucoup de changement, ici. À cause de toi, notamment, lâcha-t-elle soudain. Tu ne peux pas savoir le pataquès que tu as laissé derrière toi en partant.

— Moi ? Qu'est-ce que j'ai fait encore ? interrogea-t-il, stupéfait.

L'enseignante avait longtemps attendu ce moment, quand Gustave apprendrait comment sa candeur avait un jour bouleversé leurs vies à tous.

— Ta lettre à la Victor Hugo pendant le Conseil de Classe, tu te souviens ? Elle a fait mal… Trois enseignants ont été virés. Et le Principal aussi.

— Comment est-ce possible ?

Magali Houche, qui avait averti M. Pinçard qu'elle ne partirait pas sans faire de vagues, avait prévenu le rectorat de l'intervention osée du garçon en conseil de classe. Grâce au brouillon qu'elle avait conservé, une enquête avait été ouverte au sein du collège et beaucoup de langues s'étaient déliées, accélérant les choses.

Gustave siffla. Il n'avait jamais imaginé ou voulu tout cela, mais il ne pouvait s'empêcher de penser que c'était en fin de compte un juste retour des choses. Un retour de bâton aidé par une bonne fée.

— Mais… du coup… C'est vous, la nouvelle Principale ?

Mlle Bergamote sourit avant de nier de la tête. Elle n'avait jamais pu se résigner à se couper de la relation quotidienne avec les élèves, même si ce n'était pas simple tous les jours.

Soudain, venu du fond de la cour, un son familier rugit. Gustave l'aurait reconnu entre mille : celui, si particulier, de la corne de brume.

— La nouvelle Principale, Gustave, c'est quelqu'un que tu aimais beaucoup, je crois.

Au loin, ils distinguèrent Magali Houche qui rabrouait les derniers élèves à coups de cornet. Le cœur de Gustave se pinça en apercevant son ancienne enseignante d'histoire : elle avait été la toute première à voir en lui autre chose qu'un fainéant.

Alors que les derniers adolescents sortaient et que la grille du collège se refermait, Céline Bergamote susurra :

— Tu sais, Gustave, je t'ai souvent dit que la vie dépendait des rencontres que l'on faisait. Qu'il fallait croire en sa bonne étoile. Il faut donc que je te dise merci.

Ahuri, Gustave la regarda avec ses yeux d'enfant curieux.

— Je ne comprends pas…

Faisant tourner nerveusement son alliance autour de son doigt, l'enseignante poursuivit, la voix pleine d'émotion :

— Si tu n'avais pas dénoncé certains comportements dans ce collège, je n'aurais jamais rencontré mon mari, ni pu fonder ma famille. Il a été l'un des trois nouveaux professeurs recrutés. Gustave, tu as été ma bonne étoile !

Épilogue

Réussir, c'est voir son nom affiché
ailleurs que sur la boîte aux lettres.

Depuis des semaines, tout Paris parlait de son nouveau spectacle. Sa tête était placardée partout, dans le métro, sur les bus, même ses anciens détracteurs passaient devant et reconnaissaient le cancre de leur classe, fanfaronnaient, disant qu'ils l'avaient connu petit et qu'ils avaient tout de suite décelé son potentiel.

Caché derrière le rideau, Gustave épiait le théâtre bondé. Il avait le trac. Ce n'était pourtant pas sa première, mais c'était une première ici. Ce soir-là était particulier : ils étaient tous là. Tous ceux qui comptaient pour lui. Sa sœur, Sekou, son père, sa mère. Et tous les visages familiers du quartier.

Quand le rideau se leva, Gustave se tenait sur scène, droit, fier, intimidé, aussi. Au premier rang, sa mère et Mlle Bergamote étaient assises, côte à côte. Il se sentit alors invincible, touché par ce public venu si nombreux. Puis il posa les yeux sur son ancienne enseignante. Ne la lâchant pas du regard, comme elle n'avait jamais lâché sa main, Gustave murmura, d'une voix pleine d'émotion : « Je vous aime, tant pis pour vous. »

Essuyant une larme qui s'obstinait à couler, Mlle Bergamote laissa apparaître ce qu'elle serrait bien fort entre ses mains : un petit carnet usé. Sur la couverture, une écriture maladroite avait noté : « Cahier de rêves de Gustave Aubert ».

Quand Gustave était parti précipitamment du collège, Mlle Bergamote avait conservé ce carnet qui renfermait l'espoir secret du garçon, le seul de sa classe qui s'était vraiment donné la peine de le remplir avec cœur.

À l'époque, dans l'ombre d'une sœur trop brillante, sous l'aile d'une mère trop protectrice, et sans le regard d'un père trop absent, Gustave avait longtemps pensé ne pas être né sous une bonne étoile. Et pourtant, parce qu'une main tendue lui avait permis de ne jamais renoncer à ses rêves d'enfant, il ne s'était pas trompé dans ce qu'il avait écrit :

« Quand je serai grand, je serai heureux. »

Il avait réussi. Il était devenu quelqu'un. Quelqu'un de bien, même. Sa nouvelle vie de jeune premier pouvait commencer…

POUR VOUS EN DIRE PLUS

En écrivant cette histoire, j'avais en tête les élèves d'aujourd'hui, ces écoliers qui se demandent chaque matin pourquoi ils sont obligés d'aller en classe. J'avais toujours à l'esprit ceux qui maudissent la lenteur de la pendule, ceux qui bâillent à côté du radiateur, bercés par la voix ronflante de leur enseignant, qui préfèrent observer le monde à travers la fenêtre plutôt que de se concentrer sur le tableau noir ; ceux qui s'endorment plus volontiers sur leur pupitre que dans leur lit, qui ne voient pas l'intérêt d'apprendre toutes ces leçons, qui n'aiment pas lire, ni écrire, ni compter, ceux qui ne se sentent pas à leur place et qui croient perdre leur temps.

Ces élèves sont plus proches de mon cœur qu'ils ne peuvent l'imaginer ; ils sont dans chacune des lignes de ce roman.

De tous les textes que j'ai écrits, celui-ci est assurément le plus personnel. Je suis Gustave, je suis Joséphine, je suis Noémie, je suis Céline. J'ai grandi en banlieue parisienne, j'ai vu très tôt mes parents divorcer, j'ai usé les bancs d'école, et il m'est arrivé quelques tuiles. Pourtant, il s'agit bien d'une fiction : tout est vrai et tout est faux. Car à la différence des Aubert, j'ai eu la plus heureuse des enfances, grâce à des parents toujours présents, qui m'ont donné la meilleure des éducations ; un frère et des cousines pour partager la joie quotidienne ; des oncles, des tantes et des grands-parents aimants.

J'ai ici une pensée particulière pour mon petit frère qui a eu besoin de mains tendues et de compréhension, quand l'école rimait plus avec souffrance qu'avec bienveillance, à un âge où il avait encore bien peu de droits, mais énormément de devoirs. Je mesure aujourd'hui combien il a dû en pâtir, et je profite de ces quelques lignes pour lui dire que je suis fière de lui, que je l'ai toujours été et que j'aurais aimé, plus jeune, mieux le soutenir.

L'année dernière, mon aîné est entré en CP et j'ai eu la vision que, sur un malentendu, l'histoire de mon frère pouvait se répéter, qu'une étiquette dévalorisante pouvait lui être collée à vie. Les mots ont un pouvoir. Ils consolent, blessent ou réparent. En ce sens, l'école peut être une arme de destruction ou de construction massive. De l'échec scolaire, les élèves qui ne s'y sont pas noyés en ressortent englués à vie.

L'école, ce n'est pas seulement des enseignements, mais également des professeurs, des meilleurs amis que l'on garde ou pas, des chemins de vie qui débutent, se tissent, se resserrent, se distendent aussi. Parfois, il suffit d'une rencontre pour qu'une vie bascule. Un héros est quelqu'un qui fait ce qui est juste quand les autres ne le font pas, ou plus. Ça ne demande pas un courage extraordinaire, ni la générosité de Mère Teresa. Cela requiert un peu de soi, de temps, de disponibilité, de stabilité personnelle. Chacun de nous peut influer sur le cours d'une existence.

L'école a été ma plus grande chance. Avec le recul, on comprend : les petits cailloux semés sur le chemin s'alignent et tout prend sens. Pourquoi cette voie, ces amis, ces rencontres, ces choix ? Rien n'était écrit, et pourtant…

Contrairement à Gustave, je n'ai pas eu un professeur en particulier qui a changé ma vie ; tous, à leur manière, ont fait de moi celle que je suis. C'est l'école dans sa globalité qui a été ma bouée de sauvetage.

Néanmoins, je me souviens de certains professeurs qui ont beaucoup compté pour moi : Mme Raffolt, en CP et en CE1, avec laquelle j'avais eu un débat sur l'existence de la martre ; Mme Lefeuvre, en CM2, avec sa corne de brume et qui, me voyant échouer lamentablement à grimper à la corde en cours de sport, avait un jour lâché « Tout dans la tête, rien dans les bras, celle-là ! », (une de mes phrases préférées, assurément) ; M. Valette, l'adorable directeur de l'école Gambetta-Macé, à Massy, où j'ai passé de formidables années, et qui est aujourd'hui l'un des plus fervents ambassadeurs d'*Au petit bonheur la chance* ; M. Dupuis, professeur de mathématiques, généreux en 5 sur 20, et qui jetait des craies sur ses élèves pour les réveiller ; je l'adorais. Merci, surtout, à une professeure que je n'ai jamais eue en cours, Geneviève Lebreton, la mère d'Elise, mon inséparable amie de collège, lycée et classe préparatoire, qui m'a incitée à poursuivre de longues études et m'a trimballée partout où elle emmenait sa fille : au théâtre, à l'opéra, à la « capitale », pourtant pas si lointaine. Elle m'a fait découvrir le monde du spectacle vivant : Ariane Mnouchkine, Jérôme Savary, Samuel Beckett. Je n'avais pas tout compris, ni tout aimé, mais cela a été décisif pour moi.

Et puis, il y a des professeurs dont on se souvient en mal, ceux qui font naître en nous une rage, des enseignants auxquels on veut prouver qu'ils ont tort. Mon frère les a beaucoup subis, et moi aussi parfois. Je l'ai entendue, cette phrase qui me disait « de ne pas trop rêver, qu'avec des parents ouvriers et employés, on ne devient pas cadre ou dirigeante, et on n'épouse pas non plus quelqu'un qui n'est pas de son milieu d'origine : les statistiques le prouvent ». Merci pour la niaque que vous m'avez donnée. Vous faites partie, bien malgré vous, de mes *Sans-qui*. Les *Sans-qui* je ne serais pas celle que je suis devenue, celle qui était déterminée à gravir l'échelle sociale et à prouver qu'il n'y avait pas de plafond de verre. J'étais résolue à aller toujours plus haut et plus loin, quitte à ce que cela demande des concessions et m'éloigne géographiquement de ma famille. Cependant, une fois en haut, je me suis rendu compte que l'essentiel n'était pas là, et que mes véritables aspirations étaient ailleurs.

Je tiens à remercier ceux sans qui mon goût pour la lecture n'aurait pas été si fort, l'écriture n'aurait pas pris cette place majeure dans ma vie, et mon premier roman n'aurait pas vu le jour.

Merci Mémé, de m'avoir offert mon tout premier livre, *L'Histoire Sans fin* : l'épopée de ce gamin qui préfère rater l'école, voler des livres et passer sa journée à les lire m'a tout de suite happée. Aujourd'hui, il ne s'écoule pas un jour sans que je dévore un nouvel ouvrage. Je voyage, je ris, je pleure, je me révolte, j'apprends, je comprends d'autres vies que la mienne, bref, je vis à 1 000 %.

Merci infiniment Maman, pour les séances hebdomadaires à la bibliothèque municipale, qui ont permis de rassasier mon appétit vorace, tout en évitant de nous ruiner : ce ravitaillement chaque mercredi m'était vital et j'y ai appris à respecter les livres, à fouiner, farfouiller, rebondissant d'un roman à l'autre, sans ordre précis, seulement guidée par mon envie : *Les Quatre Filles du docteur March, Croc Blanc, La Couleur pourpre, Le Mystère de la chambre jaune,* Agatha Christie… Merci aussi Maman, d'avoir fait semblant de ne pas voir, toutes ces années, que je lisais la nuit sous ma couette. Merci à la Mère Noël d'avoir offert une lampe torche à mes fils pour que ce plaisir coupable se prolonge avec eux. Merci enfin, pour toutes les histoires racontées dans le grand lit le soir, à mon frère et à moi. Je ne m'en souvenais pas bien, mais ton exemple a laissé des traces… et c'est avec honneur que je poursuis cette tradition avec mes garçons.

Merci Papa d'avoir renforcé chez moi le goût du suspens, notamment avec des histoires qui faisaient peur et qui n'étaient pas forcément de mon âge : la lecture des vacances, en Bretagne ou en Normandie, tous les soirs avant de nous endormir, des faits divers de Pierre Bellemare (*Le Vide-ordures aux yeux noirs*, notamment), de *La Femme aux serpents* de Nicole Viloteau, et les films historiques que tu nous emmenais voir un week-end sur deux, *Le Bossu, Les Visiteurs, 1492, Braveheart* ou *Le Dernier des Mohicans*, dont je découvrais, après coup, les romans originels.

Sans vous, mes parents, non seulement je ne serais pas la même personne, mais je ne serais indéniablement pas la même romancière. On écrit toujours à partir de notre vécu, et mon enfance a été heureuse et riche de vos enseignements. En nous donnant la meilleure des éducations à mon frère et à moi, vous avez mis la barre si haut que, souvent, je me demande si je suis un bon parent : je me rassure en pensant que mes fils ont, au moins, deux (et même quatre) grands-parents extraordinaires.

Merci aux éditeurs de prendre des paris. Je pense à certains textes, je pense surtout à certaines personnes, aux premiers qui ont cru en mes histoires : à Florian Lafani, puis à Audrey Petit, qui a découvert *Mémé dans les orties*, et qui a su embarquer avec elle toute l'équipe du Livre de Poche. Je pense évidemment à Sophie de Closets, patronne des Éditions Fayard / Mazarine, pour la confiance sans faille qu'elle me témoigne au quotidien. Je mesure la chance incroyable que de pouvoir proposer, chaque année, un nouveau roman à mes lecteurs. Un merci tout particulier à Pauline Faure, mon héroïne. J'ai une pensée émue pour la petite Faure que tu as été, celle qui en Conseil de Classe faisait les choses justes quand les autres ne le faisaient pas. Comme Gustave. Aujourd'hui, plus que jamais, tu continues de le faire pour moi. Merci également à Jérôme, Katy, Laurent, Alexandrine d'avoir accompagné Gustave, et merci à toutes les équipes d'Hachette, au siège et sur le terrain, pour leur enthousiasme indéfectible. Je suis fière et honorée de vous avoir à mes côtés. Depuis 6 ans, vous me faites vivre une aventure extraordinaire. Un simple merci ne suffira jamais.

Merci aux libraires et aux bibliothécaires pour leurs conseils avisés, qui nous permettent d'étancher cette soif inextinguible. Vous faites un travail exceptionnel, je ne me lasserai pas de le dire et de l'écrire. Vous êtes les *Sans-qui* les livres ne connaîtraient pas la même vie, ne rencontreraient pas leurs lecteurs, ne rendraient pas cette magie possible.

Merci à toutes les écoles, les directeurs, les professeurs, qui donnent aux jeunes le goût de la lecture, notamment via la mise en place volontaire de 15 minutes de lecture quotidienne avec l'association « Silence on Lit » ! Bravo à vous, continuez.

Merci à Bernard Werber, un autre de mes *Sans-qui*, qui a généreusement mis une de ses vidéos d'atelier d'écriture en libre accès, me donnant ainsi toutes les clés dont j'avais besoin pour me lancer dans l'écriture de mon premier roman : tu remarqueras le clin d'œil au jeune Werber qui, dès son plus jeune âge, avait impressionné son enseignant en inventant l'histoire d'une puce pas comme les autres.

Il me reste une chose à écrire, ce que peu d'entre nous vous disent au quotidien, ni les élèves, ni les parents, ni votre hiérarchie. À vous qui travaillez en écoles, à vous qui transmettez votre savoir et votre espoir, à vous qui sacrifiez vos soirées, votre santé, votre vie privée, vos économies pour vos élèves. Vous faites un métier si important, que bien peu d'entre nous seraient capables de faire au quotidien. Du fond du cœur, MERCI, chers professeurs !

Je tiens à remercier tout particulièrement les enseignants, les CPE, les chefs d'établissements, les infirmiers, les psychologues et les conseillers d'orientation, les orthophonistes, les élèves aussi, que j'ai interviewés pendant plus d'un an pour préparer ce roman et qui m'ont rappelé qu'il y a plein de Bergamote autour de nos enfants.

Merci donc à Catherine, Elsa, Nathalie, Claire, Céline, Servanne, Valérie, Evelyne, Angélique, Françoise, Martine, Frédérique, Ali, qui ont eu des étoiles dans les yeux lorsqu'ils me parlaient de leurs élèves ou qui ont eu la voix qui vrillait en mentionnant l'un d'entre eux, qui avait bousculé leur vie. Il était rarement l'élève parfait, plutôt du genre atypique, mais attachant, avec plein de casseroles derrière lui, des difficultés scolaires souvent, familiales et personnelles, parfois. Je reparcours mes pages de notes et j'ai des frissons à réentendre vos voix, vos espoirs, vos doutes, vos découragements. J'aurais voulu tout mettre. Continuez à aimer vos élèves, à déplacer des montagnes pour eux. Il y aura des jours de doutes, mais on a besoin plus que jamais de vous et de votre générosité. Vous êtes notre espoir. Vous êtes les *Sans-qui* ce texte n'aurait pas existé.

J'ai une pensée également pour le professeur de français Robert Delord qui, le premier, a fait rapper ses collégiens sur « Bêtise de la guerre » de Victor Hugo, à leur insu. Tous les jours, les enseignants rivalisent d'ingéniosité pour leur faire le plus beau des cadeaux qu'ils garderont à vie : leur curiosité.

Certains professeurs ont la folie de faire lire mes romans à leurs élèves, d'autres celle de m'inviter dans leur établissement et c'est chaque fois, pour moi, un moment magique. De mes déplacements à Beuzeville, Créteil ou Versailles, ce que je garde de plus précieux de ces rencontres est le regard fier et bienveillant de l'enseignant sur ses élèves. Leur sourire, leur « que vous êtes beaux », leur « merci d'avoir joué le jeu ». J'aurais adoré avoir la chance de rencontrer un écrivain (petite, je croyais qu'ils étaient tous morts), de pouvoir lui poser des tas de questions, de me dire que s'il est devant moi, c'est que ce doit être possible, peu importe l'endroit d'où l'on vient. On a besoin de ces enseignants qui donnent les clés de notre cahier des rêves. On a besoin de ces exemples, de ces modèles à qui l'on a dit que c'était impossible et qui pourtant l'ont fait.

On nous dit que les jeunes ne lisent plus, mais je n'y crois pas. On a tous besoin d'histoires, de trembler, de rire, de s'émouvoir ou de s'émerveiller. Nous avons tous le droit de rêver. Le devoir, même. Nous avons besoin de rêveurs pour demain.

Enfin, et par-dessus tout, merci à vous, chers lecteurs, pour votre confiance, vos nombreux messages de soutien, votre fidélité à chaque nouveau roman, pour votre émotion lors des dédicaces qui me tire encore et toujours les larmes. Je ne pleurais jamais dans ma vie d'avant ; depuis que j'écris, vous m'avez fait ouvrir les vannes. Merci de me souffler en signature, alignés en rang d'oignon avec quatre générations, que je suis l'écrivain de la famille. J'en suis profondément touchée et très fière.

Mon fils Jules m'a demandé hier : « Dis, Maman, pourquoi tu aimes inventer des livres ? » Après quelques secondes de réflexion, j'ai répondu : « L'enfance, c'est faire des bêtises. Écrire, c'est continuer à en faire. »

Je fais le meilleur métier du monde et je peux l'exercer chaque jour uniquement grâce à vous. Vous êtes les *Sans-qui* ma vie n'aurait pas la même saveur.

Chers lecteurs, je vous aime, tant pis pour vous !

POUR CONTACTER L'AUTEURE

aurelie.valognes@yahoo.fr

POUR RETROUVER L'AUTEURE

Instagram : aurelie_valognes
Facebook : Aurelie Valognes auteur

POUR SUIVRE L'ACTUALITÉ DE L'AUTEURE

Inscrivez-vous à la newsletter
sur son site : www.aurelie-valognes.com

Table

DE LA MÊME AUTEURE :

Mémé dans les orties, Michel Lafon, 2015 ; Le Livre de Poche, 2016.

Nos adorables belles-filles, Michel Lafon, 2016 ; rebaptisé *En voiture, Simone !* ; Le Livre de Poche, 2017.

Minute, papillon, Fayard/Mazarine, 2017 ; Le Livre de Poche, 2018.

Au petit bonheur la chance, Fayard/Mazarine, 2018 ; Le Livre de Poche, 2019.

La Cerise sur le gâteau, Fayard/Mazarine, 2019 ; Le Livre de Poche, 2020.

PAPIER À BASE DE FIBRES CERTIFIÉES

Le Livre de Poche s'engage pour l'environnement en réduisant l'empreinte carbone de ses livres.
Celle de cet exemplaire est de :
250 g éq. CO_2
Rendez-vous sur
www.livredepoche-durable.fr

Composition réalisée par PCA

Achevé d'imprimer en France par
CPI BRODARD & TAUPIN (72200 La Flèche)
en mars 2021
N° d'impression : 3042719
Dépôt légal 1re publication : avril 2021
LIBRAIRIE GÉNÉRALE FRANÇAISE
21, rue du Montparnasse – 75298 Paris Cedex 06

40/7604/7